Italien d'origine sicilienne, né en 1925, Andrea Camilleri a mené une longue carrière de metteur en scène pour le théâtre, la radio et la télévision, avant de se tourner vers la littérature. D'abord auteur de poèmes et de nouvelles, Camilleri s'est mis sur le tard à écrire dans la langue de sa Sicile natale. Sa série consacrée au commissaire Montalbano a rencontré un tel succès qu'elle a été adaptée en feuilleton à la télévision. Son héros, un concentré détonnant de fougue méditerranéenne et d'humeur bougonne, évolue avec humour et gourmandise au fil de ses enquêtes, parmi lesquelles : *Jeu de miroirs* (2016), *Une voix dans l'ombre* (2017), *Nid de vipères* (2018), *La Pyramide de boue* (2019) et *Le Manège des erreurs* (2020), *L'Autre Bout du fil* (2021) et *Le Cuisinier de l'Alcyon* (2022). Camilleri a reçu en 2014 le prix Federico-Fellini pour l'excellence artistique de son œuvre. Tous ses romans ont été publiés chez Fleuve Éditions et sont repris chez Pocket.
Andrea Camilleri est mort à Rome en 2019 à l'âge de 93 ans.

Retrouvez toute l'actualité de l'auteur sur :
www.andreacamilleri.net

L'AUTRE BOUT DU FIL

ÉGALEMENT CHEZ POCKET

LES ENQUÊTES DU COMMISSAIRE MONTALBANO

UN MOIS AVEC MONTALBANO
LA VOIX DU VIOLON
LA DÉMISSION DE MONTALBANO
L'EXCURSION À TINDARI
LA PEUR DE MONTALBANO
LE TOUR DE LA BOUÉE
LA PREMIÈRE ENQUÊTE DE MONTALBANO
LA LUNE DE PAPIER
UN ÉTÉ ARDENT
LES AILES DU SPHINX
LA PATIENCE DE L'ARAIGNÉE
LA PISTE DE SABLE
LE CHAMP DU POTIER
L'ÂGE DU DOUTE
LA DANSE DE LA MOUETTE
LA CHASSE AU TRÉSOR
JEU DE MIROIRS
LE SOURIRE D'ANGELICA
UNE LAME DE LUMIÈRE
UNE VOIX DANS L'OMBRE
NID DE VIPÈRES
LA PYRAMIDE DE BOUE
LE VOLEUR DE GOÛTER
LA FORME DE L'EAU
CHIEN DE FAÏENCE
LE MANÈGE DES ERREURS
L'AUTRE BOUT DU FIL

MEURTRE AUX POISSONS ROUGES
En collaboration avec
CARLO LUCARELLI

ANDREA CAMILLERI

L'AUTRE BOUT DU FIL

Traduit de l'italien (Sicile)
par Serge Quadruppani

Préface inédite de
Serge Quadruppani

fleuvenoir

Titre original :
L'ALTRO CAPO DEL FILO

ISBN : 978-2-266-32484-7
Dépôt légal : novembre 2022

Caro Montalbano,

(Lettre ouverte au commissaire Montalbano, par son traducteur[1])

Serge, je suis. Comme cela fera bientôt vingt ans que nous nous fréquentons, je crois que je peux me permettre de te tutoyer. Inutile de me présenter. Je sais que tu sais tout sur moi. Apprenant le nom de celui qui allait traduire tes aventures pour les éditions du Fleuve, tu n'auras pas perdu de temps à consulter un fichier informatique (pour cela, tu as Catarella), mais tu as dû appeler un ami ou un ami d'ami qui t'a raconté « vie, mort et miracles » du soussigné. Donc tu n'ignores pas que, dans le roman policier, ce que je n'aime pas, c'est le mot « policier ». Pourtant, en dépit de ma flicophobie, tu es pour moi une présence fraternelle depuis que, dans *La Forme de l'eau* et *Chien*

1. Une partie de ce texte est parue dans *Lettres à Montalbano*, ouvrage publié par l'Institut culturel italien à l'occasion de journées d'études sur Andrea Camilleri (14-15 juin 2017), en présence de l'auteur.

de faïence, tes premiers titres parus en français, j'ai découvert quel genre de flic tu es.

À l'instar de Maigret, ton grand ancêtre, tu ne manifestes pas un attachement forcené aux institutions et à leurs règles, tu es beaucoup moins intéressé à conclure tes histoires en présentant un coupable à la Justice qu'à remettre un peu de justice dans le monde. Et pour cela, il peut arriver que tu maquilles des preuves ou que tu omettes de transmettre des informations à qui de droit. Car tu sais que l'État que tu sers est souvent fort avec les faibles et faible avec les forts. Et toi, tu choisis d'instinct de faire l'inverse. Tu préfères l'amitié d'un vagabond à celle de ton Questeur, et si tu as du mal à tendre la main à un puissant avocat mafieux, tu prends volontiers celle d'un enfant migrant à peine débarqué d'une barcasse surpeuplée sur ton port de Vigàta.

Mais je ne voudrais pas fabriquer un Montalbano à ma convenance, te gauchiser outre mesure (même si, quand tu te laisses aller à ironiser sur la politique du moment, tu te fais traiter de communiste par Fazio). Peut-être es-tu en fait profondément conservateur. Dans le sens où, ce que tu voudrais conserver, c'est un monde d'oliviers sarrasins que n'ont pas encore attaqués les tronçonneuses des promoteurs immobiliers, un monde de plages propres et dépeuplées et de cannoli parfumés, consommés en silence avec ton irascible ami, le Dr Pasquano, tandis que vous tournez le dos un moment à l'horreur d'une époque étalée sur la table de dissection.

Cette laideur et cette méchanceté, à la fois éternelles et tellement contemporaines, tu les fuis par moments à la nage, quelle que soit la température, à en perdre le souffle. Tu lui résistes avec l'aide de ton petit monde à toi, celui du pêcheur du matin qui t'offre un poulpe au regard malfaisant, le monde de l'ineffable Catarella, Fernandel informaticien qui te regarde comme un chien amoureux de son maître, d'Ingrid la Suédoise, dont l'absence de toute idée de péché sexuel ne peut que fasciner le post-catholique que tu es, d'Adelina dont le dialecte quasi catarellien sait exprimer aussi bien son admiration pour ton anatomie intime que sa haine sans limites pour Livia, ton éternelle fiancée génoise. Ah, Livia ! Son principal mérite, outre sa plastique impeccable malgré le passage dés ans, semble être de t'offrir d'indispensables disputes vespérales. Que d'envies elle a pourtant suscitées chez tant de lectrices, dont Adelina pourrait bien être la porte-parole ! Ton créateur m'a raconté qu'un jour une dame l'a reconnu dans la rue et l'a apostrophé en lui disant que, décidément, cette Livia, même pas sicilienne, il fallait que ça cesse, sa relation avec Montalbano. Et ce n'est pas le moindre mérite de tes histoires que de nous ramener à une robuste division sexuée des rôles, dans la mesure où nous autres, lecteurs mâles, ne pouvons avoir qu'une fidèle tendresse pour la Génoise, dont l'éloignement est si pratique à la fois pour maintenir l'ardeur de la flamme et autoriser toutes les tentations (et y céder parfois).

Caro Salvo, cela me fait penser que l'attachement profond que j'ai pour toi tient peut-être surtout à tes faiblesses, dont l'énumération ne saurait être exhaustive : ton art de ne pas dire la vérité sans mentir tout à fait, ton goût pour les coups de fil en déguisant ta voix, ton côté légèrement pédant dès qu'il s'agit de tableaux italiens des années 1920 et 1930, ta peur de vieillir si envahissante (et un peu lassante, il faut l'avouer, c'est quelqu'un qui a passé cette soixantaine si redoutée de toi qui te le dit), ton fanatisme pour les rougets de roche et la *pasta 'ncasciata* qui t'entraîne à des conduites retorses moralement condamnables : à quelles profondeurs d'hypocrisie es-tu capable de sombrer pour échapper aux fâcheux et surtout aux fâcheuses, et te retrouver attablé *in santa pace* chez Enzo, si possible avec une femme qui ne parle pas en mangeant ! Sans compter ton goût parfois immodéré pour le whisky ou ce second Montalbano en toi, dont le pénible moralisme ne semble là que pour se faire envoyer promener par le premier…

Très cher *dottore*, si j'ajoute à cela la langue, ou plutôt les langues, les tiennes, celles que tu parles, si différentes selon que tu t'adresses aux gens du peuple ou que tu cherches à manipuler le Questeur pour qu'il te foute la paix (qu'il te lâche les *cabasisi*) – mais aussi la langue du narrateur qui, les années passant, a fini par ressembler tout à fait à la tienne, je dois bien admettre que c'est tout un univers que ta fréquentation m'a apporté. Car la langue est toujours un regard sur la vie, une manière bien particulière de la considérer. Et de cet univers-là, je n'imagine pas comment je pourrais me passer, tant il est devenu constitutif du mien.

Je suis entré dans la langue italienne et dans la carrière de traducteur de l'italien en compagnie d'Andrea Camilleri. Ce qui explique sans doute pourquoi, quand je traduis aujourd'hui cette langue très particulière qui est la sienne, le « camillerese », quand je déploie la très particulière langue française que j'ai dû créer pour la rendre, je me sens comme quelqu'un qui rentre à la maison et retrouve spontanément les tournures et les expressions qu'on y emploie quotidiennement.

Mais le camillerese n'est pas toute la langue camillerienne : celle-ci opère en effet, dans des proportions variables, sur trois registres : l'italien standard, le dialecte et le camillerese à proprement parler, cet italien sicilianisé qui est une création toute personnelle de l'auteur. Le registre de l'italien standard ne présente pas de difficultés particulières pour le traducteur : on le transpose dans un français le plus souvent familier, comme l'italien de l'auteur.

Le troisième registre, celui du dialecte pur, intervient dans des circonstances spécifiques, généralement dans des dialogues en milieu populaire, ou par exemple quand Montalbano se met en colère, ou qu'il s'amuse à utiliser un terme pour dérouter Livia. En version originale, dans les passages en dialecte, soit la langue est suffisamment proche de l'italien standard pour se passer de traduction, soit Camilleri en fournit une à la suite. Dans la version française, la plupart du temps, je me conforme à la stratégie camillerienne : ou bien je traduis le dialecte en français standard en indiquant dans le corps du texte (les lecteurs détestent les notes de bas de page sauf pour les recettes de cuisine !) que la ou les phrases sont en dialecte, soit je reproduis le texte en dialecte avec sa traduction à la suite.

La difficulté principale se présente au niveau intermédiaire, celui de l'italien sicilianisé, qui est à la fois celui du narrateur et de bon nombre de ses personnages. Le camillerese est truffé de termes qui ne sont pas du pur dialecte, mais plutôt des régionalismes (pour citer deux exemples très fréquents, *taliare* pour *guardare*, et *spiare* pour *chiedere*). Ces mots, Camilleri n'en fournit pas la traduction, car il les a placés de telle manière qu'on en saisisse le sens grâce au contexte. Voilà pourquoi les Italiens de bonne volonté n'ont pas besoin de glossaire, goûtent l'étrangeté de la langue et comprennent pourtant.

Remplacer cette langue par un des parlers régionaux de la France ne m'a pas paru la bonne solution : soit ces parlers, tombés en désuétude, sont incompréhensibles à la plupart des lecteurs (et il semblerait bizarre de remplacer une langue bien vivante et ancrée dans les mots de la Sicile d'aujourd'hui par une langue morte), soit ce sont des modes de dire beaucoup trop éloignés des langues latines (un Camilleri constellé de mots bretons ou basques ne serait plus une traduction en français !). Il a donc fallu renoncer à chercher terme à terme des équivalents à la totalité des régionalismes. Le camillerese n'est pas la transcription pure et simple d'un idiome par un linguiste, mais la création très personnelle d'un écrivain, à partir du parler de la région d'Agrigente, avec adjonction de mots venus d'autres régions de Sicile, et d'époques plus ou moins récentes. Et cependant, si toute vraie traduction comporte une part de création littéraire, le traducteur doit aussi éviter de disputer son rôle à l'auteur, en évitant d'attirer l'attention par des originalités inutiles. Le traducteur est au service de l'auteur comme l'interprète au service du compositeur.

Pour rendre le niveau du camillerese, j'ai donc placé en certains endroits, comme des bornes rappelant dans quel registre on se trouve, des termes de français du Midi. D'abord, parce que le français occitanisé s'est assez répandu en France (tout comme le sicilien en

Italie), par diverses voies culturelles, pour que jusqu'à Calais on comprenne ce qu'est un *minot* (c'est ainsi que je traduis le terme *picciliddru*). Ensuite, ces termes apportent en français un parfum de Sud. J'ai par ailleurs choisi le parti de la littéralité quand il s'est agi de rendre perceptibles certaines particularités de la construction des phrases (comme l'inversion sujet-verbe : « *Montalbano sono* », au lieu du standard « *C'est Montalbano* », j'ai traduit : « *Montalbano, je suis* ») ou ce curieux emploi du passé simple par où s'exprime l'emphase sicilienne : « *chè fu* ? » pour « *che succede* ? » que j'ai traduit, donc, littéralement : « *qu'est-ce qu'il fut* ? », au lieu de « *qu'est-ce qui se passe* ? », ou le recours très fréquent à des formes pronominales : « *si mangiava un arancino* » au lieu de « *mangiava...* », que je traduisais par « *se mangeait* » et non « *mangeait* », ce qui aurait été plus correct en français.

J'ai tenté aussi de transposer certaines des déformations que le Maestro inflige à l'italien standard pour faire entendre la prononciation de sa terre : *pinsare* au lieu de *pensare*, que je rends par « *pinser* » au lieu de « *penser* », *aricordarsi*, au lieu de *ricordarsi*, que je traduis par « *s'arappeler* » au lieu de « *se rappeler* ». Choix sûrement discutables, mais qui me paraissent encore comme la moins mauvaise solution, car elle permet de suivre l'évolution du style de l'auteur. En effet, l'abondance des transpositions de déformations orales n'est pas la même dans les premiers Montalbano que dans les derniers. Il semble que, son public étant désormais conquis et habitué, Camilleri hésite de moins en moins à faire entendre les singularités de sa musique. On peut dire ainsi que, d'année en année, le Maestro a enseigné une langue nouvelle, sa langue, à ses lecteurs et qu'ils sont aujourd'hui des centaines de milliers, ces Italiens qui possèdent en plus de l'anglais et/ou du français, une troisième ou une quatrième langue, le camillerese !

L'ensemble de ces partis pris de traduction aboutit à une langue assez éloignée de ce qu'il est convenu d'appeler le « bon français » : ma traduction peut paraître peu fluide et s'éloigne souvent délibérément de la correction grammaticale. Mais depuis quelques dizaines d'années, le travail des traducteurs a été orienté par la tentative de mieux rendre la langue de leurs auteurs en échappant à la dictature de la « fluidité » et du « grammaticalement correct », qui avait imposé à des générations de lecteurs français une idée trop vague du style réel de tant d'auteurs. Un tel mouvement rejoint aussi le travail des auteurs francophones qui s'emploient à libérer leur expression du carcan d'une langue sur laquelle on a beaucoup trop légiféré. À discuter avec ceux que je rencontre dans des festivals et ailleurs, à voir leur enthousiasme, je constate souvent que les lecteurs français de Camilleri qui ont fait l'effort d'entrer dans le camillerese communient avec l'expérience des lecteurs italiens non siciliens. Français et Italiens ressentent le sentiment d'étrange familiarité que procure cet idiome hilarant et tragique qui nous fait rencontrer, en même temps qu'une île, une très ancienne et très moderne civilisation.

Voici, cher commissaire, comment je m'efforce de faire passer tes aventures dans la langue de Maigret et de San-Antonio. Tu sais que ton créateur est mort le 17 juillet 2019. Tout en changeant le regard de ses compatriotes sur le roman noir, il a rappelé au peuple italien la valeur de ce trésor qu'il était en train d'abandonner, et que, grâce à lui, on voit aujourd'hui refleurir dans tant d'œuvres littéraires : ses langues régionales. Depuis plusieurs années, devenu aveugle, il a continué à écrire en dictant ses livres à son assistante, Valentina Alferj, qui connaissait mieux que personne son univers – *L'Autre Bout du fil* est le premier des romans écrit dans ces conditions. L'heure viendra de raconter un peu longuement cette générosité, cette noblesse, cette bonhomie qui étaient les siennes et qui faisaient que tant de monde, même parmi ceux qui le lisaient peu, l'adorait : je me souviens de cette rencontre dans une commune des Alpes, où des centaines de personnes ont patienté pendant des heures sous le soleil pour pouvoir l'écouter et où j'ai senti que, pour des millions d'Italiens, il était le grand-père rêvé, intarissable conteur dont les histoires divertissent en même temps qu'elles aident à se tenir droit contre les laideurs de la vie.

Serge Quadruppani

Un

Ils étaient assis sur le petit balcon de Boccadasse, savourant en silence la fraîcheur de la soirée.

Livia avait été toute la journée de male humeur, ça se passait toujours comme ça quand Montalbano était sur le point de rentrer à Vigàta.

Tout à coup, comme elle était pieds nus, elle dit :

— Tu vas me chercher mes pantoufles ? J'ai froid aux pieds. Ça se voit que je commence à vieillir.

Le commissaire la fixa d'un air surpris.

— Pourquoi tu me regardes comme ça ?

— Tu commences à vieillir par les pieds ?

— Pourquoi, c'est interdit ?

— Non, mais je pensais qu'on commençait à vieillir par d'autres organes.

— Commence pas à dire des cochonneries, protesta Livia.

Le commissaire écarquilla les yeux.

— Mais qu'est-ce que tu racontes ?

— Je raconte ce que je veux, d'accord ?

— Je ne voulais pas dire de cochonneries. Les organes

auxquels je faisais allusion, c'était, je sais pas, les yeux, les oreilles…

— Tu veux bien aller me chercher ces pantoufles, oui ou non ?

— Elles sont où ?

— Où tu veux qu'elles soient ? À côté du lit. Celles en forme de chat.

Montalbano se leva et se dirigea vers la chambre à coucher.

Ces pantoufles devaient tenir chaud, mais elles lui étaient antipathiques parce qu'elles ressemblaient comme deux gouttes d'eau à deux chats blancs à queue noire. Naturellement, elles étaient hors de vue.

À tous les coups, elles se trouvaient sous le lit.

Le commissaire s'accroupit en pinsant :

— Le dos ! Voilà 'ne autre partie du corps qui t'avise des premiers ennuis de la vieillerie.

Il tendit le bras et commença à tâtonner.

Il rencontra les poils d''ne pantoufle et il allait la saisir quand une violente douleur le prit par surprise.

Il ramena vivement son bras et s'aperçut que le dos de sa main présentait une profonde entaille qui lui faisait carrément couler beaucoup de sang.

Se pouvait-il que ce soit un vrai chat ?

Mais dans l'appartement de Boccadasse, y avait pas de chats.

Alors, il alluma la lampe qu'il y avait sur la table de nuit, la prit et dirigea la lumière pour voir ce qui l'avait égratigné.

Il n'en crut pas ses yeux.

Une des deux pantoufles était restée pantoufle, mais l'autre était adevenue tout à fait chat, un chat qui le matait d'un air menaçant, oreilles baissées et poil hérissé.

Mais comment était-ce possible ?

Il fut pris d'un furieux accès de colère.

Il se leva, posa la lampe, gagna la salle de bains, ouvrit l'armoire à pharmacie et désinfecta sa blessure avec un peu d'alcool.

Ensuite, il revint sur le balcon et s'assit sans ouvrir la bouche.

— Et les pantoufles ? demanda Livia.

— Va te les prendre, toi, si t'en as le courage.

Livia lui jeta un regard indigné, secoua la tête d'un air de commisération, se leva et entra dans l'appartement.

Montalbano examina la blessure de sa main. Le sang avait séché mais la griffure était profonde.

Livia revint, s'assit, croisa les jambes ; elle avait ses pantoufles aux pieds.

— Il n'y avait pas un chat ? l'interrogea Montalbano.

— Qu'est-ce que tu racontes ? répliqua Livia. Il n'est jamais entré un chat chez moi.

— Et alors, ça, qui c'est qui me l'a fait ? demanda Montalbano en lui montrant sa blessure.

Sauf qu'à sa grandissime stupeur, il découvrit que sur le dos de sa main, il n'y avait rin. Elle était en bon état, parfaite.

— Ça, quoi ? Je ne vois rien.

D'un coup, Montalbano se baissa et lui arracha une pantoufle.

— Cette griffure, c'est ta fausse pantoufle qui me l'a faite, dit-il d'une voix altérée en la jetant par-dessus la balustrade.

À c’te point, Livia poussa un tel cri que…

… que Montalbano s’aréveilla.

Ils n’étaient pas à Boccadasse mais à Vigàta et Livia dormait comme un bébé à côté de lui. Par la fenêtre entrait la lumière pâle du petit matin.

Montalbano fut convaincu que ce serait une journée de libeccio.

Le bruit de la mer était fort.

Il se leva et passa dans la salle de bains.

Une heure et demie plus tard, Livia le rejoignit dans la cuisine, où le commissaire avait priparé le petit déjeuner pour elle et ‘ne écuelle de café pour lui.

— Alors, qu’est-ce qu’on fait ? demanda Livia. Moi, à 3 heures, je prends le car pour l’aéroport de Punta Raisi.

— Je suis désolé de ne pas pouvoir t’accompagner, mais je ne peux pas abandonner le commissariat, même pas une heure. T’as vu toi-même la situation où on est. Faisons comme ça, quand tu es prête, tu me passes un coup de fil, je viens te prendre pour t’emmener au car.

— Très bien, rétorqua Livia. Mais cette fois, tu tiens ta promesse de me rejoindre à Boccadasse ? Je n’admettrai pas d’excuses.

— Je t’ai dit que je viendrai, et je viendrai.

— Avec le costume neuf, ajouta Livia.

— D’accord. Avec le costume neuf, arépondit Montalbano en serrant les dents.

Ils en avaient discuté au moins deux heures par jour durant les quelques jours que Livia avait passés à Vigàta.

Quand elle était arrivée, à peine descendue de l'avion, avant même de l'embrasser, Livia avait voulu lui donner la bonne nouvelle :

— Tu sais que Giovanna, d'ici quelques jours, se remarie ?

Montalbano avait écarquillé les yeux :

— Giovanna ? Quelle Giovanna ? Ton amie ? Et avec qui elle se remarie ? Et les enfants ?

Livia avait éclaté de rire et lui avait fait signe d'aller chercher la voiture.

— Je vais tout te raconter pendant le trajet.

Dès qu'il eut démarré, le commissaire lui avait posé sa première question :

— Et Stefano, il a pris ça comment ?

— Et comment veux-tu qu'il l'ait pris ? Très bien. Ça fait plus de vingt ans qu'ils sont mariés.

Montalbano avait sombré dans la confusion la plus totale.

— Mais comment, après vingt ans de mariage et deux enfants, un homme peut-il être content que sa femme en épouse un autre ?

Livia avait été prise d'une attaque de rigolade tellement forte que, les larmes aux yeux, elle avait dû se défaire la ceinture pour se tenir le ventre.

Ce n'est qu'au bout d'un moment qu'elle avait aréussi à se calmer et qu'elle avait enfin pu reparler :

— Mais qu'est-ce que tu t'imagines ? Comment tu as pu te mettre ça en tête ? Giovanna se remarie avec Stefano.

— Ils avaient divorcé ? Et tu ne m'avais rien dit ?

— Ils n'ont pas divorcé.

— Et alors, pourquoi ils doivent se répouser ?

— Ils ne doivent pas « se répouser ». Pas du tout. Ils veulent faire la confirmation de leur mariage.

— La confirmation ?

Montalbano était tellement ahuri qu'il avait eu peur de continuer à conduire.

— Écoute, avait-il craqué, j'y comprends que dalle, merde !

— Ne commence pas à dire des gros mots, sinon je ne t'explique plus rien !

Ils étaient repartis et Livia avait acommencé à lui raconter le pourquoi et le comment de l'histoire de Giovanna et Stefano.

Époux heureux de l'être depuis vingt-cinq ans, ils allaient fêter le renouvellement de leur serment de mariage.

Au mot « renouvellement », le commissaire n'avait pas pu se retenir :

— Le renouvellement ? Comme pour la vignette de la voiture ? Comme pour la carte du cercle ?

Après quelques lamentations sur le manque de romantisme de Salvo, Livia lui avait décrit la cérémonie par le menu :

— Quand on entre dans la vingt-cinquième année de mariage, on fête les noces d'argent, c'est-à-dire qu'on fait le renouvellement du serment. On va à l'église, avec les parents, les enfants s'il y en a, et les invités, et on célèbre à nouveau la messe. On reconfirme la promesse faite : « Veux-tu prendre pour époux… » C'est très romantique : il y a la bénédiction des alliances, on m'a dit que les époux prendront chacun un cierge et en allumeront ensemble un troisième qui symbolisera leur union. Et ensuite, un vrai repas de noces avec toutes les traditions et les dragées argentées. Et toi, il faut que tu y sois parce que je l'ai promis à Giovanna et Stefano. Tu viens chez moi à Boccadasse et ensemble on monte à Udine.

Et ça, c'était le premier coup de poignard.

Le second est arrivé le même soir, tandis qu'ils dînaient, et à Montalbano, ça lui avait un peu coupé le 'pétit.

— J'ai regardé dans ton armoire, avait annoncé Livia, l'air sérieux.

— Et tu y as trouvé des squelettes ?

— Pas des squelettes, les cadavres de tes costumes. Il n'y en a pas un de décent. Cette fois, pour l'occasion, il faut que tu t'en fasses faire un sur-mesure.

Montalbano en avait eu des sueurs froides. De sa vie, il n'avait jamais mis les pieds chez le tailleur. Son découragement avait été tel qu'il n'avait même pas eu la force de rouvrir la bouche.

Ce n'est qu'au bout d'un moment qu'il s'était repris, il avait aréussi à parler et tenté de changer de sujet :

— Livia, demain matin, il faudra que tu viennes au commissariat avec moi. J'ai déjà prévenu Beba.

— Pour quoi faire ?

— Tu sais, peut-être que de Boccadasse, tu ne peux pas avoir une idée claire de la situation qu'on a par ici. Les débarquements sur la côte sont maintenant plus ponctuels que le bus de Montelusa. Il arrive des centaines de personnes, chaque nuit, toutes les nuits. Quelles que soient les conditions météo. Des hommes, des femmes, des enfants, des vieux. Ils arrivent glacés, affamés, assoiffés, apeurés. Ils manquent de tout. Au commissariat, on est tous pris, vingt-quatre heures sur vingt-quatre, par la question des débarquements à gérer. Et en ville, il y a plusieurs comités de bénévoles qui se sont constitués, pour collecter des biens de première nécessité, ils préparent des repas chauds, fournissent vêtements, chaussures, couvertures. Un de ces comités est animé par Beba. Tu te sens de lui donner un coup de main ?

— Bien sûr, répondit Livia.

Le commissaire avait espéré, en se sentant une espèce de vermine, que peut-être en s'occupant de ces malheureux, Livia oublierait le renouvellement et en conséquence le nouveau costume.

Le lendemain, Montalbano avait accompagné Livia chez Beba et il ne l'avait plus vue ni entendue de toute la journée.

Ils s'étaient aretrouvés le soir à Marinella et avant de lui raconter ce qu'elle avait fait, Livia avait voulu lui administrer le troisième coup de poignard et coup de grâce en même temps, encore une fois au moment du repas, comme si elle avait décidé de le mettre au régime.

— Aujourd'hui, malgré tout, j'ai réussi à passer à l'atelier de couture. Malheureusement, on m'a dit que demain, ils sont très occupés et ils ne pourront pas te recevoir. Ils ont été très gentils et m'ont assuré que ton costume sera prêt à temps ; ils t'attendent après-demain, le jour de mon départ, donc, à 15 heures. Je regrette, je ne pourrai pas t'accompagner, mais tu me jures que tu iras ?

Montalbano s'agaça.

— Ça fait deux jours que je passe mon temps à jurer. Je te promets que je vais y aller. Donne-moi l'adresse de c'te boutique.

— 32, via Roma. La grande porte à côté de la papeterie. Il n'y a pas d'enseigne extérieure, mais tu la trouves sur la rue, au rez-de-chaussée. Tu verras, tu vas bien t'entendre avec Elena.

— Elena ?!

— Oui. Pourquoi ?

— Je regrette, mais je n'y vais pas, annonça Montalbano d'un ton ferme.

— Qu'est-ce que ça veut dire, tu n'y vas pas ? Tu viens juste de me promettre.

— Je t'ai promis d'aller chez un tailleur, pas chez une couturière.

— Ça, il faut que tu m'expliques. Quelle différence ça fait, un tailleur ou une couturière ?

— Il y en a une, et comment !

— Laquelle ?

— Que moi, je vais pas me déshabiller devant une femme. Je ne veux pas qu'une femme me prenne les mesures à l'entrejambe, qu'elle me tourne avec un mètre autour en mesurant ma taille et mes épaules. Si une femme se colle à moi, il faut que ce soit pour d'autres raisons...

— Je sais pas si je dois te traiter de macho puant ou de dragueur des bas-fonds !

— Traite-moi de ce que tu veux, mais moi, j'y vais pas.

Furieuse, Livia avait claqué la porte de la cuisine et s'était enfermée dans la chambre à coucher.

Pour tenir bon, Montalbano était passé dans la salle à manger, avait allumé la télévision et pendant une bonne heure, il était resté à regarder une histoire de détectives à laquelle il avait compris rin de rin. Puis il avait éteint, avait déplié le canapé-lit et plutôt que d'aller prendre des couvertures dans la chambre, il s'était couché tout habillé en se couvrant avec la robe de chambre.

Il s'était agité longtemps sans réussir à trouver le sommeil. Puis il avait entendu la porte de la chambre à coucher s'ouvrir et la voix de Livia qui disait :

— Fais pas l'idiot. Viens dormir.

Sans répondre, il s'était levé et, le regard baissé, avait gagné la chambre où il s'était couché tout au bord du lit, comme s'il allait repartir bientôt.

Au bout de quelques minutes, la main chaude de Livia s'était posée sur son flanc et l'avait caressé. Et alors, ça avait été une reddition totale, assortie de la promesse d'aller chez la couturière.

À la fin du troisième jour, quand elle était rentrée, Livia n'avait fait aucune allusion à la question du nouveau costume, et comme ça, Montalbano avait pu se rattraper des dîners perdus les soirs précédents.

En revanche, Livia n'avait pas aréussi à avaler une cuillerée de soupe, préoccupée comme elle l'était d'obtenir des informations auprès du commissaire, sur une pirsonne dont elle avait fait la connaissance quand elle besognait avec Beba, et qui l'avait beaucoup impressionnée.

— J'ai rencontré un monsieur sexagénaire, grand, maigre, très élégant, avec des lunettes. Il paraît qu'ici, à Vigàta, il est ami avec tout le monde. Il parlait un italien parfait et un arabe, j'imagine, tout aussi parfait, avec tous les migrants. On l'appelle « docteur ». Dr Osman. Tu le connais ?

Montalbano avait ri.

— Bien sûr que je le connais, c'est mon dentiste. C'est quelqu'un de spécial, en plus d'être un très bon praticien. Tu vois, ces vieux médecins qui avaient l'œil clinique : il leur suffisait de te regarder pour poser un diagnostic précis ?

— Oui, arépondit Livia. Mais d'où vient-il ?

— Il est tunisien. Imagine qu'en plus d'être dentiste, c'est aussi un grand expert d'art. Il était consultant du musée du Bardo. Et ce n'est pas tout, ça fait plusieurs étés, mais l'hiver aussi désormais, que le Dr Osman se lève la nuit pour aller au port aider les migrants, aussi bien comme interprète que comme médecin.

— J'aimerais bien le connaître davantage.

— La prochaine fois que tu viens, on l'invite à dîner.

— Il a étudié où ?

— Il a passé son diplôme à Londres.

— Et comment s'est-il retrouvé à Vigàta ?

— Le Dr Osman est très discret, et il ne m'a jamais raconté son histoire, mais il paraît que pendant ses études, il s'est fiancé avec une Vigataise. Puis leur relation a mal tourné mais lui, il était tombé amoureux de la Sicile et surtout de cette mer qui baigne aussi sa terre.

— J'ai été en Tunisie et en effet, à part la langue, il n'y a pas beaucoup de différences avec ici.

— Je suis d'accord avec toi, Livia, et je ne crois pas qu'on soit très nombreux à penser ça. Et il n'y a pas non plus de différences dans le fait qu'eux sont contraints, en 2016, pour survivre, de quitter leur foyer, leur terre, leur famille, tout comme doivent le faire nos jeunes pour trouver un travail.

— Tu sais, Salvo, avait continué Livia, mélancolique, je regrette de devoir partir demain. Je voudrais rester ici avec toi et aussi continuer à aider Beba.

Salvo l'avait étreinte. Et durant la soirée, l'étreinte était adevenue toujours plus longue et toujours plus passionnée.

Ils finirent le petit déjeuner. Montalbano se leva, s'approcha de Livia, se baissa, lui donna un baiser. Mais Livia le retint par la main.

— Je n'arrive pas à te quitter maintenant. Tu peux rester encore un peu avec moi, juste un petit peu ?

Montalbano ne se sentit pas de refuser. Il déplaça la chaise et s'assit devant Livia. Elle lui tendit la main, il la prit et ils restèrent comme ça, sans un mot, à se mater dans les yeux, comme il leur arrivait tant d'années auparavant quand ils étaient capables de passer 'ne matinée entière rien qu'à sentir la chaleur des mains de l'autre et à plonger dans ses yeux.

Puis le tiléphone sonna.

Aucun des deux n'eut le courage de desserrer la main de l'autre mais la température, d'un coup, baissa nettement. Ce fut Livia qui dit, résignée :

— Vas-y, réponds.

Montalbano s'attendait à entendre la voix de Catarella mais c'était Fazio qui l'appelait.

— Pardonnez-moi, *dottore*, pouvez-vous venir au bureau le plus vite possible ?

— Pourquoi, qu'est-ce qui se passe ?

— Il se passe que dans la matinée est arrivée 'ne vedette avec une cargaison de cent trente migrants, dont trois femmes enceintes et aussi quatre cadavres dont deux minots.

— Eh bè ? fit Montalbano.

— Eh bè, le fait est qu'au centre d'accueil il en est arrivé cent vingt-neuf. Il en manque un.

— Vous avez aréussi à comprendre si la pirsonne qui manque c'est un homme, une femme…

— Oh que oui, *dottore*, il paraît que c'est un jeune de 15 ans qui voyageait seul.

À ce moment, Montalbano vit du coin de l'œil que Livia ouvrait la porte-fenêtre de la véranda. La lumière tamisée devint la lumière pâle d'une journée grise. Le bruit de la mer se fit plus fort.

— Maintenant, continua Fazio, le problème est que le Questeur fait tout un estrambord passqu'il veut qu'on l'aretrouve immédiatement. Et donc ça fait trois heures qu'on est tous occupés à le chercher et au commissariat, y a pirsonne.

— Je viens tout de suite, annonça Montalbano tout en pensant qu'à cette heure, le jeune était certainement déjà arrivé, va savoir comment, à la frontière allemande.

Il avait à peine raccroché que le tiléphone sonnait nouvellement.

— Montalbano !

Il areconnut tout de suite la voix 'mpérieuse du Questeur Bonetti-Alderighi.

Il eut envie de raccrocher. Puis il se reprit en pinsant que tôt ou tard, il devrait arépondre, alors avec un profond soupir, il dit :

— Excusez-moi, qui est à l'appareil ?

— C'est moi, bon Dieu !

— Moi qui ?

La voix du Questeur augmenta de volume, débordante de fureur :

— Je suis le Questeur ! Montalbano, réveillez-vous.

— Pardonnez-moi, *dottore*. Bonjour.

Bonetti-Alderighi lui rendit son salut :

— Bonjour, mon cul ! Vous êtes là à traîner chez vous au lieu de vous rendre au commissariat pour prendre en main les rênes de cette situation très délicate.

— Quelle situation très délicate ?

— Vous ne jugez pas délicat le fait qu'un terroriste…

— Pardonnez-moi, MONSIEUR le Questeur. Il ne s'agit que d'un pauvre mig…

Bonetti l'interrompit, hors de lui.

— Pauvre, mon cul ! J'ai reçu une information confidentielle de l'Antiterrorisme. Il paraît que dans cette barque était caché un très dangereux terroriste de Daesh.

— Il paraît, ou vous en êtes sûr ?

— Montalbano, n'ergotez pas, nom de Dieu. Nous avons simplement la charge et le devoir de le retrouver puis de l'emmener et de le retenir dans le centre *ad hoc*.

— Permettez-moi de vous contredire, MONSIEUR le Questeur. Ergoter, comme vous dites, est fondamental. Ces barques sont pleines de pauvres migrants, qui sont pour la plupart musulmans, et si nous ne faisons pas la différence entre musulmans et militants de Daesh, nous ne ferons que contribuer à l'accroissement de l'ignorance et à déchaîner encore plus de panique et d'hostilité, faisant ainsi le sale jeu des terroristes eux-mêmes.

Bonetti-Alderighi se tut. Mais juste un instant.

— Trouvez-moi ce terroriste, bordel ! lança-t-il, mettant fin à la conversation sans dire au revoir.

Deux mon cul, deux bon Dieu et un bordel en quatre minutes. Bonetti-Alderighi devait être vraiment dans tous ses états.

Montalbano se leva lentement.

Il s'approcha de Livia qui matait la mer agitée. Il lui posa un bras sur l'épaule, l'attira à lui.

— Je suis désolé, Livia, mais il faut vraiment que j'y aille.

Elle ne broncha pas.

Montalbano alla dans la chambre prendre sa veste et les clés de la voiture.

Il revint près d'elle.

— Alors, d'accord, j'attends ton coup de fil.

Ce n'est qu'à cet instant qu'elle se tourna pour le fixer et, l'index pointé vers la mer, lui demanda :

— C'est quoi, ce paquet ?

— Quel paquet ?

— Cette chose noire qui flotte à gauche, près de l'entrée du port.

Montalbano avança de deux pas sur la véranda et se mit à scruter attentivement la direction 'ndiquée par Livia.

Il resta quelques instants ainsi sans mot dire. Puis il descendit sur la plage.

— Toi, reste ici, dit-il.

Le commissaire s'approcha le plus près qu'il put, compte tenu du fait que le libeccio s'était mangé une grande partie de la plage et il s'appuya sur une barque retournée que l'habituel pêcheur matutinal avait mise à l'abri.

Il resta encore un moment à fixer et puis revint très lentement à la véranda.

Ses yeux avaient changé d'expression.

— Non. C'est pas un paquet, articula-t-il.

Deux

Le visage de Livia adevint très très blanc.

— C'est un mort ? demanda-t-elle.

— Oui, fit le commissaire qui commençait à retirer sa veste et à déboutonner son pantalon.

— Qu'est-ce que tu fais ? s'enquit Livia.

— Je dois aller le chercher avant que le courant se le ramène au large. Apporte-moi les sandales et le maillot de bain.

Livia s'aprécipita et quand elle revint, elle trouva Montalbano nu, combiné du tiléphone en main.

— Allô, Fazio ? Écoute, je vais récupérer un *catafero* en mer juste devant chez moi. Avertis le cirque équestre et essaie de venir dès que possible.

Il mit le maillot et passa les sandales puis, comme il arrivait sur la véranda, il se retrouva en face de l'habituel pêcheur du matin.

— Bonjour, *dottori*. Vous avez vu qu'à la mer, il y a…

— Oui, je sais. J'allais aller le chercher.

— *Jemoci con la mè varca*, allons-y avec ma barque.

Tous deux la retournèrent et la poussèrent vers le sable humide, puis la première vague l'attrapa et ils se la traînèrent dans l'eau.

Montalbano et le pêcheur sautèrent à l'intérieur. L'homme cala les rames et se mit à les manier avec beaucoup de force. Quelques minutes plus tard, ils arrivaient à hauteur du *catafero* qui flottait. Le pêcheur lâcha les rames, se plaça à côté du commissaire et à deux, agrippant solidement le corps, ils le hissèrent dans la barque.

Le commissaire l'examina.

La mer n'avait pas encore eu le temps de faire du dégât. Le corps nu était quasiment intact. Visiblement, il n'était pas depuis longtemps dans l'eau. C'était un jeune qui pouvait avoir une quinzaine d'années. La mort avait rendu son visage plus infantile.

Montalbano eut la certitude précise d'avoir en main les rênes de la « situation très délicate », comme l'avait définie Bonetti-Alderighi.

Le pêcheur, qui menait la barque vers la rive, dit :

— Vous savez, *dottori*, en ce moment, pas la peine d'aller pêcher. On ramène plus de morts que de poissons.

Ils touchèrent la rive. Montalbano prit le cadavre sur ses épaules et le transporta au sec.

Entre-temps, Livia était arrivée avec un peignoir de bain à la main. Elle le tendit au commissaire.

— Sèche-toi, il fait froid, lui intima-t-elle sans jamais tourner son regard vers le *catafero*.

Montalbano prit le peignoir et, au lieu de se sécher, il recouvrit le corps.

Au loin commencèrent à s'élever les sirènes des voitures de police.

À peine rhabillé, Montalbano voulut s'offrir le plaisir de tiléphoner à M. le Questeur :

— Je désirais seulement vous avertir que l'affaire du très dangereux terroriste est résolue. Je l'ai trouvé mort en mer.

— Comment faites-vous pour être sûr qu'il s'agit de la même personne ?

— Le Dr Pasquano vient juste de me signaler que la mort est advenue il n'y a pas plus de cinq heures, juste au moment où le bateau à moteur se trouvait à la hauteur du port. Le garçon a dû tomber accidentellement et personne ne s'en est aperçu. Donc, je voudrais l'autorisation de suspendre les recherches.

Bonetti-Alderighi eut un instant d'hésitation :

— Vous en assumez la responsabilité ?

— Pleine et entière, rétorqua Montalbano en raccrochant sans dire au revoir.

— Il est presque midi, dit Livia. Tu fais quoi ? Tu vas au bureau ?

— Non, arépondit le commissaire. On reste encore une petite demi-heure ensemble et puis je t'accompagne au car.

Il prit Livia par la main et la ramena à la cuisine.

— On a besoin de quelque chose de chaud.

Il pripara un autre bol de café pour lui et un thé pour Livia.

Ils burent en silence, puis à la fin, Livia passa dans la chambre à coucher, prit sa valise, Montalbano enfila sa veste, alla fermer la porte-fenêtre de la véranda et ils sortirent de la maison.

Après avoir dit au revoir à Livia, laquelle ne manqua pas de lui rappeler sa promesse, le commissaire s'en alla manger.

— Qu'est-ce que tu m'apportes aujourd'hui ? demanda-t-il à Enzo.

— *Dottori*, j'ai une nouveauté que vosseigneurie devrait essayer.

— C'est quoi, c'te nouveauté ?

— La soupe des migrants. Comme le comité de Mme Beba nous a demandé de l'aider pour faire manger c'tes pauvres malheureux, moi, je me suis inventé 'ne espèce de soupe de poissons, mais elle est pleine aussi de pâtes et de légumes divers. Comme ça, elle est aussi très nourrissante. Vous voulez la goûter ?

— Pourquoi pas, répondit le commissaire.

Montalbano apprécia tant la nouveauté qu'il en voulut une deuxième assiette. Ça restaurait et ça remplissait tellement l'estomac qu'il ne se sentit pas de demander le deuxième plat.

Comme il était encore tôt et que le temps était trop mauvais pour faire la promenade tout le long du môle, il se dirigea vers le Café Castiglione et là, il rencontra Mimì Augello qui en sortait pour retourner au commissariat.

Il lui vint 'ne idée.

— Pardon, Mimì, est-ce que par hasard, tu l'aconnais, une couturière qui s'appelle Elena ?

Mimì sourit et eut un mouvement de la tête comme pour dire « évidemment que je la connais ».

— Pourquoi tu veux le savoir ? demanda-t-il.

— Passque Livia m'a obligé à aller me faire faire un costume sur mesure et qu'elle a pris un rendez-vous avec cette couturière. Et moi, ça m'emmerde.

— Dès que tu la verras, ça t'emmerdera plus.

— Pourquoi ?

— Passque c'est 'ne femme très belle, extraordinaire. Elle a à peine passé la quarantaine, mais crois-moi, Salvo, sa qualité la plus impressionnante est la sympathie 'mmédiate qu'elle inspire. Tu verras que pour toi, ce sera pareil.

— Toi aussi, tu t'es fait faire un costume par cette couturière ?

— Tu imagines, comme si j'allais perdre l'occasion, mais Beba, dès qu'elle l'a su, m'a menacé de ne plus me laisser entrer chez nous si j'avais un costume de c'te femme.

En buvant son café, Montalbano constata que les paroles de Mimì ne l'avaient en rien rassuré, vu que toutes les femmes qui lui passaient sous les yeux lui paraissaient très belles et à ne pas rater.

Au numéro 32, le rideau de fer était levé. Montalbano s'arrêta et dut faire un gros effort pour ne pas exécuter un demi-tour et retourner au commissariat.

Puis il s'adécida, il voulut entrer mais la poignée de la porte vitrée était bloquée et pour finir, il sonna. Le trille de la sonnette lui parut agréable. Vint lui ouvrir une trentenaire à la peau brune, aux cheveux tirés sous un voile blanc, avec des yeux d'un noir profond et un sourire cordial.

— Bonjour. Je suis Meriam. Entrez, je vous prie.

Son ‘talien était parfait mais laissait percer un accent étranger.

Montalbano suivit la jeune femme dans un très long couloir. Les murs étaient sombres, d’un rouge pompéien chaud, accueillant. À gauche, des meubles s’alignaient : *armuàr*, tables basses, étagères, petites vitrines, ‘ne patère, ameublement à l’origine destiné à une cuisine mais qui, là, débordait de tissus, tricots, chemises, cravates, toutes choses si colorées qu’un arc-en-ciel en aurait été humilié.

Sur le côté droit, en revanche, il y avait une longue branche d’arbre d’une blancheur due sans doute à une récupération au bord de la mer après qu’elle l’avait beaucoup travaillée. À cette branche étaient accrochés ‘ne grande quantité de cintres portant des vêtements d’homme, manteaux, imperméables. Au bout du couloir, on tourna deux fois à droite et le commissaire se retrouva dans une très vaste salle.

— Bonjour, lui dirent deux voix masculines.

— Bonjour, répondit-il.

— Asseyez-vous, l’invita Meriam en lui indiquant un canapé bleu. Madame arrive tout de suite.

Et elle alla s’asseoir devant une machine à coudre.

La pièce était ouverte, lumineuse. À côté du divan, il y avait deux fauteuils et une table basse. Les voix qui l’avaient salué appartenaient à deux employés, un jeune et un vieux, qui besognaient sur une grande table de couturier.

Ils procédaient à l’ancienne, étendant l’étoffe sur le dessus en bois avant de la mesurer avec un mètre usé, tournant autour dans une espèce de ballet. Les deux hommes se sentirent observés. Ils se tournèrent, rencontrèrent le regard de Montalbano et lui sourirent ‘nstinctivement.

Dans leur dos, les cloisons étaient entièrement recouvertes par des étagères où s’entassaient des étoffes colorées.

Le commissaire fut captivé.

Il n’acomprenait plus s’il se trouvait place Jemaa el Fna à Marrakech, au bazar des épices du Caire, dans un magasin de Beyrouth, en tout cas il se sentait chez lui.

Puis Mme Elena franchit la porte, une main tendue vers le commissaire.

— Commissaire Montalbano, quel plaisir de vous avoir chez nous !

En un éclair, Salvo comprit que, cette fois, Mimì avait parfaitement raison.

Le commissaire se leva, lui serra la main. Sans la lâcher, Elena s’assit à côté de lui, puis la libéra enfin.

— Une tasse de thé vous ferait plaisir ?

Le thé lui donnait envie de vomir, mais Montalbano entendit, à sa très grande surprise, ses lèvres qui disaient :

— Pourquoi pas ? Merci.

À c’tes mots, Meriam se leva et sortit de la pièce.

Elena commença à parler :

— Votre compagne qui, permettez-moi de le dire par parenthèses est une femme très belle, très élégante, m’a dit que vous avez besoin d’un costume de cérémonie. Je pensais à un complet pas trop pesant étant donné la saison, peut-être un tissu de laine léger, mais d’un coloris pas trop sombre, genre fumée de Londres, une couleur plus automnale, que diriez-vous d’une tonalité rouille ? J’ai un tissu nouveau, une étoffe souple, presque une flanelle, que j'aimerais que vous puissiez toucher. Vous pourriez aussi le réutiliser en séparant le haut et le bas. Une chemise classique pour la cérémonie mais le pantalon irait bien aussi avec une veste déstructurée…

Pendant qu'elle parlait, Montalbano ne parvenait pas à détacher ses regards de ses jambes.

Quand Meriam posa sur la table basse le thé à la menthe avec le sucrier, les yeux du commissaire étaient arrivés aux genoux noueux d'Elena. Ce fut elle qui se pencha sur la table, prit la tasse et la tendit au commissaire qui fut ainsi obligé d'abandonner son examen pour fixer le visage de la couturière.

Il n'y perdit guère : Elena était blonde, avec un visage ouvert, accueillant, serein, souriant, comme un coussin moelleux et confortable pour un type mort de fatigue.

Toutefois, Montalbano nota, étonné, que les sourcils de la femme étaient noirs. Il s'ademanda alors si c'était la blondeur des cheveux qui était fausse ou si c'était la noirceur des sourcils. Puis il décida que chez une femme pareille, tout était naturel, authentique, vrai. Comme était naturel son corps mince aux courbes généreuses.

Le commissaire décida de ne pas déguster son thé à petites gorgées, il n'y arriverait sûrement pas. Il avala donc un grand coup et vida à moitié sa tasse.

En fait, le goût qui lui resta dans la bouche ne lui parut pas si mauvais.

Cependant, Elena s'était levée et était allée vers les étagères.

Montalbano la mata. Elle bougeait avec une élégance spontanée. Elle revint au bout d'un moment avec deux longs rouleaux de tissu. Elle s'assit nouvellement à côté de Montalbano, lui prit la main et en la guidant lui fit caresser le premier rouleau. Effectivement, c'était une étoffe douce, chaude. Montalbano la trouva aussi confortable. Elena lui fit tâter le deuxième rouleau et celui-ci parut encore plus moelleux et agréable que le premier.

— Celui-là, dit Montalbano.

L'étoffe était couleur rouille.

— Je suis contente ! Tu as choisi justement ce qui me paraissait le mieux adapté.

Puis la femme s'aperçut qu'elle l'avait tutoyé.

— Oh, excusez-moi, ça m'est venu tout seul.

— Mais je vous en prie, tutoyons-nous. J'en suis honoré.

Elena lui sourit et, le prenant par la main, le fit se lever et s'approcher de la table.

— Retire ta veste.

Tandis qu'il l'ôtait et la posait, Montalbano pinsa avec embarras qu'allait arriver le moment crucial de la mesure de l'entrejambe.

Mais Elena toucha l'épaule du plus vieux des employés :

— Nicola, s'il te plaît, accompagne monsieur à la cabine.

L'interpellé se suspendit son mètre au cou, mit des lunettes, prit un crayon et un bout de papier et dit :

— Venez avec moi.

Ils sortirent de la salle et regagnèrent le couloir. Là, ils ne tournèrent qu'une fois à gauche. Ils s'arrêtèrent. Nicola déplaça une tenture de velours qui ressemblait à un rideau de scène et fit signe au commissaire d'avancer. La cabine était très grande et éclairée par des spots de lumière chaude. Il y avait un miroir triple, deux sièges, un portemanteau en métal et une table basse.

Nicola acommença à prendre rapidement les mesures et il venait juste de finir quand derrière le rideau, on entendit la voix d'Elena :

— Je peux ?

— Entrez, répondit Nicola.

— Tu as tout fait ?

— Oh que oui, madame, dit l'employé en écartant l'étoffe pour sortir.

La femme se colla dos contre le miroir central et demanda :

— Tu peux reculer de deux pas ?

Un peu ahuri, Montalbano s'exécuta.

Elena le toisa lentement. Ses yeux passèrent des épaules au torse, du ventre aux jambes.

— Maintenant, tourne-toi.

Montalbano eut l'impression de se trouver dans un laboratoire de radiologie pendant qu'on le passait aux rayons.

Il sentit que l'œil d'Elena refaisait le même parcours sur son corps.

— Merci, dit la femme, on peut retourner à côté.

Dans la grande salle, Montalbano récupéra sa veste et l'enfila.

— Ta compagne m'a dit que tu as besoin du costume dans quelques jours. J'ai beaucoup de travail, mais je vais essayer de te faire passer en priorité. Ça t'ira si le premier essayage, on le fait dans trois jours, même heure ?

— Pour moi, ça va très bien, répondit le commissaire. Sauf imprévu.

— Gardons ce rendez-vous, répliqua Elena, je te laisse le numéro de l'atelier et celui de mon portable, et en cas d'empêchement, avertis-moi. Je te raccompagne.

Montalbano dit au revoir à la cantonade et on lui répondit en chœur.

Il remonta le long couloir avec cette fois Elena à son côté. Elle ouvrit la porte vitrée, lui tendit un billet, lui fit la bise et lui dit :

— Ça m'a fait plaisir de faire ta connaissance. Tu es un homme vraiment sympathique.

— Le plaisir a été pour moi, répondit sincèrement Montalbano.

Quand la porte vitrée se fut refermée dans son dos, le commissaire poussa un profond soupir. Pendant un moment, il s'était retrouvé dans une espèce de paradis. Maintenant, il savait qu'au commissariat, c'était l'enfer qui l'attendait.

En entrant, il s'aperçut tout de suite que Catarella avait les yeux rouges et gonflés et tenait un mouchoir en main, avec lequel il s'essuyait le nez.

— T'as pris froid ?

— Oh que non, *dottori*, dit Catarella comme pour couper court.

Montalbano 'nsista.

— Dis-moi ce qui t'arriva.

— Oh que non, *dottori*.

— C'est un ordre, parle.

Les coins de la bouche de Catarella se mirent à trembler comme s'il était sur le point de pleurer.

— Il se passa que cette nuit quand il y eut le débarquement de ces réfugiés…

Montalbano l'interrompit :

— Ne les appelle pas des réfugiés, Catarè, mais des migrants. Les réfugiés, c'étaient ceux qui pendant la dernière guerre fuyaient leur pays à cause des bombardements.

— Excusez-moi, *dottori*, mais ceux-là, ils ont pas fui les bombes de la même manière ?

Montalbano ne sut pas quoi répondre. La logique de Catarella était parfaite.

— Continue.

— En somme, dans l'affolement de la foule, je me suis retrouvé avec dans les bras une jeunesse qu'était enceinte de neuf mois qu'on aurait dit 'ne jarre et qu'elle pouvait pas faire un pas. Comme ça, en la tenant avec un bras tout autour de la taille, j'ai commencé à l'accompagner à l'ambulance. Alors je lui demandai comment elle s'appelait et elle m'arépondit qu'elle s'appelait Fatima. Enfin, quand on est arrivés à la tambulance…

— Pardon, Catarè, l'interrompit le commissaire, mais y avait pas d'infirmières ?

— Oh que oui, *dottori*, mais elles devaient s'occuper d'un blessé grave. En somme, moi je l'aidai à monter dedans c'te tambulance et comme j'allais me tourner pour partir, elle me dit en parfait 'talien : « Ne m'abandonne pas. »

Moi, j'ademandai si je pouvais rester avec elle mais on m'a répondu que non. Alors je me suis pris ma voiture et je suis allé au 'pital de Montelusa. Quand j'aretrouvai Fatima qui était couchée sur le même brancard dans le couloir je lui ai pris 'ne main et je la lui ai tenue très serrée jusqu'à quand on l'a emmenée dans la salle d'accouchement et puis je suis revenu ici, sur les lieux.

— Tu as eu des nouvelles ?

— Oh que oui, *dottori* ! On m'a tiléphoné y a une demi-heure. Un garçon, c'était. Mais il mourut.

Et là, Catarella n'y tint plus. Les larmes commencèrent à couler de ses yeux.

— Courage, lui dit le commissaire qui allait gagner son bureau quand Catarella le rappela :

— *Dottori*, je peux vous faire une prière ?

— Dis-moi.

— Je peux être exempté de c'te service au port ? Sivouplaît, *dottori*, si y m'arrive encore un truc comme ça, mon cœur, je vous jure, y tiendra pas et je m'attrape une attaque.

— C'est bon, répondit Montalbano, je verrai ce que je peux faire.

Il venait juste de s'asseoir quand Mimì Augello entra.

— Comment ça s'est passé avec la couturière ?

— Très bien, coupa court Montalbano, mais parlons de choses sérieuses.

— Pourquoi, d'après toi, c'te gonzesse, c'est pas une chose sérieuse ? rétorqua Augello.

— Il faut que je te demande quelque chose, dit Montalbano. Pourquoi cette nuit, tu as appelé aussi Catarella pour le service au port ?

— J'ai dû remplacer quelqu'un qui était malade.

— Arrange-toi pour que la chose ne se répète pas.

— Pourquoi ?

— Nous autres, on a fini par s'y faire, à c'tes scènes. Mais Catarella est comme un minot et il aréussit pas à supporter ce qui se passe et peut-être qu'il a raison.

— D'accord, acquiesça Augello.

Sur quoi, Fazio s'apprésenta. Il avait un visage sombre et fatigué. Il s'assit devant le bureau et déclara :

— J'ai entendu une rumeur, j'espère que c'est pas vrai. Il paraît que c'te nuit doivent arriver presque quatre cents désespérés.

Mimì réagit.

— Oui, comme l'autre nuit qu'il devait en arriver mille et en fait, ils étaient cent trente. Je comprends pas pourquoi les gens aiment balancer des conneries comme ça.

Le tiléphone sonna.

— *Dottori*, il y aurait qu'il y a le *dottori* Sileci qui veut parler avec vosseigneurie en pirsonne pirsonnellement.

— Passe-le-moi.

— Je peux pas, *dottori*, de par le fait qu'il n'est pas se trouvant sur la ligne mais sur les lieux.

— Alors fais-le entrer.

Sileci était un collègue de Montalbano quinquagénaire, grassouillet et moustachu, que le Questeur avait mis à la tête de l'équipe urgence-débarquements.

En entrant, il adressa un salut circulaire aux présents, puis il s'assit sur le siège que Fazio lui avait cédé.

— Et allez, dans la merde, on est, déclara-t-il.

Tous le fixèrent d'un air interrogatif.

— J'ai reçu la communication officielle, continua Sileci, que deux bateaux vont arriver. Le premier a recueilli deux cents naufragés. Le second deux cent douze. Ils se trouvent à sept heures de navigation d'ici…

Il jeta un coup d'œil à sa montre avant de poursuivre :

— En bref, vers minuit, acommencera un très grand bordel.

— Alors là, voyez-vous, dit Montalbano, cette fois, dans la merde, on risque de s'y noyer.

— Exact. Et donc, peut-être qu'il faudrait penser à un plan spécial. Mais quoi ?

Un lourd silence suivit.

Tous commencèrent à s'entre-regarder dans l'espoir que quelqu'un avance une quelconque solution.

Au bout d'un moment, Montalbano se décida à parler :

— Moi, j'aurais bien un début d'idée. Mais d'abord j'ai besoin de savoir deux choses. Fazio, rends-moi service, tiléphone tout de suite au Dr Osman et vois s'il est disponible pour nous donner un coup de main. Si oui, dis-lui de s'atrouver au commissariat ce soir à 11 h 30.

Fazio se leva et sortit en hâte.

— La deuxième chose, continua le commissaire en se tournant vers Sileci, c'est ça : toi, en tiléphonant à la capitainerie, tu peux obtenir que le second bateau s'amarre avec au moins une demi-heure de retard ?

Sileci se leva, sortit de sa poche son portable, s'approcha de la fenêtre. Il parla brièvement et revint.

— Ça peut se faire. Je voulais ajouter qu'avant de venir, j'ai été appelé par le Questeur qui m'a mis en garde. Il m'a dit que cette fois, ce sont ses mots, il ne doit rien nous échapper, pas même une aiguille.

— C'est quoi ? réagit Montalbano. L'histoire habituelle du terroriste infiltré chez les migrants ?

— Exactement. Depuis que Cusumano a été nommé à l'Antiterrorisme, il paraît que le soir avant de se coucher, il regarde sous son lit pour voir s'il y a un terroriste. Tu n'y crois pas ?

— Il est toujours possible qu'un fou furieux se cache parmi les réfugiés. Mais pourquoi irait-il affronter un voyage en mer très risqué, avec en plus les contrôles auxquels il serait soumis à son arrivée ? D'après moi le terroriste, s'il doit en arriver un, il débarquera d'un avion avec son passeport en règle et l'explosif lui sera fourni par un de ses complices qui se trouve déjà ici.

Fazio revint.

— Osman s'est mis à notre complète disposition.

— Alors dis-nous ton plan, demanda Sileci.

Trois

— Je crois avoir repéré le moment le plus critique du débarquement, attaqua le commissaire. Celui où notre surveillance devient très difficile et où les mailles du filet adeviennent si larges que certains peuvent s'enfuir.

— Et ça serait ? s'enquit Sileci.

— Ce serait le moment où la passerelle du bateau touche le quai. Alors à bord, il y a un chambard de tous les diables, malgré les tentatives des marins de maintenir un peu d'ordre. Les migrants sont pris de l'envie irrésistible de poser tout de suite le pied sur la terre ferme. Ils en peuvent plus de la mer. Et y a pas que ça : c'tes pauvres gens ont mis dans la traversée toutes les 'spérances d'une vie, toutes leurs petites économies ou celles de la famille et donc toutes les possibilités de vie sont concentrées dans ces premiers pas sur la terre ferme. Et alors, qu'est-ce qu'il arrive ? Il arrive qu'ils s'aprécipitent tous pour sortir les premiers, se bousculent, tombent à l'eau, grimpent les uns sur les autres. Quand ils parviennent au bas de l'échelle, nous autres, on se retrouve à devoir encaisser l'impact violent de vingt, trente personnes qui ne se contrôlent pas : ils crient, gémissent, pleurent, rient, mais surtout essaient de se mettre à courir vers Dieu sait où. Ça leur vient comme ça, instinctivement. Et nous autres, on est pas assez nombreux pour contenir c'te choc. C'est clair ?

— Très clair, répondit Sileci. Mais qu'est-ce que tu proposes ?

— Maintenant, je vais te le dire, arépondit Montalbano.

Et il le lui dit. Puis, demanda :

— Vous êtes d'accord ?

— Oui, et espérons que ça marche, arépondit Sileci, en se levant.

La première chose qu'il fit en arrivant à Marinella, ce fut, comme d'habitude, de visiter le frigo.

Il l'atrouva vide.

Alors, il se précipita vers le four. Il n'eut pas besoin de l'ouvrir. Le merveilleux parfum des pâtes *'ncasciata* d'Adelina lui emplit aussitôt les narines.

Il alluma le four pour réchauffer le plat et comme le libeccio était tombé mais que la soirée restait froide, il dressa la table à la cuisine.

Dans l'attente, il alla mater la télévision. Il y avait un reportage sur l'arrivée à Lampedusa d'un bateau qui avait sauvé en mer une soixantaine de pirsonnes. Mais sept étaient mortes. Il préféra ne pas se gâcher le dîner et éteignit.

À ce moment, le tiléphone sonna. C'était Livia. Sa première question fut :

— Comment ça s'est passé avec Elena ?

— Qui est Elena ?

— Ne me dis pas que tu n'y es pas allé…, lança Livia, tout de suite tendue.

Alors seulement, le commissaire s'arappela que c'était le prénom de la couturière.

— Bien sûr que j'y suis allé. Je tiens toujours mes promesses.

— Et alors ? Comment ça s'est passé ?

— Comment ça s'est passé ? Bien.

— J'en étais sûre.

— Mais toi, Livia, dis-moi une chose, par curiosité : quand j'ai été à l'atelier, j'ai vu qu'Elena avait deux employés et une couturière qui travaillait derrière la machine à coudre. Un des deux commis m'a pris les mesures. Elle m'a fait choisir un tissu et puis elle s'est juste limitée à me regarder de face et de dos.

— Eh beh ?

— Eh beh, on aurait plutôt dit la patronne d'un café élégant qu'une couturière.

Livia se mit à rire.

— Le regard qu'elle a posé sur toi lui a suffi.

— Suffi à quoi ?

— À comprendre la conformation de ton corps pour te tailler ton costume.

À ces mots de Livia, Montalbano éprouva, Dieu sait pourquoi, le même embarras que celui qu'il avait ressenti sous le regard pénétrant d'Elena.

Quelques instants plus tard, Livia lui dit :

— Alors, bonne nuit.

Montalbano lui souhaita à son tour bonne nuit, tout en sachant que pour lui la nuit serait tout sauf bonne.

À ce point, les pâtes étaient certainement chaudes comme il convenait. Il les tira du four, les versa dans une assiette creuse et commença à les savourer.

Quand il eut fini de manger, il s'aperçut qu'il était plus de 10 heures. Alors, il passa dans la chambre pour mettre un gros pull.

Il arriva ponctuellement au commissariat à 11 h 30.

— Ah, *dottori* ! Il y aurait qu'il y a le *dottori* Cosma qui vous attend dans la salle d'attendement.

— Et Damiano, où il est ? répliqua Montalbano.

Catarella écarquilla les yeux.

— Vous l'attendiez, lui aussi ? Il est pas encore là, dès qu'il arrive, je vous avertis.

— Très bien. Arappelle-toi : Cosma et Damiano, ils vont toujours ensemble[1].

De fait, Catarella ne s'était pas beaucoup trompé sur le nom. Tout au fond, le Dr Osman avait quelque chose d'un saint.

Montalbano alla dans la petite pièce, le docteur se leva et ils se serrèrent la main en souriant.

— Vous ne savez pas à quel point je vous suis reconnaissant d'avoir accédé à ma requête, dit le commissaire.

— Allah est clément et miséricordieux, arépondit le médecin, et moi aussi, goutte dans la mer, je m'efforce de suivre son exemple.

Ils passèrent dans le bureau de Montalbano. S'assirent.

— En quoi puis-je vous être utile ? demanda le docteur.

---

1. Plaisanterie de Montalbano aux dépens du pauvre Catarella : Côme et Damien (Cosma et Damiano) sont des saints jumeaux, presque toujours présentés ensemble dans l'iconographie pieuse. (*Toutes les notes sont du traducteur.*)

— Cette nuit est prévu un débarquement exceptionnel. Quatre cents personnes sur deux bateaux.

Le Dr Osman se prit littéralement les cheveux.

Montalbano reprit :

— Donc, il y a risque d'incidents sérieux. Il faut les éviter à tout prix. C'est pour cela que j'ai besoin de votre aide.

— Dites-moi ce que je dois faire.

— J'ai pensé qu'il vaudrait mieux qu'on monte sur les bateaux avant qu'ils s'amarrent. De manière que vous puissiez tenir un discours bien précis à ces gens pour les persuader qu'un accueil ordonné et calme rendra plus facile et plus rapide leur transport vers le centre d'accueil.

— Dites-moi ce que, d'après vous, je dois dire.

— Vous devriez expliquer que les règles ont changé et que ceux qui ne respectent pas les ordres de la police seront immédiatement arrêtés, déclarés indésirables, clandestins et renvoyés chez eux.

— C'est vrai ?! se récria Osman, étonné.

— Non, docteur, ce n'est pas vrai. Mais c'est un mensonge nécessaire.

— Très bien. Je vous fais confiance.

Le commissaire lui expliqua encore quelques autres trucs qu'il devait dire et puis ils prirent leurs voitures pour se rendre au port.

Quand ils arrivèrent, il y avait une dizaine de bus et trois ambulances garés à une certaine distance du point d'accostage.

Les bus brillaient de propreté, on aurait dit qu'on attendait 'ne dilégation de riches sheiks arabes en visite à la Vallée des Temples. Les chauffeurs, qui s'étaient réunis en cercle, fumaient et bavardaient, tous en uniforme plutôt élégant.

Montalbano pinsa que sur l'appel d'offres des bus, certains devaient s'en mettre plein les poches.

Les vingt hommes de la police, plus Sileci, Mimì et Fazio se trouvaient, eux, au bord du quai. Sileci s'approcha de Montalbano et d'Osman, les salua et dit au commissaire :

— Le bateau nous a signalé qu'à bord il y avait deux hommes et 'ne femme à conduire tout de suite au 'pital.

— Il y a des morts à bord ? s'enquit Montalbano.

— Par chance, apparemment aucun.

— Et dans l'autre bateau ?

— Ils n'ont ni blessés, ni malades, ni morts.

— Tant mieux, dit le commissaire.

Un lieutenant de la garde côtière approcha, un portable à l'oreille.

— Le premier bateau est à l'embouchure du port. Qu'est-ce que je dois lui dire ?

— De mettre en panne et d'attendre. Dans dix minutes, nous serons à bord.

Puis il se tourna vers Fazio et demanda :

— Le bateau pilote est prêt ?

— Tout à fait. Venez avec moi.

— Il me faut aussi deux de nos hommes pour nous accompagner.

— Entendu, dit vivement Fazio et à voix haute. (Il appela :) Macaluso, Gianni Trapani !

Deux policiers se détachèrent en courant du groupe et rejoignirent Fazio.

— Suivez le *dottor* Montalbano.

Dès qu'ils furent à bord, le bateau pilote se mit en route.

— Dès que vous serez montés sur le navire, ordonna Montalbano, vous irez vous mettre à la poupe, près de la passerelle.

Sur le flanc du bateau pendait une problématique échelle de corde. Montalbano s'ademanda s'il arriverait à grimper. Il avait peur de faire mauvaise figure.

Il s'arma de courage.

— Je monte en premier, annonça-t-il.

Comme ça, pinsa-t-il, s'il mettait un pied au mauvais endroit et tombait à l'eau, quelqu'un l'en tirerait sûrement.

Pendant ce temps, le navire avait allumé tous ses projecteurs et l'un d'eux était pointé sur l'échelle pour aider à la monter.

Montalbano leva le pied, le posa sur le premier échelon de corde, ferma les yeux parce que la lumière l'éblouissait et recommanda son âme, pour l'assurer de tous côtés, aussi bien à Dieu qu'à Allah.

Il avançait vélocement quand, tout à coup, il sentit que quelque chose le retenait par la poche du pantalon. Elle avait dû rencontrer un crochet. Il eut peur d'ouvrir la main pour aller se libérer et donc tira violemment sur ses bras pour continuer à grimper. Alors il entendit craquer le tissu de son pantalon.

Arrivé au niveau du pont, il fut saisi par les bras robustes d'un officier et hissé à bord.

— Je suis le commandant De Luca, se présenta l'homme en baissant son masque de papier.

Bien qu'un premier nettoyage eût été effectué, une puanteur de merde, de pisse, de menstrues flottait dans l'air.

— Enchanté, Montalbano.

Ils attendirent que les autres les rejoignent. Tandis que les deux agents s'adirigeaient vers la poupe, on guidait le commissaire et le Dr Osman jusqu'au pont de commandement.

Quand ils se mirent à la rambarde, ils virent 'ne masse informe : tous s'étaient comme empaquetés dans les couvertures thermiques qu'on leur avait données. On ne voyait que les yeux, étincelants, écarquillés, attentifs, tels ceux des chiens quand ils attendent un os.

Le commissaire ne put soutenir longtemps cette rafale de regards désespérés et il baissa les yeux.

Le Dr Osman porta à sa bouche le mégaphone que lui avait tendu De Luca et acommença à parler en arabe.

Montalbano fut sûr que le docteur répétait mot pour mot ce qu'il lui avait demandé de dire. Quoique ignorant l'arabe, il crut reconnaître certains mots. Tandis qu'il écoutait, il se rappela qu'autrefois les pêcheurs de la Méditerranée parlaient une langue commune, le « sabir ». Dieu sait comment elle était née et comment elle avait fini par mourir, mais elle aurait été bien utile aujourd'hui.

Puis le docteur dut terminer son discours par une question, parce qu'il entendit deux cents voix répondre en chœur.

— Ils sont d'accord, annonça Osman. Nous pouvons descendre.

De Luca donna l'ordre de repartir.

Quand Montalbano et le docteur descendirent du pont de commandement, ils se retrouvèrent aussitôt devant la foule qui s'ouvrait sur leur passage. Le commissaire sentit des mains qui le caressaient doucement et quelques voix qui disaient tout bas :

— *Choukran.*

À la poupe, devant la passerelle encore relevée, Montalbano remarqua trois pirsonnes étendues à terre, avec deux marins qui veillaient sur elles. Il sortit de sa poche son portable et appela Sileci pour lui dire de faire approcher les ambulances.

Quand le navire s'immobilisa et que la passerelle fut descendue, personne ne bougea.

Tous avaient respecté leur engagement.

Les brancardiers purent ainsi grimper en courant à bord, prendre les blessés et les emporter. Alors le Dr Osman dit quelque chose en arabe et aussitôt, se mettant en rang deux par deux, les migrants commencèrent à descendre sur le quai dans un ordre parfait, sans aucun cri. Seules quelques plaintes à mi-voix, quelques paroles murmurées se faisaient entendre, comme une faible litanie.

Quand les quarante premiers furent débarqués, Osman ordonna aux autres de rester à bord. Les migrants sur le quai furent dirigés par les policiers jusqu'aux cars. Ensuite, ce fut le tour d'un autre groupe de quarante pirsonnes.

Dès que le dernier migrant fut descendu, l'officier des gardes-côtes dit à Montalbano que le second navire les attendait à l'embouchure du port.

Ils redescendirent sur le bateau pilote.

Le deuxième débarquement se déroula lui aussi sans 'ncidents. Visiblement, les menteries de Montalbano, ces menaces d'arrestation et de renvoi immédiat, fonctionnaient à la perfection.

À la fin de l'évacuation par groupes de quarante, le dernier contingent ne comprenait plus que douze pirsonnes. Montalbano, Osman et les deux agents les suivirent.

Sur le quai, Fazio et Augello s'approchèrent du commissaire.

— *Dottore*, dit Fazio, vous avez le pantalon complètement déchiré. On vous voit le caleçon.

— Qu'est-ce qu'y a ? Ça te choqua ? rétorqua Montalbano, agressif.

— Oh que non, répondit Fazio, vexé. Je voulais juste vous avertir.

À c'te point, Sileci vint dire au revoir à ses collègues. Mais l'échange de poignées de main fut interrompu par deux voix altérées qui provenaient du dernier groupe débarqué, maintenant arrivé au bus. Ils se retournèrent pour voir ce qui se passait.

Un agent disait à un migrant :

— Enlève-moi cette couverture. Enlève-la tout de suite !

— Non ! non ! répondait l'autre d'une voix désespérée, en la serrant plus fort contre lui.

L'agent agrippa la couverture et essaya de la lui arracher.

S'ensuivit un étrange moment : le migrant lui abandonna la couverture et se lança dans une course désespérée. Il était vêtu à l'occidentale, avec un pantalon de velours, 'ne espèce de blouson et des chaussures qui détonnaient par leur élégance.

— Arrêtez-le ! Il est armé, cria l'agent.

À ces mots, Fazio bondit comme un lièvre. Suivi par Mimì Augello. En un tournemain, les deux hommes agrippèrent le fuyard, le jetèrent à terre et quand Montalbano et Osman les rejoignirent à leur tour, ils virent que Mimì venait d'ouvrir les mains de l'homme qui les gardait serrées sur sa poitrine, de toutes ses forces, et lançait des ruades et en criant :

— Non ! Non ! Non !

Enfin Augello aréussit à lui faire lâcher prise. Lui glissant la main sous le blouson, il en tira un objet long et noir.

— Mais c'est une flûte ! s'exclama-t-il, abasourdi, en la montrant aux autres.

À la vue de l'instrument, tous se figèrent, ahuris.

Dans cette situation, l'instrument avait l'étrangeté d'un objet tombé directement de Mars.

Privé de son instrument, l'homme était resté à terre, bras écartés, tête inclinée à gauche.

On eût dit un crucifié.

Il pleurait en silence.

— Remettez-le debout, ordonna Montalbano à Fazio et Augello.

Quand, soutenu par le duo, l'homme fut remis à la verticale, Osman fit un pas en avant et l'examina avec attention avant de dire quelque chose en arabe.

Mais l'homme l'interrompit :

— Je parle bien l'italien.

— Excusez-moi, mais vous n'êtes pas Abdul Alkarim ?

— Oui, fit l'homme dans un filet de voix.

— Je vous ai entendu jouer au Mai Florentin. Il me semble que c'était *L'Après-Midi d'un faune* de Ravel.

— Oui, répéta l'homme d'une voix encore plus basse. C'était mon dernier concert en Italie. Je peux avoir une cigarette ?

Montalbano sortit son paquet, il en prit une, le commissaire la lui alluma.

— Gardez le paquet et le briquet.

— Merci, dit l'homme en aspirant avidement.

— Mais comment vous êtes-vous retrouvé dans cette situation ?

— Peu de temps après ce concert, arépondit l'homme, j'ai appris que mon frère avait été arrêté par les hommes d'Assad et que sa femme et sa fille de 11 ans étaient restées sans ressources, et que leur vie était menacée. Je me suis senti en devoir de retourner dans ma patrie, mais clandestinement parce que je m'étais moi aussi exprimé contre le régime. Ainsi, j'ai réussi à mettre à l'abri ma belle-sœur et ma nièce, et puis je me suis embarqué à mon tour.

Mimì Augello lui tendit la flûte que l'homme ramena contre sa poitrine, en la caressant doucement.

— Elle pourra vous servir encore, dit Osman.

— Je ne crois pas, répondit le flûtiste. Si on me donne l'asile politique et que j'ai de la chance, j'espère avoir un travail dans la récolte des olives.

Sileci, qui s'était approché et avait vu la scène, intervint :

— Il faudrait y aller.

— Merci, lança l'homme à la cantonade.

Ils le virent retourner vers le groupe. L'agent lui rendit la couverture, le musicien se la mit sur les épaules et grimpa dans le bus. Montalbano invita Fazio à congédier les hommes du commissariat.

Sileci, au volant de sa voiture, se mit en tête du cortège. Ils partirent. En queue, dans un fourgon, se trouvaient les hommes de Sileci.

D'un coup, le quai fut désert.

Montalbano regarda sa montre. 3 h 30.

Trop tôt pour les pêcheurs du matin et trop tôt pour le retour des chalutiers qui avaient besogné toute la nuit.

— Où avez-vous laissé votre voiture ? demanda-t-il à Osman.

— Au parking du commissariat.

— Venez avec moi.

Ils dirent au revoir à Fazio et Augello, et chacun s'en alla de son côté.

En voiture, Montalbano et Osman n'échangèrent pas une parole.

Arrivés au parking, le commissaire descendit avec le dentiste.

Ils se serrèrent la main.

— Je vous remercie pour votre très grande générosité.

Osman eut un geste comme pour chasser une mouche.

— Je serai toujours là, *inch' Allah*, quand vous aurez besoin de moi. Essayez de vous reposer.

Et il monta dans sa voiture.

Malgré la fatigue, Montalbano ne se sentait pas d'aller se coucher tout de suite. Il ouvrit la porte-fenêtre et, après s'être muni d'un whisky et d'un verre, alla chercher le paquet et le briquet qu'il gardait toujours en réserve dans la table de nuit, puis s'assit dehors.

Il savait que la nuit était froide mais ne le sentait pas car l'adrénaline faisait toujours son effet.

Il repinsa au joueur de flûte.

La dignité, la décence de cet homme l'avaient beaucoup impressionné.

Et soudain, une idée le frappa : parmi ces misérables, combien de pirsonnes capables d'enrichir le monde par leurs talents ? Combien parmi tant de *cataferi* qui se trouvaient à présent dans l'invisible cimetière marin, auraient pu écrire 'ne poésie dont les paroles auraient consolé, égayé, comblé le cœur de ses lecteurs ?

Aussi, ces considérations mises à part, combien d'altruisme, de générosité de l'homme envers l'homme se perdait dans cette tragédie qui se répétait chaque nuit ?

Le joueur de flûte avait renoncé à une vie commode, hors de tout danger, il avait renoncé aux applaudissements, il avait renoncé à son art pour courir au secours de ses parents, au risque de se retrouver lui-même incarcéré comme son frère.

Avec ces morts, c'était peut-être le meilleur de l'homme qui se noyait.

Il se leva, gagna la cuisine, ôta son pantalon, le jeta dans la poubelle et alla dans la salle de bains avec l''ntention de rester au moins une demi-heure sous la douche.

Il dormit trois heures de suite dans le noir le plus profond et s'aréveilla exactement dans la même position qu'au moment où il s'était endormi.

Il avait été comme un poids mort jeté sur le matelas. Mais il se sentit parfaitement areposé et lucide. Il était 9 heures passées.

Cette fois, il se prépara deux écuelles de café.

En arrivant au commissariat, il atrouva Catarella qui dormait sur sa chaise, tête renversée en arrière.

Il tendit la main et flanqua une grande claque sur la tablette.

Catarella fit un bond, écarquillant des yeux épouvantés.

— Qu'est-ce qui fut ? Qu'est-ce qui fut ?

Puis il areconnut le commissaire. Se mit au garde-à-vous.

— J'ademande compression et pardonnement, *dottori*, mais j'eus un coup de bamboutement.

— Dis-moi un truc, par curiosité. Toi, c'te nuit, t'es pas allé te coucher ?

— Oh que non, *dottori*. J'attendais vosseigneurie pour le faire.

— Fais-toi 'mmédiatement remplacer et si dans cinq minutes je te trouve encore là, je te jette dehors à coups de pied au cul.

— À vos ordres ! répondit Catarella.

Montalbano alla dans le bureau de Mimì pour voir s'il était arrivé. Mais il était vide. Il s'assit à son bureau et vit que les papiers à signer étaient devenus deux montagnettes.

Et cette fois, il ne les fixa pas avec haine, peut-être que passer deux heures à mettre des signatures le distrairait de la lourdeur de la nuit précédente.

Mais au bout de cinq minutes, on frappa à la porte.

— Entrez !

C'était Fazio, ses paupières tombaient toutes seules et dès qu'il fut assis, il ne put retenir un bâillement.

— *Dottore*, dit-il, peut-être qu'il faudrait fixer des tours pour c'tes débarquements. Si par hasard, il se passe quelque chose pendant qu'on est tous au port, ici, au commissariat, il n'y aura que Catarella.

— Très bien, dit le commissaire, dès qu'Augello arrive, on met ces tours au point.

Quatre

Mimì Augello s'apprésenta au commissariat qu'il était 11 heures passées. Si Fazio tombait de sommeil, Mimì avançait comme un somnambule.

Il était littéralement en catalepsie.

Montalbano lui demanda s'il était en mesure de donner son consentement éclairé.

Augello ne lui répondit pas verbalement mais agita la main gauche pour signifier « plus ou moins ».

— Fazio a proposé d'organiser des tours de garde pour les débarquements. Tu es d'accord ?

Augello fit oui avec la tête.

— Alors, si ce soir des gens nous arrivent, il y aura Fazio. Demain, ce sera moi et la troisième nuit, tu la feras, toi, Mimì.

Augello arépéta le geste précédent. Puis il leva un doigt et demanda :

— On peut pas espérer qu'il y ait des nuits sans débarquement ?

— *'Nca certu !* Mais comment donc ! répliqua Montalbano. Vas-y toi, en Syrie, parler avec le califat !

Puis, à Fazio, il demanda :

— Tu as des informations sur de nouvelles arrivées ?

— Pas encore, répondit l'interpellé. Les mauvaises nouvelles arrivent toujours dans l'après-midi.

— Si on n'a rien d'autre à se dire, annonça Mimì, moi je vais dans mon bureau.

— Réunion terminée, conclut Montalbano. Sauf imprévu, on se revoit ici à 4 heures.

Étrangement, il avait envie de continuer à mettre des signatures. Il avait l'impression que plonger dans le Mare Magnum de la bureaucratie avait sur lui un effet thérapeutique. Mais cela ne dura pas longtemps car, cette fois encore, il fut interrompu dans sa tâche par le tiléphone.

— Ah, *dottori* ! Il y aurait qu'il y a le Dr Cosma sur la ligne.

— Passe-le-moi.

— Bonjour, commissaire. Je voulais vous dire que malheureusement, ce soir, si vous avez besoin de moi, je ne pourrai pas venir.

Montalbano en eut un coup au cœur.

— Et pourquoi ?

— Parce que j'ai une forte fièvre. Hier soir, j'avais déjà un peu de température, visiblement, le froid de cette nuit…

— Et je fais comment ? laissa-t-il échapper.

— Je m'en suis déjà occupé, le rassura le docteur. J'ai parlé avec une amie à moi. Elle s'appelle Meriam. Vous verrez qu'elle me remplacera très bien. Je lui ai dit comment se comporter avec les migrants.

Ce nom disait quelque chose au commissaire.

— Pardon, mais cette Meriam, est-ce que, par hasard, elle travaillerait dans un atelier de couture ?

— Oui, oui. C'est elle.

— Je la connais. Vous pensez qu'elle y arrivera ?

— Je peux vous l'assurer. Elle parle quatre langues à la perfection.

— Vous me donnez son numéro de portable ?

Il se l'écrivit, mit fin à la communication et appela Fazio, lui transmit l'information et celui-ci fit la grimace.

— Ça ne te va pas ?

— Oh que non, *dottore*, moi ça me va. Mais est-ce que ça leur ira aussi, aux migrants ? *Dottore*, comprenons-nous bien, c'est 'ne femme…

— Moi, j'ai confiance dans le Dr Osman. Mais si tu as des doutes, je te fais une proposition : intervertissons les tours de garde, ce soir, j'y vais, moi.

Fazio se vexa.

— *Dottore*, je voulais seulement signaler 'ne possible complication. Si vous vous fiez au Dr Osman, fiez-vous aussi à moi.

La trattoria était déserte, mais les tables avaient été disposées en fer à cheval.

À l'exception d'une seule, dressée à l'écart.

— Qu'est-ce qu'il y a ? Un banquet ? s'alarma le commissaire.

— Oh que non, *dottori*, dit Enzo, nous fêtons les 90 ans du chevalier Sciaino.

— Et pourquoi tu m'as pas préparé ma table dans la petite salle ?

— Excusez-moi, *dottori*, mais on la repeint.

Montalbano se vit contraint de faire contre mauvaise fortune bon cœur. Il s'assit.

Il avait le secret espoir de finir le dîner avant qu'arrivent les participants à la fête.

— Qu'est-ce que je mange ?

— Spaghettis aux palourdes ?

— Bien sûr ! Amène vite.

Enzo disparut en cuisine, et en compensation, acommencèrent à entrer quelques pirsonnes qui semblaient 'nvitées à une veillée funèbre.

Sexagénaires, quinquagénaires, hommes et femmes, tous avec un air digne, un visage pâle, des gueules d'enterrement. Ils prirent place tandis que d'autres arrivaient, tout aussi tristes et mélancoliques.

Puis, au-dehors, on entendit 'ne voix puissante et joyeuse :

— *Ccà sugno, piccioti*, je suis là, les gars !

Et un vieux entra, élégant, souriant, rubicond, soutenu par deux jeunes, des petits-fils peut-être, mais à son pas sûr et rapide, on eût dit qu'en fait, c'était lui, le chevalier, qui amenait les deux autres.

Enfin, avec la présence du nonagénaire, la table put s'animer quelque peu.

Durant tout le dîner, Montalbano n'entendit que la voix du vieux qui racontait sans arrêt des blagues, plus cochonnes les unes que les autres, tout en mangeant sans trêve, et en trinquant à la santé des commensaux.

Le commissaire sortit de la trattoria avec la précise conviction que le nonagénaire les enterrerait tous avant de quitter ce monde.

Il alla faire son habituelle promenade tout le long du môle.

Il nota que les deux navires n'étaient plus là. Certainement repartis à la recherche d'autres migrants en mer.

Comme l'avait prévu Fazio, la mauvaise nouvelle arriva par la voix de Sileci vers 4 h 30.

Dans le bureau du commissaire, il y avait aussi Augello et Fazio.

Dès que Catarella lui dit le nom du collègue, il mit le haut-parleur :

— Montalbano, je dois te communiquer que vers minuit, comme d'habitude, une vedette va arriver. Heureusement, cette fois, il n'y a que trente-cinq migrants, tous sauvés d'une barque en train de couler. Donc, c'est pas un truc trop lourd.

— Bien. Ce soir, je ne serai pas là. C'est Fazio qui me remplacera.

— Je l'attends à 11 h 30 sur le quai. Je crois que, cette fois, cinq de vos hommes suffiront.

— D'accord, dit le commissaire en fixant Fazio dans les yeux pour avoir son approbation.

Celui-ci acquiesça du menton.

Montalbano mit fin à la communication avec Sileci.

Avant de rentrer à Marinella, il passa dans le bureau de Fazio.

— Peut-être qu'il serait bon que tu prennes contact avec la fille qui remplace Osman.

— Déjà fait, fut la réponse.

Montalbano étouffa le sursaut de fureur qui le prenait chaque fois qu'il entendait ces mots et ademanda :

— Quelle impression elle t'a faite ?

— Elle m'a fait l'impression d'une jeune femme décidée. Avec les idées claires.

— Tant mieux, approuva le commissaire, et il dit au revoir et s'en fut.

Comme il était rentré tôt à Marinella, il lui vint l'envie de se faire 'ne balade, mais le libeccio avait sali toute la plage, la couvrant de bouteilles et de sacs en plastique, en y rajoutant, va savoir comment, 'ne vieille machine à laver cassée. C'était adevenu littéralement un dépôt d'ordures.

« Au moins, cette fois, pas de cadavres », pinsa le commissaire en s'arappelant le garçon trouvé la veille.

Il passa une soirée tranquille. Il réussit même à lire quelques belles pages d'un roman qui avait comme personnage principal un Questeur adjoint romain envoyé dans les neiges d'Aoste[1]. La seule pinsée de s'atrouver à la place de ce collègue lui fit courir des frissons de froid le long du dos.

Avant d'aller se coucher, il appela Livia. Il lui raconta la nuit précédente. Livia se mit en colère parce qu'il ne lui en avait pas parlé plus tôt, puis ils firent la paix, se souhaitèrent rituellement une bonne nuit, puisque celle-là au moins devrait être bonne.

Et là encore, il se trompa.

Il s'aréveilla d'un coup parce qu'il avait eu la sensation que le tiléphone avait sonné.

Il tendit l'oreille.

Rin.

1. Allusion à un titre de la série de Rocco Schiavone, l'enquêteur créé par Antonio Manzini.

Silence absolu. Il alluma la lampe de la table de nuit et regarda sa montre. Une heure pile. Il éteignit, se remit en position de sommeil et le tiléphone sonna.

Il s'aprécipita dans le noir. Pour qu'on l'appelle à cette heure, il avait dû se passer quelque chose pendant le débarquement.

C'était Fazio.

— *Dottore*, excusez-moi mais Sileci voudrait que vosseigneurie vienne ici.

— Qu'est-ce qui se passa ?

— *Dottore*, c'est compliqué à expliquer mais si vosseigneurie vient pas, on pourra pas bouger d'ici.

Il passa à la salle de bains, se mit la tête sous le robinet, s'habilla n'importe comment, à la *sanfasò*, et sortit en courant.

Une pleine lune digne de Leopardi, qui l'accompagna jusqu'au quai, le remit en selle. Quand il arriva, la situation ne lui parut pas si dramatique.

Fazio et Sileci l'attendaient sur les marches du bus, à l'intérieur duquel avaient déjà pris place tous les migrants : les cinq agents du commissariat bavardaient tandis que les hommes de Sileci étaient déjà dans le fourgon. Tout le monde était prêt à partir. Pas trace de Meriam.

— Qu'est-ce qui se passe ? demanda Montalbano à Fazio et Sileci venus à sa rencontre.

— Le débarquement, annonça Fazio, s'est passé de manière totalement tranquille.

Et il se tourna vers Sileci comme pour lui passer la parole.

— Le bordel, attaqua celui-ci avec nervosité, a commencé juste comme j'allais donner l'ordre de partir. Une gamine est redescendue du bus en hurlant et en pleurant, ses parents essayaient de la retenir. Alors est intervenue cette femme… comment elle s'appelle ?

— Meriam, dit Fazio.

— Alors, cette Meriam a commencé à parler avec la fille. Ça a pris un moment avant qu'elle se calme. Elles se sont mises à l'écart et puis Meriam est revenue vers moi pour m'expliquer que, durant la traversée, il s'était passé des choses terribles et que la fille ne voulait plus remonter dans le car.

— Et qu'est-ce qui s'est passé ?

— Ça, Meriam n'a pas voulu nous le dire. Mais Salvo, qu'est-ce que tu veux qu'il se soit passé ? arépondit Sileci.

— Je ne sais. Dis-le-moi, toi, rétorqua le commissaire qui, lui aussi, commençait à avoir les nerfs.

— On a dû lui palper le cul, dit Sileci, et pour une connerie de ce genre, on est en train de perdre beaucoup de temps.

— Mais où elles sont, Meriam et c'te minote ? demanda Montalbano à Fazio.

— Dans mon auto, *dottore*.

Montalbano ne perdit pas de temps, il alla à la voiture de Fazio, ouvrit la portière avant et s'assit à la place du conducteur.

Sur le siège arrière, il areconnut dans la demi-obscurité le sourire de Meriam. La gamine, 14 ans maximum, paraissait endormie, tête posée sur les cuisses de la femme qui lui caressait doucement les cheveux.

Meriam lui fit signe de parler à voix basse.

Montalbano l'interrogea du regard, sans ouvrir la bouche.

Alors Meriam se mit à chuchoter :

— Cette enfant, qui s'appelle Leena, m'a confié qu'elle a été violée par deux hommes durant la traversée. Elle n'a rien dit parce qu'ils la menaçaient de les jeter à la mer, elle et sa famille.

— Donc, je crois comprendre, dit Montalbano, que les violeurs se trouvent dans le bus.

— Exactement, et c'est pour ça que Leena n'a pas voulu y rester. Elle a peur que ça se reproduise. J'ai parlé aussi avec ses parents, qui ne se sont aperçus de rien et qui ne savent rien, et je les ai rassurés en leur disant que Leena est juste éprouvée par le voyage et qu'elle va rester un peu avec moi. Ils ont accepté à contrecœur.

Montalbano prit très vite une décision.

— Je reviens tout de suite, dit-il, et il descendit, en refermant la portière sans la claquer.

À quelques pas, Fazio l'attendait.

— Alors ? lui demanda-t-il.

Montalbano n'arépondit pas et poursuivit sa marche jusqu'à Sileci.

— La gamine a avoué à Meriam que sur le bateau, pendant la traversée, elle a été violée deux fois. Pas vraiment une connerie ! Donc, il n'y a qu'une solution : faire descendre du bus tous les migrants.

— Quoi ?! se récria Sileci, toujours plus nerveux.

— Ne t'inquiète pas, je m'en occupe, moi, et pas besoin non plus de déranger tes hommes. Donne-moi quelques minutes.

— Bon, d'accord, dit Sileci.

Montalbano se tourna vers Fazio :

— Dis à nos hommes de faire descendre tout le monde et de les mettre en ligne. Séparons d'abord les hommes des femmes.

Dix minutes plus tard, les trente-quatre migrants s'aretrouvèrent tous alignés devant le commissaire qui ordonna à Fazio :

— Regarde-les un par un et fais remonter les femmes.

Restèrent onze hommes. Six étaient vieux et en mauvais état, et Montalbano fit aussi remonter ceux-là.

Puis il se tourna vers Sileci :

— Tu peux les emmener. Ces cinq qui restent et la fille, on les garde au commissariat. Cette nuit même, je te fais avoir copie de la garde à vue.

Sileci ne fut que trop content de lui serrer la main et de filer.

Les agents du commissariat, sous les ordres de Fazio, firent monter dans les véhicules de service deux migrants à la fois. Montalbano, pour sa part, accompagné d'un de ses subordonnés, fit monter dans sa voiture le jeune de 16 ans qui ne savait pas lui-même s'il avait plus peur que sommeil, ou le contraire.

Fazio revint à sa voiture pour emmener Meriam et Leena.

Montalbano roulait depuis peu quand Fazio l'appela sur le portable :

— *Dottore*, Meriam dit que pour l'instant la petite n'est pas en mesure d'arépondre aux questions. Elle dit qu'il vaudrait mieux qu'elle l'emmène chez elle d'abord, qu'elle lui donne quelque chose de chaud, la fasse se laver et se changer, vu que chez elle, elle a sa petite nièce du même âge que la fille, et elles viendraient au commissariat après.

— Elle a peut-être raison, répondit Montalbano. Mais il lui faut combien de temps ?

Après une brève pause, Fazio arépondit :

— Une petite heure maximum.

— D'accord, dit le commissaire. Alors, dis aux autres des deux voitures qu'ils mettent les migrants en cellule, et puis donne congé aux hommes à l'exception de deux qui doivent rester en service.

Arrivé devant le commissariat, il fit descendre l'agent avec le jeune et repartit en vitesse vers Marinella.

Le réveil au milieu du premier sommeil l'avait ensuqué, il ressentait la nécessité d''ne bonne séance de rafraîchissement pour s'éclaircir les idées.

Il entra chez lui qu'on aurait dit un personnage des films burlesques muets quand ils se déplacent en accéléré. Il se déshabilla, se fourra sous la douche, sortit, se pripara un café, s'essuya, s'habilla, se but une écuelle, se prit deux paquets de cigarettes dans la réserve et les glissa dans la poche de son blouson, puis sortit et, tandis qu'il fermait la porte, le portable sonna nouvellement.

— Je t'écoute, Fazio.

— *Dottore*, il y a 'ne complication.

— À savoir ?

— En aidant la petite à se déshabiller, Meriam s'est aperçue qu'elle avait des traces de sang. Alors, elle appela sa gynécologue et elle, elle a voulu qu'on lui amène la minote 'mmédiatement à son cabinet, qui est chez elle. Je les ai accompagnées et là, je suis garé en bas, à attendre des nouvelles. Dès que j'en ai, je vous en donne.

— D'accord, dit Montalbano.

Il rouvrit la porte, alla dans la chambre, retira ses chaussures, s'étendit sur le lit et reprit en main ce roman où son infortuné collègue se les gelait.

Passionné par sa lecture, il perdit la notion du temps. Cette fois, ce fut le tiléphone fixe qui sonna.

— *Dottore*, je suis chez Meriam. La gynéco a examiné la petite, elle lui a donné 'ne pilule pour pas tomber enceinte et puis elle voulait qu'on la conduise au 'pital de Montelusa, mais Meriam a réussi à la convaincre que non. Maintenant, la minote est alitée, passqu'il vaut mieux qu'elle se repose. On fait quoi ?

— Je viens. Donne-moi l'adresse.

— 14, via Alloro, y a écrit Choukri.

Heureusement qu'il savait où s'atrouvait cette rue, il ne perdit pas de temps à la chercher.

Il se gara, sonna, on lui ouvrit, il franchit la porte de l'immeuble et, négligeant l'ascenseur, se fit deux étages à pied. La porte était ouverte. Meriam l'attendait.

Elle le conduisit au salon. Fazio, qui était assis dans un fauteuil, la tête entre les mains, se leva d'un bond.

Puis se rassit quand le commissaire s'installa dans un autre fauteuil.

— La gynéco a dit que par chance les lésions sont superficielles. Leena est dans mon lit, j'ai réveillé ma nièce qui lui tient compagnie, expliqua aussitôt Meriam.

— Mais votre mari ? demanda Montalbano.

— Mon mari revient à 7 heures. Il est veilleur de nuit.

— Écoutez, attaqua le commissaire, je voudrais rendre l'interrogatoire le moins pénible possible pour cette enfant. Donc, si Leena vous a dit quelque chose sur ce qui s'est passé sur la barque, vous pouvez me le rapporter ? J'éviterais de lui faire revivre la scène, de rouvrir les plaies.

— Oui, dit Meriam. Malheureusement, oui. Elle m'a raconté que quelques heures après le départ de la barque, pendant qu'elle dormait à côté de sa mère, elle a senti qu'on lui mettait une main sur la bouche et elle a été soulevée par deux hommes qui l'ont traînée vers la poupe. Tout le monde était épuisé par l'attente de l'embarquement, ils ne mangeaient ni ne dormaient plus depuis des jours et personne de sa famille n'a rien remarqué. Leena elle-même m'a dit qu'elle se croyait dans un cauchemar. Les deux qui l'avaient emportée, en continuant à la bâillonner, l'ont violée chacun son tour, en l'obligeant à s'asseoir sur eux. Après, ils l'ont menacée de les jeter à la mer, ses parents et elle, si elle disait quelque chose et ils l'ont trimbalée comme un paquet et ramenée à côté de sa mère. Même moi, j'ai eu du mal à la faire parler mais ensuite, elle n'en pouvait plus de tout garder pour elle, elle a fini par se confier…

— Merci, dit Montalbano. Elle vous a raconté autre chose sur ces deux hommes ?

— Non.

— Vous croyez qu'on peut la voir ?

— Oui. Suivez-moi. Au fait, elle s'appelle Leena Marrash.

Au milieu du grand lit, Leena était couchée, trois oreillers dans le dos. À son côté, la nièce de Meriam matait un portable dont s'élevait une musique 'méricaine.

— Anna, s'il te plaît, tu peux aller dans ta chambre ? lui demanda Meriam.

La petite se leva et sortit sans lâcher le tiléphone.

Montalbano et Fazio s'assirent sur deux chaises. Meriam, elle, s'assit sur le lit auprès de Leena. La minote portait un voile sur la tête et maintenant qu'il pouvait la voir en pleine lumière, le commissaire se rendit compte de la douleur, de la souffrance qui marquait ce petit visage.

Fazio la mata puis baissa la tête pour éviter ses yeux.

— On va faire comme ça, annonça Montalbano. Je pose les questions et vous, Meriam, vous traduisez et me rapportez les réponses.

— D'accord.

— Vous pouvez lui demander si elle a pu voir le visage des deux hommes ?

Meriam n'avait pas fini de poser la question que Leena se laissait glisser jusque sous le drap. Sa tête et ses épaules disparurent à la vue des présents.

Meriam lui dit quelque chose. La réponse fut donnée par deux petites mains qui sortirent de sous la couverture pour en agripper les bords et, non pas la soulever, mais la tenir plus serrée, et rester ainsi encore plus emmitouflée.

— Il vaudrait peut-être mieux que vous retourniez au salon, suggéra Meriam. Je vais essayer de lui parler seule à seule.

Montalbano et Fazio sortirent de la pièce.

Quand ils furent dans le salon, Montalbano s'aperçut que Fazio était blême comme un mort.

— T'es fatigué ?

— Oh que non !

— Tu te sens mal ?

— Oh que non !

— Qu'est-ce que tu as ? Dis-le-moi ! C'est un ordre !

— *Dottore*, j'ai une terrible envie de les dérouiller à coups de pied dans les couilles tous les cinq, coupables et innocents !

Montalbano écarquilla les yeux, jamais il n'avait entendu une phrase aussi violente dans la bouche de Fazio, lequel pourtant, pendant qu'il parlait, avait aréussi à se contrôler.

— Excusez-moi, articula-t-il à voix basse.

Montalbano éprouva le besoin de se fumer 'ne cigarette. Il alla à la fenêtre, l'ouvrit, se l'alluma, en veillant à ce que la fumée s'envole au-dehors.

Quand il l'eut finie, il l'éteignit sur le rebord, glissa le mégot dans sa poche et dit :

— Fazio, tiléphone au commissariat et fais-toi raconter comment ça se passe.

Peu après, son subordonné rapporta à Montalbano que Catarella lui avait dit que les cinq se tenaient tranquilles en cellule et que les deux agents restés de garde les attendaient.

Le petit salon de Meriam était propre, ordonné. Des photos de mioches étaient serrées sur deux meubles. Dans un grand cadre d'argent, il vit la photo d'un diplôme 'nglais d'un jeune aux yeux noirs, manifestement fils ou parent de Meriam. Sur la table basse entre les deux fauteuils, était posé un exemplaire relié du Coran à côté de revues de mode 'taliennes.

En somme, une maison comme tant d'autres.

— Commissaire, je crois que Leena n'arrivera pas à vous parler. J'ai compris ce que vous voulez savoir et je me suis permis de lui poser moi, quelques questions.

— Vous avez très bien fait, répondit Montalbano. Qu'est-ce qu'elle vous a dit ?

— Elle n'a pas du tout réussi à les voir. Mais je lui ai demandé si ces deux-là avaient quelque chose de particulier qui pourrait nous aider à les identifier.

— Et alors ?

— Alors, Leena m'a dit que le premier des deux, elle a réussi à lui mordre un doigt de toutes ses forces. Le deuxième, par contre, s'est défendu, mais elle se rappelle que pendant qu'il la tenait, il portait une doudoune. Elle ne peut rien dire d'autre.

Cinq

Meriam et lui se mirent d'accord pour qu'elle conduise la minote dans la matinée au 'pital.

Les deux policiers se pointèrent au commissariat qu'il était 4 heures du matin.

Catarella était profondément endormi, la tête posée sur le comptoir. Montalbano le laissa dormir et passa dans son bureau tout en ordonnant à Fazio de tiléphoner au centre d'accueil pour avertir les parents de Leena que la minote allait être hospitalisée pour un contrôle qui, en tout cas, serait rapide.

Tandis que Fazio tiléphonait, Montalbano fut pris d'un doute : si aucun des cinq ne barjaquait un mot de 'talien, comment les interrogerait-il ? Pas question d'appeler le Dr Osman. La seule chose à faire était de déranger encore la pauvre Meriam. Peut-être qu'à cette heure, elle était couchée. Il chercha le papier avec son numéro, le trouva, l'appela. Elle arépondit à la première sonnerie.

— Pardon, Meriam, c'est encore moi, Montalbano. Je suis désolé, vraiment navré mais j'ai encore besoin de vous. Vous pouvez venir au commissariat pour faire l'interprète ?

— Bien sûr, les filles dorment déjà profondément dans notre lit. Le temps de préparer une cafetière et un peu de *maco* pour mon mari, et j'arrive.

À cette seule idée, Montalbano reçut une espèce de coup de poing dans l'estomac. Crème de fève et café ? À 7 heures du matin ?

Fazio revint.

— C'est fait, annonça-t-il en s'asseyant. Et maintenant, comment on procède ?

— On attend que Meriam arrive.

Fazio s'étonna :

— Comment ça ? Vous l'avez appelée ?

— *'Na certu !* Bien sûr ! Moi, l'arabe, je le parle pas. Toi, par hasard, tu l'as étudié à l'école ?

— Oh que non, *dottore* ! J'étudiai *l'inglesi*, peut-être que l'arabe m'aurait été plus utile.

— J'ai pinsé à 'ne chose, annonça Montalbano. Tu as vu en quel état ils arrivent, ces pauvres hères. Même quand ils sont jeunes, ils sont épuisés, sans force. Ils attendent des jours et des jours sur les côtes que ce soit leur tour de partir, sans manger, sans dormir. Alors, je me suis ademandé : comment ça peut te prendre de violer une minote, et même si c'te pinsée te venait, comment tu peux atrouver la force physique pour le faire, quand t'as déjà du mal à respirer ? Et alors, il se peut que ces deux 'nfâmes, ce soit justement les passeurs. Tu t'arappelles que Sileci nous a dit que la vedette les avait secourus dans une barque qui était en train de sombrer ? Visiblement, les deux passeurs n'ont pas eu le temps de se sauver et donc ils sont encore avec les migrants dans la cellule.

— Vrai, c'est ! s'exclama Fazio.

— Fais 'ne chose, va mater par l'œilleton et dis-moi comment ça se passe et si y en a un avec une doudoune.

Peu après, Fazio revint.

— *Dottore*, y en a trois qui dorment couchés par terre, mais deux sont assis sur la couchette et sont en grande conversation. Y en a un des deux qui a une doudoune rouge.

Ils se fixèrent un moment sans mot dire, puis Fazio proposa :

— On se fait un café ?

— *Amonì*, allons-y, dit le commissaire.

En passant dans la pièce où il y avait un coin cuisine, ils virent Pasanisi et Pagliarello, les deux agents, qui dormaient profondément dans les fauteuils de la salle d'attente.

Le café les remit d'aplomb.

Comme ils revenaient au bureau, le tiléphone sonna.

Catarella avait la voix empâtée de sommeil :

— Allô ! Allô ! lança-t-il. Allô !

— Catarè, qu'est-ce qui te prend ?

— *Dottori*, je voulais avoir la cirtitude que vosseigneurie était bien vosseigneurie et se trouvait sur les lieux ! Comme je ne vous ai pas vu passer…

— D'accord, d'accord. Qu'est-ce qu'il y a ?

— Il y aurait qu'il y a Mme Marianna Ucria qui dit que vosseigneurie l'attend.

Magnifique ! pinsa le commissaire, Catarella était devenu un littéraire[1] !

— Conduis-la dans mon bureau.

---

1. *Cf.* Dacia Maraini, *La Vie silencieuse de Marianna Ucrìa.*

— Re-bonjour, fit Meriam en entrant. J'ai fait aussi vite que je pouvais.

— Merci, et excusez-moi encore, mais votre présence est absolument indispensable.

— Je comprends, dit la femme.

Fazio la fit asseoir devant le bureau, en laissant l'autre siège libre.

— J'ai l'impression, attaqua Montalbano, que le garçon d'environ 16 ans que j'ai conduit ici dans ma voiture était trop affolé par ce qui se passait. Je crois que, sur la barque, il a vu quelque chose qu'il ne devait pas voir et qu'il ne parle pas parce que, d'après moi, ceux qui ont violé Leena sont les deux passeurs.

— Comment ça, les deux passeurs ? s'étonna Meriam. D'habitude, quand ils voient arriver la vedette, les passeurs jettent à l'eau les malheureux migrants et sont les premiers à se mettre en sécurité.

— Vous avez raison, mais cette fois, ils n'ont pas dû avoir le temps parce que la barque coulait, répondit Montalbano. (Puis, s'adressant à Fazio :) Réveille Pagliarello et dis-lui d'aller chercher le plus jeune, l'ado que j'ai conduit en voiture, et de me l'amener ici. Et toi, reviens tout de suite.

Fazio disparut, revint.

— Tu es armé ? ademanda le commissaire.

— Oh que oui, rétorqua Fazio, surpris.

— Donne-moi ton pistolet.

Fazio le lui tendit et le commissaire le posa à portée de main sur la table.

À ce moment, Pagliarello entra, poussant devant lui le garçon qui tremblait visiblement de peur.

— Attends, intima Montalbano.

Le policier et le jeune s'arrêtèrent devant la porte.

Le commissaire se leva lentement, pistolet à la main, s'approcha et avec l'arme fit signe au garçon d'aller s'asseoir sur le siège à côté de Meriam.

Quand le jeune se fut assis, le commissaire dit à Pagliarello :

— Menotte-le.

Le garçon baissa la tête et se mit à pleurer en silence.

Montalbano se rassit.

— S'il vous plaît, demanda-t-il à Meriam, faites-lui savoir que la gamine violée durant la traversée l'a reconnu comme un des deux violeurs. En plus, elle nous a dit qu'il est un des deux passeurs. Donc, il est en état d'arrestation et dès demain il sera renvoyé dans son pays pour y être emprisonné.

— Commissaire, il me semble que vous exagérez ! rétorqua Meriam, effrayée par ce qu'elle voyait et entendait.

Alors le commissaire la fixa et lui parla avec les yeux, et à l'expression de Meriam, il eut la certitude qu'elle avait compris qu'il jouait la comédie. De fait, d'une voix dure et ferme, elle se mit à traduire les paroles de Montalbano.

À la fin de son discours, le gamin glissa de sa chaise, s'agenouilla, porta ses mains menottées à sa tête et se frappant le front avec force, il acommença à pousser des cris. Les larmes coulaient maintenant à flots sur son visage.

— Qu'est-ce qu'il dit ? demanda le commissaire.

— Il dit qu'il est innocent, qu'il n'a rien à voir avec ça. Il est désespéré, commissaire, répondit Meriam.

— Alors, qu'il nous dise s'il a assisté aux violences et qui sont les violeurs.

La réponse du garçon fut littéralement un torrent de mots et à la fin, il s'effondra, recroquevillé à terre.

Montalbano jeta un regard ‘nterrogateur à Meriam.

— Il a dit que s'il parle, ils vont le tuer. Que c'est sûr, s'il va au centre d'accueil avec ses compagnons de cellule, il sera tué. Il jure sur tous les tons qu'il est innocent mais il ne se sent pas de risquer encore une fois sa peau.

— Fazio, apporte-lui un peu d'eau et fais-le se rasseoir, intima Montalbano. (Puis, se tournant vers Meriam :) Demandez-lui s'il se sent de ne répondre que par oui ou par non. Dites-lui aussi que je poserai les mêmes questions aux cinq autres et que donc on ne saura jamais si quelqu'un a parlé et qui.

Meriam s'exécuta. Puis le commissaire demanda :

— La première question c'est : est-ce qu'il a vu qui a commis le viol ?

Le garçon fit oui de la tête.

— La deuxième question c'est : un des deux portait un anorak rouge ?

Le jeune arépéta son geste d'acquiescement.

— La troisième et dernière question : les violeurs sont les passeurs eux-mêmes ?

Après un dernier mouvement du menton, le garçon fondit en larmes, désespéré.

Alors le commissaire ademanda à Pagliarello de lui ôter les menottes, de le conduire dans le bureau d'Augello et de rester de garde, puis il ordonna à Fazio d'aréveiller Pasanisi et de lui amener l'homme qui parlait avec celui qui avait une doudoune rouge.

En l'attendant, il avertit Meriam qu'il allait changer complètement de tactique et qu'il fallait donc qu'elle traduise très exactement tout ce qu'il dirait.

Dès que l'homme apparut, encadré par Fazio et Pasanisi, Montalbano arbora un sourire très cordial. Il se leva, alla à la rencontre de l'homme, lui tendit la main et la lui serra vigoureusement. L'homme ne put retenir une grimace de douleur.

— Pardon, je vous ai fait mal ?

Meriam traduisit ‘mmédiatement. L'homme arépondit.

— Il dit que non, c'est juste qu'il a une blessure qu'il s'est faite durant la traversée.

— Oh, pardon ! Faites-moi voir ça, dit Montalbano en lui reprenant la main.

Entre le pouce et l'index, il avait encore la marque des dents de la gamine.

— Asseyez-vous, l'invita Montalbano, et dites-nous vos nom, prénom, âge et adresse.

Tandis que l'homme les récitait, Fazio notait.

— Durant la traversée, vous avez remarqué quelque chose de bizarre, à bord ?

L'homme secoua négativement la tête.

— Vous avez l'intention de demander l'asile politique ?

L'homme arépéta son geste et ajouta quelque chose. Meriam traduisit :

— Moi, non. Je viens seulement pour le travail.

Pour Montalbano, la réponse signifiait que l'homme espérait ardemment être réexpédié chez lui. C'est seulement comme ça qu'il pourrait continuer à faire son sale métier.

— Ça me suffit, dit Montalbano. J'espère que d'ici peu vous pourrez aller au centre d'accueil. Pasanisi, s'il te plaît, raccompagne-le en cellule et puis amène-moi tous les autres.

Quand ils arrivèrent, le commissaire les fit aligner debout devant son bureau. Les deux que Fazio avait vus dormir ne tenaient en position verticale que parce qu'ils s'appuyaient l'un sur l'autre. L'homme au duvet rouge, en revanche, pointait un regard vif sur le commissaire et il était nerveux au point de ne pas aréussir à retenir son pied gauche qui battait continuellement le sol.

— Donnez-nous vos nom, prénom, âge et adresse, demanda Montalbano.

Meriam traduisit et Fazio nota les réponses.

— Je vous adresse à vous, continua le commissaire, la même question que j'ai posée à vos camarades. Durant la traversée, vous avez remarqué s'il s'est passé quelque chose de bizarre ?

La réponse fut un chœur de « non ».

Puis Montalbano s'adressa à l'homme à la doudoune :

— Comment se sont comportés les passeurs ?

Avant d'arépondre, l'homme eut un surcroît de nervosité, son pied gauche battit plus vite sur le sol et il haussa les épaules.

Meriam traduisit ce qu'il avait dit, à savoir qu'ils s'étaient comportés comme toujours dans ces situations.

— Une dernière question, annonça le commissaire. Vous avez l'intention de demander l'asile politique ?

La réponse des deux qui se soutenaient mutuellement fut 'mmédiate et en 'talien :

— Oui !

Manifestement, ils connaissaient les mots « asile politique ».

— Et vous ? demanda le commissaire à l'homme au duvet rouge.

Meriam traduisit sa réponse :

— Moi, non. Je ne viens que pour le travail.

Manifestement, les deux passeurs s'étaient mis d'accord sur les réponses à donner.

Montalbano ordonna à Pasanisi de ramener tout le monde en cellule. Il mata sa montre, avec tout ça, il s'était fait 7 heures.

— Si vous n'avez plus besoin de moi, dit Meriam, je rentrerais bien chez moi pour conduire Leena à l'hôpital.

— Merci, Meriam, vous nous avez énormément aidés et je suis sûr que vous allez continuer avec la gamine. Une dernière chose vu qu'il va falloir que vous vous reposiez, si nécessaire je peux avertir à l'atelier qu'aujourd'hui vous n'irez pas.

— Je vous remercie, mais je pense arriver à retourner au travail. Mme Elena est extrêmement compréhensive. Je suis sûre que, quand elle apprendra cette histoire, elle sera la première à vouloir offrir une robe neuve à Leena.

— Merci encore, dit Montalbano en se levant et en lui tendant la main.

Meriam sortit.

— Et maintenant, dit le commissaire à Fazio, acommençons les coups de tiléphone. Toi, appelle Sileci et explique-lui la situation. La minote va au 'pital. Qu'il envoie 'ne voiture pour amener les trois migrants au centre. Les deux passeurs restent en état d'arrestation *ccà nni autri*, ici chez nous. Et maintenant, moi, je vais réveiller le proc' et lui raconter l'affaire.

Deux heures plus tard, les deux passeurs furent emmenés à la prison de Montelusa. Le dossier ne regardait plus le commissaire.

— Je congédie Pagliarello et Pasanisi ? demanda Fazio.

— Oui, et toi aussi, va te faire quelques heures de sommeil.

— Et pourquoi vosseigneurie ferait pas pareil ?

— Passque je crois pas que j'arriverais à dormir, répliqua Montalbano.

— Comme vous voulez, arépondit Fazio en sortant.

Mais il ne supportait pas l'idée de rester encore au commissariat.

Il ressentait le besoin, la nécessité d'éloigner de son esprit les scènes des derniers jours : le petit jeune noyé, le flûtiste crucifié, la minote violée, tous ces yeux qui l'avaient fixé sur le navire.

Sa discipline de flic lui permettait de faire ce qu'il devait faire, mais son âme d'homme n'en pouvait plus de contenir toute c'te tragédie.

Continuer à apposer sa signature pour se distraire ne lui réussirait pas, se promener sur le quai du port où il voyait désormais des fantômes ne l'aiderait pas.

Alors, il fit une chose qu'il n'aurait jamais pinsé faire un jour.

Il sortit du commissariat à pied et se dirigea vers l'église la plus proche. Il entra.

Elle était complètement vide.

Il alla s'asseoir sur un banc, se mit à mater les statues des saints. Elles étaient toutes en bois, avec des têtes de paysans, des têtes de pêcheurs et la statue la plus grande de toutes était celle du Noir San Calò. Va savoir, peut-être Calogero était-il arrivé jusqu'ici en barque.

Puis, à l'improviste, un son explosa, quelqu'un s'était mis à l'orgue.

Il reconnut l'air, c'était la *Toccata et fugue en* ré *mineur* de Bach.

Il ferma les yeux, sa tête partit en arrière, il lui sortit de la bouche un souffle profond qui lui élargissait la poitrine et le cœur, et il se laissa entraîner très loin par la musique.

Il attendit que l'orgue finisse.

Puis, comme il était entré, il sortit et s'en fut au Café Castiglione.

— Un beignet à la crème et un double café.

Maintenant, il pouvait retourner au commissariat apposer sa signature.

Au bureau, il trouva Augello frais comme une rose de bon matin. Il l'envia et souhaita mentalement que le tour de garde de Mimì soit compliqué et très difficile.

Le commissaire lui raconta avec précision tout ce qui s'était passé et alors Augello lui demanda si, en cas de besoin, il pourrait l'appeler pendant la nuit.

— Bien entendu ! rétorqua Montalbano, en pinsant qu'il allait non seulement débrancher le fixe, mais aussi éteindre le portable.

Rassuré, Mimì retourna à son bureau. Le commissaire attendit que se fasse l'heure de manger en apposant pas moins de deux cents signatures et puis s'en alla à la trattoria de Enzo. Malgré le beignet de la mi-matinée, il se sentait un certain 'pétit.

— *Dottori*, vous voulez la soupe des migrants ?

— Enzo, s'il te plaît, non. Ne me parle pas des migrants. Qu'est-ce que t'as de bon, de vraiment bon ?

— Si vosseigneurie renonce au premier plat de poissons, j'ai 'ne *cannicciola* exquise !

— Et c'est quoi, c'te *cannicciola* ?

— C'est des petits macaronis à la mode de Trapani, avec du chou et des pommes de terre. C'est 'ne invention de ma femme.

— Et moi, j'ai toujours eu confiance dans ta femme.

La *cannicciola* était à couper le souffle.

Il compensa la trahison faite aux poissons en se faisant porter comme deuxième plat des rougets au sel. Excellents eux aussi.

Il sortit de la trattoria quelque peu appesanti, ce qui rendit indispensable, malgré les possibles fantômes, la promenade au môle.

Sans se presser, pas à pas, il arriva sous le phare.

Il s'assit, s'alluma une cigarette et, regardant tout autour de lui, s'aperçut que le port avait beaucoup changé.

Aussi bien le quai que la partie de la jetée où il s'atrouvait avaient été divisés en sections grillagées. Vu de loin, ça ressemblait à un labyrinthe. Logiquement, il en vint à pinser que ces grilles mobiles étaient toujours mieux que les murs et les barbelés que tant de pays européens s'étaient mis en tête de dresser.

— Qu'esse t'en penses, toi, de l'Europe ? demanda-t-il au crabe qui, de la roche voisine, était en train de le mater.

Le crabe n'arépondit pas.

— Tu préfères pas te compromettre ? Alors, je vais me compromettre, moi. Moi, je pense qu'après le grand rêve de c't'Europe unie, nous avons fait de notre mieux pour en détruire les fondements. Nous avons envoyé se faire foutre l'histoire, la politique, l'économie communes. La seule chose qui restait peut-être 'ntacte, c'était cette idée de paix. Passque après s'être entremassacrés pendant des siècles, on n'en pouvait plus. Mais maintenant, on l'a oubliée, cette idée, et donc, on a trouvé la bonne excuse de c'tes migrants pour remettre des frontières, des vieilles et des nouvelles, avec des barbelés. Ils disent qu'au milieu de c'tes migrants, il y a des terroristes qui se cachent, au lieu de dire que ces malheureux fuient justement les terroristes.

Le crabe, qui ne voulait pas exprimer son opinion, préféra glisser dans l'eau et disparaître.

Quand il arriva au commissariat, Catarella l'avertit que le Dr Cosma avait tiléphoné. À peine assis, il rappela le Dr Osman.

— Je voulais juste vous dire que ce soir, je vais bien, et si vous avez besoin de moi, je suis à votre disposition.

Fazio et Augello se pointèrent peu après.

Montalbano rapporta à Augello ce que lui avait dit Osman.

— Ah, dommage ! s'exclama Augello.

— Et pourquoi ?

— Passque Fazio m'a raconté à quel point elle est belle et elle est bien, c'te Meriam.

— Mimì, qu'esse-tu fais ? Tu te léchais les babines ?

À c'te point, il y eut l'habituel coup de fil de Sileci.

— On a une arrivée prévue, comme toujours à minuit, de plus de trois cents personnes. J'ai déjà averti tout le monde. Plus on aura d'hommes de chez vous, mieux ce sera. On se voit au port à minuit.

— À combien d’hommes on peut arriver au maximum ? demanda Montalbano à Fazio.

— *Dottore*, qu’est-ce que vous voulez que je vous dise ? En pressant au maximum, on arrive à ‘ne douzaine, dont la moitié seulement a dormi une nuit sur deux depuis une semaine.

— D’accord, Fazio, serrons les dents et allons de l’avant.

— Alors, on reste d’accord que, si j’ai besoin de toi, je t’appelle.

— Je t’ai déjà dit qu’il n’y a pas de problème, Mimì, va donc plutôt avertir Osman.

La réunion se termina.

Dès qu’il mit le pied à Marinella, la première pinsée de Montalbano fut de tiléphoner à Livia.

Elle voulut qu’il lui raconte dans tous les détails l’histoire de la gamine violée.

Montalbano s’en serait volontiers passé, mais il savait que sa fiancée ne lui laisserait pas le choix.

Une fois la conversation terminée, il débrancha le tiléphone et éteignit le portable. Puis il alla en cuisine voir ce que lui avait priparé Adelina.

Il ouvrit le frigo : vide.

Plein d’espoir, il courut au four, l’ouvrit, sentit son cœur mourir : vide.

Adelina avait perdu la boule, ou quoi ?

Elle avait oublié de lui préparer à manger ?

Et maintenant, comment il faisait ?

Il n’avait aucune envie de sortir de chez lui pour aller chez Enzo. Il ne lui restait plus qu’à se faire un œuf au plat, avec du pain et du fromage.

Ce fut au moment où, jurant, la mine sombre, il mettait la poêle huilée sur le gaz qu'il remarqua 'ne casserole couverte d'où s'élevait un agréable fumet.

Il se figea, tendit lentement un bras, saisit le couvercle, le releva de quelques centimètres et l'odeur devint plus forte.

C'était un parfum annonçant la morue.

Il écarta la poêle, releva le couvercle et mata : morue aux olives noires.

La vie recommençait à lui sourire.

Il mit le plat à réchauffer à feu doux. Alla ouvrir la porte-fenêtre, la soirée le permettait et donc il mit le couvert sur la petite table.

Puis, au lieu de verser la morue dans une assiette, il préféra emporter la casserole.

Il mit longtemps à en venir à bout, car il savoura chaque bouchée.

Il débarrassa, et après le passage par la salle de bains, se coucha, ferma les yeux, les rouvrit.

Il lui était venu une pinsée. Il se la leva 'mmédiatement de la tête et referma les yeux.

Mais ses paupières semblaient à ressort. Elles se rouvrirent aussitôt. La pinsée première lui revint.

Il changea de position et aréussit à fermer nouvellement les yeux.

Une seconde plus tard, il les écarquillait dans le noir et il acomprit que jamais il ne réussirait à s'endormir s'il ne faisait pas ce qu'il devait faire.

Il se leva, alla dans la salle à manger, rebrancha la prise du tiléphone.

Dix minutes plus tard, il dormait profondément.

Six

En entrant, il demanda à Catarella :

— Il y a du neuf sur les débarquements de cette nuit ?

— Oh que non, *dottori*. Mais comme on dit : pas de neuf, bon œuf.

— Qui est sur les lieux ?

— Rin que Fazio.

— Envoie-le-moi.

Apparemment, le tiléphone avait attendu l'ouverture de son bureau pour se mettre à sonner.

— Ah, *dottori*, il y aurait qu'il y a sur la ligne Mme Marianna Ucria, laquelle voudrait parler pirsonnellement en pirsonne…

— Passe-la-moi.

— Bonjour, Meriam, je vous écoute.

— Bonjour, *dottore*, je téléphone de la part de Mme Elena. Elle voudrait confirmation du rendez-vous d'aujourd'hui.

— Bien sûr. Comment va Leena ?

— Je suis passée lui dire bonjour ce matin et on m'a dit qu'ils la feront sortir à midi. Le *dottor* Sileci viendra en voiture pour l'emmener au centre.

— Comment l'avez-vous trouvée ?

— Physiquement, bien. Mais la nuit a été difficile. Il paraît qu'elle a eu sans arrêt des cauchemars et qu'elle n'a pas réussi à dormir. Je pourrai vous en dire plus cet après-midi parce que je lui ai promis de passer la voir avant midi.

— Merci.

Comme il mettait fin à la conversation, Fazio entra et vint s'asseoir devant le bureau. Montalbano nota qu'il avait le visage plus marqué que d'habitude.

— T'as l'air d'avoir mal passé la nuit. Insomnie ?

Fazio explosa :

— Tu parles d'une insomnie ! Je venais juste de m'endormir profondément quand le *dottor* Augello m'a appelé pour me demander un coup de main.

— Et qu'est-ce qui s'était passé ?

— *Dottore*, c'te vedette, on aurait dit une crèche. Y avait 'ne quinzaine de minots. Puis, à peine le débarquement commencé, panne d'électricité. Un petit paquet de mioches sont descendus dans le noir, les autres sont restés sur le bateau. Quand la lumière est revenue cinq minutes plus tard, on les a comptés, il en manquait un de 4 ans. Sa mère s'est mise à pleurer comme 'ne Madeleine. Alors, pendant qu'ils fouillaient sans résultat le quai, le *dottor* Augello me tiléphona de venir au plus vite au port pour mettre sur pied 'ne équipe et le retrouver. En somme, avec le Dr Osman, on perdit 'ne heure sans réussir à comprendre où il était caché, quand un marin de la vedette nous appela pour nous dire de suspendre les recherches. Ils avaient atrouvé le minot qui s'était carrément fourré dans la salle des machines. Quand je suis rentré chez moi, j'ai pas réussi à me rendormir.

— Bah, fit Montalbano, heureusement que tout s'est bien terminé.

— *Dottore*, il y a quand même un gros problème ! reprit Fazio.

— À savoir ?

— Le problème, c'est que nos gars employés aux débarquements commencent à murmurer. En somme, y a beaucoup de mauvaise humeur, et ils n'ont pas tort, passqu'on peut pas obliger une pirsonne à faire le service de jour au commissariat et perdre en plus la nuit à aider Sileci.

— Mais, objecta Montalbano, ses hommes à lui sont dans la même situation.

— Et là, vous vous trompez ! rétorqua Fazio. Sileci a vingt agents. Dix travaillent 'ne nuit et les autres dorment ; la nuit suivante, ceux qui ont dormi travaillent. Les hommes de Sileci peuvent alterner. Nous autres, on est toujours les mêmes.

Montalbano garda le silence.

Puis il agrippa le combiné et demanda à Catarella d'appeler Monsieur le Questeur.

— Moi, pirsonnellement, continua Fazio, juste pour donner un exemple, je serais pas en état de distinguer un *catafero* d'un homme vivant.

Le tiléphone sonna.

— Montalbano ! Le Questeur à l'appareil, je vous écoute.

— Un moment, excusez-moi, dit le commissaire.

Il posa l'appareil, se mit debout et commença à parler d'une voix altérée.

— Ah, ça suffit, bon Dieu, cette discussion ! Je ne veux pas entendre un mot de plus ! Allez-vous-en tous et fermez la porte !

Tandis que Fazio le fixait d'un œil exorbité sans comprendre ce qui lui arrivait, Montalbano en rajouta une louche ; il asséna une grande claque sur le bureau et lança :

— Fermez cette putain de porte !

Puis, il s'assit, reprit le combiné et dit :

— Excusez-moi, Monsieur le Questeur, mais…

— Que se passe-t-il ? demanda, inquiet, Bonetti-Alderighi qui avait tout entendu.

— Il se passe que mes dix hommes de soutien à Sileci sont maintenant à bout. Ça fait je ne sais combien de nuits qu'ils ne ferment pas l'œil. Ils sont venus protester.

Le mot « protester » alarma sérieusement le Questeur.

— Écoutez, Montalbano, si vous voulez, je peux venir moi à Vigàta pour parler avec…

Le commissaire le coupa net.

Manquerait plus que Bonetti-Alderighi vienne se fourrer dans leurs pieds !

— Mais non, Monsieur le Questeur, ne vous dérangez pas, c'est une chose que je peux résoudre seul. Mais de ce pas, croyez-moi, on ne peut pas continuer.

— Je m'en rends compte. Vous n'avez pas idée de tout ce que je fais pour obtenir des renforts, mais le ministère fait la sourde oreille. Quand même, il y a comme un espoir.

— À savoir ?

— Depuis quelques jours, les passeurs changent de route. Maintenant, il semble qu'ils pointent vers les îles grecques. Si cela devait être confirmé, la pression sur nous s'allégerait beaucoup.

Pauvres Grecs, pinsa Montalbano, on tire sur l'ambulance. Mais il garda sa réflexion pour lui et demanda :

— Et si la nouvelle n'est pas confirmée ?

— Si ça ne se passe pas comme ça, d'ici à deux ou trois jours, organisons une réunion et voyons ce qu'on peut faire. Bon travail.

Et il raccrocha.

Fazio, qui avait suivi la conversation à travers le haut-parleur, écarta les bras d'un air désolé :

— Espérons que les gars tiennent encore deux jours, mais à moi, ça me paraît toujours la même histoire : balance un trognon, il se retrouve dans le cul du jardinier.

Comme il se levait pour aller dîner chez Enzo, le tiléphone maudit sonna.

— Ah, *dottori*, il y aurait qu'il y a votre fiancée, la demoiselle Livia qui…

— Passe-la-moi.

Il s'inquiéta, c'était pas de Livia, de l'appeler au bureau.

— Livia, qu'est-ce qu'il y a ?

— Oh, rien, ne t'inquiète pas. Je voulais te rappeler qu'aujourd'hui à 3 heures…

Montalbano s'engatsa.

— Ils me l'ont déjà rappelé, merci.

Livia eut le tort d'insister.

— Alors, je peux être tranquille ?

Et là, le commissaire décida de lui faire payer le coup de tiléphone :

— En plus, pas besoin de me le rappeler. Impossible d'oublier une femme comme Elena.

— T'es toujours aussi con, rétorqua Livia, qui avait compris le coup tordu.

Il arriva chez Enzo qu'il n'y avait quasiment pirsonne.

— *Dottori*, ma femme a fait des pâtes que…

— Pas de premier plat ! décréta fermement le commissaire.

Et aussitôt après, il s'étonna. Pourquoi donc avait-il prononcé ces mots ? Tout soudain, il acomprit que c'était par pure et simple vanité. Comme 'ne poussée de jeunesse, mais tellement idiote qu'elle lui faisait croire qu'il suffirait d'un plat de pâtes en moins pour arriver chez Elena sans le bide du sexagénaire qu'il était.

— Alors, qu'est-ce que je vous apporte ? demanda Enzo.

— Les pâtes de ta femme, capitula Montalbano.

— Et après les pâtes ?

— Un peu de légumes sans assaisonnement, dit le commissaire qui, manifestement, n'avait pas totalement capitulé.

Puis, du fait qu'il s'était fait tard, au lieu d'aller se faire l'habituelle promenade au môle, il s'adirigea vers le bar, se but un double espresso et se mit en route, sans se presser, pour l'atelier de couture.

Ce fut Meriam, comme la première fois, qui vint lui ouvrir.

— Leena était très contente de revoir ses parents, raconta-t-elle tandis qu'elle l'accompagnait le long du couloir. Et, vous savez quoi : le *dottor* Sileci m'a dit que les deux violeurs qui étaient aussi, comme vous pensiez, les passeurs, ont été mis en examen pour viol et traite d'êtres humains. Le témoignage du garçon a été fondamental.

La première chose que nota Montalbano, en entrant dans le grand salon, ce furent deux grands paquets autour desquels le vieux et le jeune s'activaient.

Elena vint à sa rencontre, souriante. Elle portait une robe vert outremer.

— Bonjour, commissaire, quel plaisir de t'avoir de nouveau ici. Je t'ai fait préparer le thé.

— Merci, rétorqua-t-il en arborant un grand faux sourire. J'y comptais bien.

Et il s'assit dans le fauteuil que la couturière lui indiqua.

Puis Elena s'installa à côté de lui et lui tendit la tasse de thé.

Montalbano adécida d'utiliser la même technique que l'autre fois et de l'améliorer : il vida la tasse d'une seule gorgée.

Elena se méprit :

— Tu en veux encore ?

— Non, ça va, merci.

Puis, histoire de causer, montrant les deux gros paquets maintenant presque complètement ouverts, il demanda :

— De nouveaux arrivages ?

— Oui, fit Elena, et je suis curieuse de vérifier si on m'a tout envoyé.

— Fais-le donc, l'invita Montalbano.

— Merci, arépondit-elle en se levant pour s'approcher de la table.

Elle acommença à sortir d'un paquet une grande quantité de rouleaux d'étoffe qu'elle aligna sur la table. Puis un des deux employés prit les boîtes maintenant vides et les emporta hors de la pièce.

Montalbano était captivé par les mouvements d'Elena, de ses mains caressant les tissus avec légèreté : plus que les toucher, elle semblait les ressentir avec ses cinq sens. Elle fermait les yeux à demi, portait l'étoffe à sa joue, la humait, la reposait et puis la reprenait en main en la frottant longuement entre pouce et index.

Tout soudain, Elena s'immobilisa.

Puis elle dit :

— Tiens ! Regarde-moi cette belle grisaille, si elle était arrivée avant, elle aurait pu être parfaite pour ton vêtement.

Elle prit le rouleau, s'approcha de Montalbano, le lui fit voir et toucher.

— Tu ne crois pas ? demanda-t-elle.

Mais avant que le commissaire ait pu arépondre, elle continua :

— Mais non, mais non, tu verras que le tissu de laine rouille te plaira davantage.

Puis elle se remit à défaire et refaire les rouleaux.

À un moment, ses yeux brillèrent encore plus.

— Enfin ! Ça faisait des années que je n'arrivais pas à mettre la main sur ce coton ! s'exclama-t-elle. (Puis, haussant la voix, elle appela :) Meriam, viens vite, voilà la mousseline dont je t'avais parlé.

La jeune femme approcha, l'air intéressé.

— Touche-moi ça, continua Elena en tenant l'étoffe en main. On dirait du coton, ou plutôt la plante du coton quand elle bouge dans le soleil.

Et alors, il y eut comme un arrêt sur image sur la couturière tandis qu'autour d'elle tous continuaient à se mouvoir. Elena restait ‘mmobile, les yeux clos, perdue dans une pinsée lointaine.

Puis, comme si on avait fait repartir la pellicule, elle se secoua et acommença à défaire encore les rouleaux l'un après l'autre jusqu'à recouvrir tout ce qui se trouvait sur la table.

Ils avaient la couleur du désert : le beige du sable, les verts lumineux de l'oasis, l'azur infini des cieux et le bleu nuit du turban des Touaregs.

Pendant ce temps, Meriam effleurait les tissus comme si elle avait peur de les endommager.

— Elena, quelle merveille ! Ça me rappelle les bandeaux que ma grand-mère utilisait pour langer les bébés. Il faut faire attention, c'est une étoffe traîtresse, très délicate et facile à déchirer, commenta-t-elle avant d'acommencer à les replier avec délicatesse.

— Viens, Salvo, intima Elena.

Montalbano se leva et se mit à côté d'elle.

— Touche, sens-moi cette douceur. Je ne comprends pas comment cette mousseline peut être aussi légère tout en ayant, à la différence de tous les autres cotons semblables, une trame si épaisse et compliquée.

Montalbano, à toutes fins utiles, toucha l'étoffe. On aurait dit, ‘ffectivement, qu'on avait entre les doigts de l'air, mais un air pétillant et très beau.

— Tu n'imagines pas depuis quand je cherche ce tissu. J'en ai eu deux rouleaux il y a des siècles, quand j'avais mon atelier dans le Nord. C'est un coton libanais qu'on appelle, tu ne vas pas me croire, « Princesse de Sicile ».

— Comment ça se fait ? demanda le commissaire en souriant.

— Je ne me rappelle pas bien la légende. Il paraît que cette princesse libanaise s'appelait Sicile ; elle a été forcée de faire une navigation solitaire et très longue pour arriver sur ces côtes qui étaient désertes à l'époque.

— Je n'en avais jamais entendu parler, avoua Montalbano.

— Touche, continua Elena. (Puis, brusquement, elle fixa le commissaire et parut pressée :) Je te fais perdre trop de temps.

— Mais non, qu'est-ce que tu crois !

— Nicola, s'il te plaît, allons faire les essayages.

D'un pas vif, Elena le précéda dans le couloir jusqu'à la cabine, suivie par le vieux tailleur qui tenait à la main un cintre sur lequel des vêtements étaient accrochés.

Désormais familiarisé avec les pratiques du lieu, Montalbano retira sa veste tandis que le tailleur lui faisait 'nfiler la manche gauche d'une demi-veste. Il la lui ajusta bien sur une épaule et puis laissa le champ libre à Elena.

Elle commença à examiner la manière dont le tissu tombait. Elle s'approcha de Montalbano et, saisissant la veste par l'ourlet 'nférieur, elle tira dessus puis recula nouvellement et resta un instant à le mater. Elle s'approcha de nouveau, replia un peu l'ourlet de la manche. Ensuite, elle pria Montalbano de lever et baisser le bras, se fit donner une craie par son employé et marqua 'ne espèce de cercle tout autour de la manche. Ensuite, elle acommença à fixer attentivement l'attache de la manche, grimaça, la lui souleva deux ou trois fois et fit un autre signe sur l'épaule avec la craie. Enfin, d'un coup sec, elle lui détacha la manche et scruta l'intérieur de cette espèce de demi-cible qui restait sur Montalbano.

Là aussi, elle fit deux ou trois signes mystérieux et dit :

— Nicola, aide le commissaire à l'enlever. L'essai est terminé.

Le tailleur l'aida aussi à remettre sa veste.

— Nicola, d'après toi, quand pouvons-nous donner le dernier rendez-vous au *dottore* ?

— Dans trois jours, arépondit l'assistant.

— Alors, on t'attend ici à la même heure. On fera l'essai du costume complet, du pantalon aussi.

Ils sortirent de la pièce et se dirigèrent vers le salon.

Montalbano s'approcha de la table sur laquelle Meriam était en train de refaire les rouleaux.

— Meriam, je voulais encore vous remercier pour votre aide et toi aussi, Elena, pour ta compréhension.

Tout en parlant, il gardait la paume gauche appuyée sur la table et tout à coup, il sentit quelque chose qui grattait le dos de sa main et un nuage blanc bougea sur la table.

— Aïe, fit-il, plus de surprise que de douleur.

— Il t'a griffé ? demanda Elena.

— Non, dit Montalbano, ce n'est rien, une égratignure superficielle.

— Méchant ! lança Elena au nuage blanc qui, entretemps, était devenu un chat. (Puis, au commissaire :) Excuse-moi mais c'est toute la journée que Rinaldo a été bizarre et embêtant. Il me colle sans arrêt. Peut-être qu'il sent l'arrivée d'un tremblement de terre.

— À moins que ce ne soit simplement moi qui lui suis antipathique, suggéra Montalbano en se dirigeant vers la sortie après avoir dit au revoir à l'autre employé.

Elena le suivit, le chat dans les bras et, à la hauteur de la cabine d'essayage, elle ouvrit une porte dérobée par laquelle on apercevait un escalier.

Elle posa le chat à terre, lui donna une petite tape sur le cul :

— Allez, remonte, Rinaldo, ordonna-t-elle en le poussant vers la première marche. Comme tu vois, reprit-elle en refermant la porte, ma boutique c'est ma maison. J'habite à l'étage.

Ils avaient fait à peine trois pas dans le couloir quand le commissaire trébucha sur quelque chose.

Il baissa et vit que la chose, c'était Rinaldo.

— Mais c'est ton chat ? Comment il a fait pour ouvrir la porte ?

Elena sourit.

— C'est un chat très intelligent. Il saute, s'agrippe à la poignée et il ouvre !

Elle se baissa pour le prendre de nouveau dans ses bras.

— Sois sage, Rinaldo. Qu'est-ce que tu as, aujourd'hui ? Maman ne sort pas, elle reste ici avec toi, elle ne s'en va pas.

Et puis, tournée vers Montalbano :

— Je ne sais vraiment pas ce qui lui arrive. Il est tellement agité qu'il augmente ma nervosité.

— Il y a quelque chose qui ne va pas ? demanda le commissaire.

— Non, non, laissons tomber.

Pendant un instant, son visage changea. Un léger nuage voila un instant la lumière de ses yeux.

Puis Elena le raccompagna, lui fit la bise, mais Montalbano eut l'impression qu'elle avait la tête prise par d'autres pinsées.

À peine était-il sorti de l'atelier que quelqu'un surgissait devant lui :

— Bonjour, commissaire, quelle chance ! J'aurais besoin d'échanger quelques mots avec vous.

Montalbano l'avait 'mmédiatement reconnu. Mais c'était quelqu'un qui lui était profondément 'ntipathique, aussi prit-il un air intrigué et demanda avec brusquerie :

— Pardon, mais vous êtes qui ?

— Filippo Zirafa, répondit l'homme, du *Gazzetino Siciliano*. Nous avons déjà eu d'autres occasions de nous parler…

Zirafa était connu pour ses violents articles antimigrants. Ce pour quoi, justement, le commissaire ne pouvait pas le piffer.

— Je ne me souviens pas de vous. Qu'est-ce que vous voulez ?

— Je voudrais vous poser deux questions sur…

— Je n'accorde pas d'interview, coupa Montalbano.

Mais l'autre ne renonça pas :

— Alors, juste un commentaire. Il m'est arrivé le bruit qu'à l'hôpital de Montelusa, a été prise en charge une très jeune migrante victime d'un viol durant la traversée.

— Ah oui ?! répondit Montalbano, avec l'air de tomber des nues.

— Oui. Maintenant, je voudrais savoir ce que vous pensez de ces soi-disant migrants qui se font passer pour des pauvres malheureux qui ont besoin d'être sauvés et qui en réalité violent une jeune fille. Il me semble clair que ces gens ne sont que des délinquants, des terroristes qui viennent d'abord nous voler le travail et puis violer nos femmes. Vous êtes d'accord ?

— Absolument, répondit Montalbano. Je vous dirais même plus. Seulement, vous devez me promettre de ne pas révéler votre source.

— Bien sûr. Je vous le promets.

— Il paraît que durant la traversée, c'tes migrants s'abandonnent à de véritables orgies. Une fois, on m'a rapporté qu'ils ont carrément organisé une fête d'anniversaire avec musique, chansons, danses et illuminations.

Le journaliste le mata bouche bée mais se reprit presque aussitôt :

— Vous voulez vous moquer de moi ?

— Je m'en garderais bien, rétorqua le commissaire. J'ai le plus grand respect pour la presse.

Il tendit un bras, écarta Zirafa et reprit son chemin, tandis que l'autre le regardait s'éloigner sans mot dire, l'air ahuri.

À l'habituelle réunion de 4 heures avec Augello et Fazio, Mimì raconta, dans les moindres détails, l'affaire du minot qui, la nuit précédente, avait disparu dans la salle des machines.

— Le problème, observa Montalbano, c'est qu'il faut à tout prix éviter les contretemps de c'te genre durant les débarquements.

— Et comment faire ? répondit Fazio.

— J'aurais bien 'ne petite idée.

À ce moment Sileci fit son entrée. Fazio lui céda sa chaise.

— Pour cette nuit, *comu semu cumminati*, ça se présente comment ? lui demanda le commissaire.

— Sérieuse, elle est, la situation.

— C'est-à-dire ?

— C'est-à-dire : vers 1 heure sont annoncés deux navires pour un total de quatre cent vingt migrants avec au moins quatre morts et dix blessés graves.

— Sainte Mère ! s'exclama Fazio. J'avertis tout de suite le Dr Osman.

— Combien d'hommes as-tu à disposition ? demanda Montalbano à Sileci.

— Dix comme d'habitude.

— Eh non ! se récria Montalbano. Cette fois, tu en amènes au moins quinze. Les miens sont épuisés et je ne peux pas t'en donner plus de cinq.

Sileci comprit qu'il avait trop tiré sur la corde ; il écarta les bras et se rendit.

— Il y a autre chose, reprit Montalbano. Les cars sont trop éloignés des bateaux. Les migrants descendent par groupes de quarante, arrangeons-nous pour qu'à partir de maintenant, les cars soient déjà au pied de la passerelle pendant qu'ils commencent à débarquer, de manière qu'il ne reste que peu de place pour des fuites éventuelles. En outre, je voulais te demander que tous les chauffeurs restent à bord et disposent leurs bus en demi-cercle pour que, en cas de panne d'électricité, ils puissent allumer leurs phares et éclairer la scène. C'est clair ?

— Très clair, acquiesça Sileci.

La réunion prit fin. Montalbano s'attarda un moment au bureau. Avant de sortir, il appela Livia, lui raconta qu'il avait été à la séance d'essayage et qu'il serait pris toute la nuit par le débarquement, puis sortit et s'en alla à Marinella.

Au frigo, il y avait un grand plat de sardines marinées à l'huile et à l'orange. Montalbano se les mangea froides devant la télévision.

Ce soir-là, on diffusait *Perdu de vue*, et cette émission l'intéressait car, en la regardant, il lui arrivait un truc curieux : certains cas de disparition ou de meurtre lui faisaient aussitôt pinser à la piste qu'il aurait choisi de suivre, alors que ses collègues, immanquablement, en choisissaient une autre.

Et puis, comment se faisait-il, alors qu'ils disposaient de technologies très avancées que, de son temps, seul James Bond possédait, que c'tes nouveaux moyens finissaient par compliquer les choses au lieu de les faciliter ?

En somme, c'était comme pour la médecine : les docteurs avaient perdu l'œil du clinicien et se fiaient aux analyses, la police perdait l'intuition et acceptait passivement les résultats scientifiques.

Et cela dans un pays où tout le monde s'improvisait policier, médecin légiste, juge et procureur, pour se partager entre les partisans de la culpabilité et ceux de l'innocence, avec la même intensité que les supporteurs des équipes de foot.

Puis, l'heure arrivant, il éteignit et acommença à se préparer pour la nuit.

Sept

La première chose qu'il fit fut de prendre dans l'*armùar* un vieux jean, il ne voulait pas gâter 'n autre bon pantalon, mais il eut beaucoup de mal à se l'enfiler, il lui fallut s'étendre sur le lit, rentrer le ventre et puis, en retenant sa respiration, compter mentalement un, deux, trois, avant de tirer enfin la fermeture à glissière.

La seconde chose fut de se boire dans un bol un double café bien arrosé de whisky.

En arrivant sur le quai, il s'aperçut que Sileci avait mis en pratique son conseil : les bus étaient rangés en demi-cercle avec les chauffeurs à leur volant.

Cette fois, en plus de l'ambulance, il y avait aussi des camionnettes transportant des sacs mortuaires.

Le Dr Osman et Sileci vinrent à sa rencontre :

— Naturellement, dit le docteur, nous sommes d'accord que les blessés descendent en premier, puis les migrants et enfin nous faisons évacuer les morts.

— Entendu, dit Montalbano.

— À quelle distance de la passerelle doit s'arrêter le premier car ? demanda Sileci.

— Mettons trois hommes de chaque côté de la passerelle qui formeront un couloir conduisant directement à la portière du car. Si cette méthode fonctionne, il est clair que nous pourrons par la suite réduire notablement le nombre d'hommes employés dans les débarquements. Qu'est-ce que vous en dites ?

— Essayons, arépondit Sileci qui était visiblement mort de fatigue.

Puis son portable sonna. Sileci écouta, coupa et dit :

— Le premier bateau est à l'embouchure du port.

— Le bateau pilote est où ? demanda Montalbano.

— Il attend à sa place habituelle.

— Alors, allons-y, décida le commissaire en se tournant vers Osman.

Il n'avait pas fait trois pas qu'il entendit arriver 'ne voiture à grande vitesse, qui s'arrêta dans un bruit de frein lancinant.

Les chauffeurs des autobus, Dieu sait pourquoi, allumèrent tous en même temps leurs phares.

De la voiture, Catarella sortit, complètement ébloui, les mains sur les yeux, en criant :

— *Dottori* Montalbano ! *Dottori* Montalbano ! Je vous en prie, arrêtez-vous ! Je vous en prie, n'embarquassez pas !

Montalbano s'étonna. Que se passait-il ?

— Éteignez ces lumières, cria-t-il tout en courant vers Catarella. *Cca sugno*, je suis là, Catarè. Qu'est-ce qu'il fut ?

— Ah ! *dottori, dottori*, 'n très terrible zigouillage, il y eut !

Le commissaire se vit perdu.

Il se mit à farfouiller dans la poche de son jean pour récupérer le portable, mais le pantalon était trop serré. Avec un juron, il réussit à le sortir et ordonna à Catarella :

— Aréveille Fazio et dis-lui d'aller sur les lieux.

Pendant ce temps, Montalbano avait composé le numéro d'Augello :

— Mimì, viens tout de suite au port.

— En caleçon, je suis !

— Et viens en caleçon. Moi je dois m'en aller et toi tu dois surveiller le débarquement. À bord, il y a déjà quatre morts et si tu n'arrives pas dans trois minutes, ça en fera cinq. C'est clair ?

— Pardon, répondit Mimì, mais pourquoi tu t'en vas ?

— J'ai une petite faim, rétorqua Montalbano.

Puis il coupa la conversation, interrompant la litanie de jurons qu'Augello avait entonnée.

— Qu'est-ce qui se passa ? demanda-t-il à Catarella.

— *Dottori*, y a un veilleur de nuit de la veille de nuit qui tiléphona au tiléphone, lequel dit qu'il avait découvert un très terrible crime pendant qu'il faisait la veille et qu'il restait sur les lieux dans l'attendement de nous autres.

— Tu connais l'adresse ?

— Oh que oui, *dottori.* 62, via Calibardo.

— J'y vais, dit Montalbano et toi, rentre au commissariat.

Le Dr Osman lui coupa la route :

— Je pourrais savoir ce qui…

— Oui, docteur, il y a eu un meurtre. Augello va venir me remplacer. Excusez-moi, mais il faut vraiment que je file.

Il serra la main du dentiste et partit pour la via Garibaldi, une parallèle de la via Roma.

Le commissaire repéra tout de suite le gardien de nuit qui se tenait devant la porte entrouverte de l'immeuble. Il descendit de voiture.

— Montalbano, je suis. Que s'est-il passé ?

— *Dottore*, je faisais mon tour habituel quand j'ai remarqué cette porte qui, en général, est fermée, et qui était ouverte. Je suis allé au pied de l'escalier et j'ai vu la porte de l'appartement grande ouverte. Tout était éclairé. Je me suis inquiété et je suis entré dans l'appartement. J'ai demandé s'il y avait quelqu'un, mais rien. Puis je suis allé voir les différentes pièces et dans la salle de bains, il y avait des serviettes jetées à terre. Dans le couloir, au bout, il y a un petit escalier. Je l'ai descendu et, excusez-moi, *dottore*… je n'arrive plus à parler. Là, j'ai vu l'horreur.

Mais Montalbano ne l'écoutait plus. D'un coup, ses jambes étaient devenues de coton. Une espèce de vertige l'obligea à s'appuyer d'une main contre le mur, puis il ademanda :

— Mais… c'est… l'atelier… la couturière… Elena ?

— Oui, oui, commissaire, on l'a tuée dans le salon. *Dottore*, vous ne pouvez pas imaginer… Quel massacre !

À ce moment, Fazio arriva. Il descendit de sa voiture et se rendit aussitôt compte de l'état de Montalbano :

— *Dottore*, qu'est-ce qui fut ? Vous ne vous sentez pas bien ?

Montalbano lui fit signe d'attendre un peu. Il avait besoin de reprendre son souffle.

Puis, enfin, il rouvrit la bouche :

— On a tué Elena. La couturière.

Lentement, il récupérait le contrôle de soi. Il se tourna vers le gardien de nuit :

— S'il vous plaît, laissez votre nom et votre numéro de téléphone à l'inspecteur Fazio, demanda-t-il.

Puis, s'appuyant toujours au mur, il entra sous le porche et commença à monter l'escalier en serrant fort la rampe.

Si ses jambes étaient de coton, ses pieds étaient de plomb.

Fazio le rejoignit sur le palier.

— *Dottore*, j'avertis le cirque équestre ?

— Non, d'abord, nous autres, on jette un coup d'œil.

Il entra dans l'appartement mais ne s'arrêta pas pour mater les pièces.

Arrivé au bout du couloir, il acommença à descendre le petit escalier qui conduisait au niveau inférieur. Il s'aretrouva devant la cabine d'essayage et s'adirigea vers le salon, mais s'immobilisa sur le seuil.

Il avait besoin de se préparer avant de pouvoir affronter l'horreur qu'avait annoncée le vigile. Mais pour lui, l'horreur était double.

Il se sentait absurdement dans une intimité avec ces lieux. Dans sa vie, il n'avait vu Elena que deux fois, mais c'était comme si elle était devenue une amie. Elle n'avait pas été loin du moment où il l'aurait sentie de sa famille.

Puis il décida de faire deux pas. Il entra et s'arrêta nouvellement. Le corps d'Elena s'atrouvait à côté de la grande table. Elle portait une robe différente de celle qu'elle avait dans l'après-midi et là, on ne comprenait pas de quelle couleur elle était, vu qu'elle était entièrement trempée de sang.

Elena gisait sur le dos, la main gauche sur le ventre, le bras droit étendu jusque sous la table. Montalbano aréussit à faire encore trois pas, Fazio toujours muet derrière lui.

Puis il se baissa pour mieux voir.

Elle avait été tuée par un très grand nombre de coups d'un objet coupant. Presque aussitôt, il identifia une possible arme du crime : de gros ciseaux de tailleur posés sur la table, mais sur lesquels n'apparaissait aucune trace de sang.

À c'te point, il ne tint plus et eut besoin d'aller s'asseoir dans le fauteuil.

Il resta comme ça en silence jusqu'à ce que Fazio répète sa question :

— *Dottore*, je peux avertir…

— Oui.

Fazio sortit son portable et s'éloigna dans le couloir. Resté seul, Montalbano, toujours assis, commença à regarder autour de lui.

La première question qui lui vint à l'esprit fut :

« Comment ça se fait qu'avec tout ce sang, il n'y ait pas de traces des chaussures de l'assassin ? »

Alors il se leva, et croisant dans le couloir Fazio encore en train de parler au tiléphone, alla vérifier. La porte vitrée était fermée, clé à l'intérieur. Il l'ouvrit. Le rideau de fer était baissé et maintenu fermé par un cadenas. Il referma et retourna dans la grande salle.

Pour sortir de cette maison, l'assassin devait forcément être remonté dans l'appartement. Mais comment ? En volant ?

— J'ai averti tout le monde, annonça Fazio tandis que Montalbano se rasseyait dans le fauteuil.

Fazio s'approcha de la morte en faisant attention où il mettait les pieds. Puis il s'accroupit et l'examina de près.

Ensuite il se leva et alla s'asseoir dans le fauteuil à côté de celui de Montalbano qui se tenait la tête entre les mains.

— *Dottore*, demanda-t-il à voix basse. Qu'est-ce qui vous arrive ? Vous la connaissiez, par hasard ?

— Oui, c'était une amie. Je l'ai vue aujourd'hui.

Fazio, remarquant que le commissaire continuait d'être particulièrement bouleversé, hasarda :

— Mais c'était une amie-amie, ou juste ‘ne amie ?

— C'était ‘ne amie. Et c'était aussi ma couturière. Aujourd'hui, justement, elle m'a fait essayer un costume.

Fazio acomprit qu'une parole serait peu et deux seraient trop.

Il changea de sujet.

— Vosseigneurie a noté aussi un truc bizarre ?

— Quel truc ? demanda Montalbano, pinsif.

— Le corps est constellé d'entailles, au ventre, au cou, au visage, aux bras, mais la poitrine est intacte.

— Ça doit être un hasard, suggéra Montalbano.

— Eh non, *dottore* ! Si l'arme du crime, ce sont les ciseaux sur la table, le meurtre n'a pas été prémédité, ça a été un crime sur une impulsion. Et alors comment expliquer que quelqu'un qui donne des coups à l'aveugle ne chope jamais, même par hasard, la partie la plus ample du corps ?

— Fazio, je t'en prie. Parlons-en plus tard. Maintenant, je n'y arrive pas.

Et tout à coup, il lui revint à l'esprit le chat.

— Rinaldo !

Fazio écarquilla les yeux.

— C'est qui, Rinaldo ?

— Le chat, répondit Montalbano. S'il te plaît, remonte dans l'appartement. Vois s'il y a un chat. Un chat blanc, du genre à poil long.

Fazio sortit.

Montalbano ne résista pas au besoin de se fumer 'ne cigarette.

Il leva lentement les yeux et les posa sur le *catafero* d'Elena.

Un instant, mais un instant seulement, il la revit debout, souriante, qui se caressait le visage avec son étoffe si spéciale… Comment s'appelait-elle… La princesse… la princesse de Sicile !

… Et ce fut à ce moment précis qu'il vit, à côté des ciseaux, un bout d'étoffe ensanglanté. Il se leva d'un bond, alla le mater de près sans le toucher et comprit qu'il s'agissait d'un grand échantillon du tissu qu'Elena lui avait fait caresser. Sauf qu'il avait été plié en portefeuille et puis tiré avec tant de violence qu'il s'était déchiré à moitié.

La fumée de la cigarette le gêna, il l'éteignit avec ses doigts et mit le mégot dans sa poche. Il revint s'asseoir.

— *Dottore*, dit Fazio en rentrant, j'ai cherché le chat mais je ne l'ai pas trouvé. Va savoir où il a pu se cacher. Si ça se trouve, il est sur une *armùar* ou bien il est sorti de la maison.

Il n'avait pas fini de parler quand Montalbano remarqua un très léger mouvement dans l'étagère aux étoffes, de l'autre côté de la table. Puis tout redevint 'mmobile. Mais le commissaire ne détacha plus son regard de ce coin-là. Et sa patience fut récompensée car peu après, le mouvement s'arépéta.

Il en fut certain : c'était Rinaldo. Au risque de se faire griffer une autre fois, il se leva, se rapprocha des étagères et appela à voix basse :

— Rinaldo.

Alors arriva 'ne espèce de miracle. Du fond du rayonnage pointa le museau du chat qui le fixait.

— Rinaldo, viens là.

Le chat sortit un peu plus.

Sans mot dire, Montalbano tendit son bras et posa la main sur la planche de bois. Rinaldo avança lentement, s'approcha jusqu'à lui renifler la main, puis lui lécha légèrement un doigt.

Montalbano le prit à deux mains, le chat ne résista pas, mais ce fut alors que le commissaire remarqua que le poil blanc de l'animal avait été rosi par le sang de sa maîtresse. Et il nota aussi que les pattes du chat avaient leurs poils plus rouges, peut-être Rinaldo s'était-il jeté contre l'assassin. Ensuite, il le reposa délicatement sur l'étagère. Le gratta sous le menton et lui dit :

— Reste ici bien tranquille, Rinà !

Au-dehors, acommencèrent à se faire entendre les sirènes de la police.

— Ça doit être la Scientifique, dit Fazio.

— Va les accueillir. Moi, je monte jeter un coup d'œil.

Pour commencer, il voulut connaître la disposition de l'appartement et donc, il ouvrit la première porte à main droite.

C'était 'ne vaste cuisine, qui rappelait les vieilles cuisines siciliennes avec leurs carrelages colorés au-dessus du fourneau ; une porte donnait sur une salle à manger spacieuse.

Il retourna dans le couloir et s'adirigea vers la dernière pièce à main droite : un grand salon très élégant rempli de livres.

Il alla ouvrir la porte d'en face, derrière laquelle se trouvait une chambre d'amis avec un petit lit, à côté il tomba sur une salle de bains grande et colorée, et ensuite, la chambre d'Elena avec une porte donnant sur un cabinet de toilette. Comme signalé par le gardien de nuit, des serviettes étaient jetées à terre.

Il entendit dans l'escalier les gens de la Scientifique acommencer à monter, et s'aprécipita dans la cuisine, refermant la porte de la pointe du pied.

Montalbano ne voulait voir pirsonne.

Il se mit à parcourir la pièce du regard.

La cuisine était parfaitement en ordre. Soulevant le couvercle de la poubelle, il se persuada qu'Elena avait dîné avec quelqu'un.

À c'te point, il entendit la voix du Dr Pasquano qui, en passant dans le couloir, jurait passqu'il avait été réveillé au milieu de la nuit. Montalbano se cacha derrière la porte.

Pasquano passé, il revint dans la pièce voisine.

C'était un très grand salon fort bien tenu : des tapis précieux au sol, 'ne dormeuse ancienne retapissée à l'orientale, un banc de fumeur d'opium transformé en divan et un grand nombre d'énormes coussins pour s'asseoir. Les murs à gauche et à droite étaient couverts d'étagères remplies de livres et de statuettes. Livres et vases de Caltagirone, petits objets en or, maisons miniatures grecques, terres cuites du Maghreb, céramiques tunisiennes, ça ressemblait à un bazar de la Méditerranée.

Une vitrinette comme on en trouve dans les cabinets médicaux contenait 'ne grande quantité de revues de mode masculine.

Il ressortit dans le couloir et entra dans la chambre d'amis, où une petite *armuàr* voisinait avec un lit pour une pirsonne qui avait été préparé pour la nuit.

Sur la couverture des serviettes pliées étaient posées.

À côté, la vaste salle de bains 'mmaculée.

Enfin, il entra dans la chambre où dormait Elena. Elle était énorme, très blanche, et son lit à trois places, couvert de tissu de lin blanc.

Près des tables de nuit, au lieu de lampes de chevet, étaient installés des luminaires étoilés aux abat-jour énormes, encore et toujours blancs. Une *armùar* colossale, immanquablement couleur de lune, recouvrait tout un mur. La seule note colorée de la pièce était fournie par un bureau bleu nuit muni de trois tiroirs à gauche et trois à droite. À côté du bureau, la porte du cabinet de toilette où se trouvaient à la fois une douche moderne et toute vitrée et une vieille baignoire rénovée reposant sur des pattes de lion.

Montalbano se baissa pour tâter les deux serviettes de bain jetées à terre. Elles étaient encore humides.

Alors, il fit glisser la porte de la douche.

Il s'aperçut qu'elle avait été utilisée récemment : sur les parois de verre subsistaient encore quelques gouttes d'eau.

Manifestement, avant ou après le dîner, Elena avait pris une douche, s'était habillée différemment pour rencontrer la pirsonne qui allait la tuer.

Ce ne pouvait être l'invité du dîner qui avait utilisé la douche, car si cet individu avait voulu se laver il l'aurait fait dans la salle de bains de la chambre d'amis.

Il extirpa, encore à grand-peine, le portable de la poche de son jean et, parlant à voix basse, demanda à Fazio :

— Il en est où, le Dr Pasquano ?

— Il a presque fini, *dottore*.

— Alors, quand il est sur le point de partir, amène-le-moi. Accompagne-le dans la première pièce à main droite en sortant de l'escalier. Mais lui dis pas que je veux le voir.

— Entendu, *dottore*.

Il revint dans la cuisine et tandis qu'il s'asseyait, son portable sonna.

Heureusement, la porte était mi-close.

— Salvo, dit Augello d'une voix plaintive, ici, y a un bordel sans nom. Tu peux pas laisser ça cinq minutes et venir…

— Non, l'interrompit Montalbano.

Puis il entendit la voix de Pasquano qui montait :

— Comment ça se fait que nous n'avons pas eu l'illustre commissaire pour nous casser les burnes ? Sa vieillesse l'empêche de se lever ?

— *Ccà sugno*, je suis ici, annonça Montalbano en ouvrant la porte et en surgissant devant lui.

Sous l'effet de la surprise, le docteur fit un écart. Reculant d'un pas, il heurta Fazio :

— Comment ça ? Vous avez réussi à ressusciter ?

— Il faut que je vous pose quelques questions, répondit Montalbano en retournant dans la cuisine.

Pasquano et Fazio le suivirent.

— D'après vous, elle est morte depuis combien de temps ?

— Passons d'abord un accord : trois questions seulement passque moi, je tombe de sommeil.

— D'accord.

— D'après moi, la mort ne remonte à pas plus de trois heures. Disons vers les 11 heures du soir.

— La deuxième question, ce serait juste 'ne confirmation : elle a été tuée avec les ciseaux ?

— Je crois que oui. Les blessures sont très larges et profondes. Compatibles avec les ciseaux de tailleur. J'en ai compté vingt-deux, dont quatre au moins mortelles. Allez, la dernière ?

— Combien vous avez perdu au poker ?

— Bonne nuit, rétorqua Pasquano en lui lançant un regard indigné, puis il lui tourna le dos et s'en fut.

— Raccompagne-le, Fazio, dit le commissaire.

— J'ai pas besoin d'accompagnement. Contrairement à vous, j'arrive encore à me déplacer tout seul, lança Pasquano tandis qu'il s'éloignait d'un pas chancelant dans le couloir.

Fazio et Montalbano s'entre-regardèrent.

— Le proc' Tommaseo est arrivé ?

— Oh que non, *dottore*, il a dû tamponner un arbre. La Scientifique dit que ça sera long. Vous savez quoi ? Ils ont pris le chat et l'ont mis dedans un sac.

— Et pourquoi ?

— Passqu'y disent que les griffes du chat sont pleines de sang, sans doute qu'il y a pas seulement le sang de la victime, si ça se trouve il a griffé l'assassin.

— Faisons une chose, dit Montalbano ; moi, ici, je n'ai plus rien à faire. Je m'en vais au commissariat. Dès qu'ils ont fini, tu m'y retrouves. Il faut qu'on avertisse la famille. Tu peux t'informer ?

— Entendu, dit Fazio.

Le commissaire monta dans sa voiture mais, au lieu d'aller au commissariat, il se dirigea vers le port. Dès qu'il fut arrivé, il constata qu'il n'y avait plus pirsonne.

À distance, il vit Mimì Augello qui s'adirigeait, solitaire, vers sa voiture.

Il lui fit des appels de phare et klaxonna.

Mimì s'immobilisa et se retourna.

Areconnaissant la voiture de Montalbano, il tapota sa montre comme pour dire :

— *A chist'ura ?* À cette heure-ci ?

Montalbano freina, descendit.

— Mimì, fais pas chier. Tu sais qui on a tué ? Elena, on a tué. La couturière.

Augello sembla se muer en statue de sel :

— La belle Elena…, murmura-t-il.

— Mais ici, le débarquement, comment ça s'est passé ?

— Me fais pas chier, toi ! Comment ça, on a tué Elena ? Mais qu'est-ce qui fut ? Qu'est-ce qui s'est passé ? On lui a tiré dessus ? Ou c'est un accident ? Putain, comment c'est possible ?

— Mimì, je sais pas. On l'a atrouvée dedans l'atelier, arrangée avec pas moins de vingt-deux coups de ciseaux.

— Tuée avec des ciseaux ?

— Oui. Des ciseaux de tailleur, du genre grands et gros.

— Ça a dû être le coup d'un amant éconduit. Perdre 'ne femme comme ça, ça doit être difficile à supporter.

— Je sais pas, Mimì. Je sais seulement que la pirsonne qui l'a fait, l'a fait avec toute la haine et la férocité possibles. Mais tu veux me le dire ce qui s'est passé ici, ou pas ?

Mimì parut avoir perdu tout intérêt pour ce qui s'était passé pendant le débarquement.

— Salvo, qu'est-ce que je peux te dire ? Ton plan a fonctionné comme il fallait. Le bordel a éclaté au moment où les parents des quatre *cataferi* ont refusé de monter dans le bus. Ils voulaient rester avec leurs morts. Sauf que Sileci n'était pas d'accord et ça s'est terminé en bagarre. Trois ou quatre migrants en ont aprofité pour tenter de s'enfuir. C'est à ce moment que je t'ai tiléphoné.

— Et puis ? demanda Montalbano.

— Et puis, finalement, le Dr Osman aréussit à rétablir le calme. Et maintenant, je te dis bonne nuit, moi, je m'en vais dormir.

— Adieu ! répondit Montalbano avec un mouvement de tête, et il s'en retourna à sa voiture.

Huit

Il posa la main sur la poignée pour ouvrir la portière mais changea d'idée. Il se sentait la tête lourde comme si ses pinsées étaient toutes emberlificotées dans sa coucourde. Peut-être qu'un peu d'air marin lui ferait du bien.

Il se mit en marche et arriva sur le bord du quai.

Là, il s'immobilisa et commença à respirer à fond et, à chaque bouffée d'air chargé des parfums de la nuit qui lui entrait dans les poumons, il sentait se défaire le nœud des pinsées. Il sentait que sa coucourde redevenait légère et prête à fonctionner.

Alors, il remonta en voiture, démarra le moteur mais ne partit pas.

En jurant et tortillant tout son corps, il parvint à extirper le portable de sa poche.

Il appela Fazio :

— Vous en êtes où ?

— *Dottore*, ici, on en a encore pour une heure, une heure et demie.

— Bon. Tu as sur toi le numéro de Meriam ?

— Oh que oui, *dottori*. J'ai le portable et le fixe.

— Donne-moi les deux.

Il posa le tiléphone à côté de lui et, ne trouvant pas de papier vierge, il écrivit les numéros sur la carte grise et enfin s'en alla en direction de la via Alloro.

Devant le numéro 14, il s'arrêta. Il prit le portable et appela le fixe de Meriam. Le tiléphone sonna longtemps avant que la voix endormie de la jeune femme ne réponde :

— Allô ! Qui est à l'appareil ?

— Le commissaire Montalbano, je suis.

De manière nette, il entendit la respiration de Meriam se bloquer. Puis, aussitôt après, elle demanda d'une voix inquiète :

— Il est arrivé quelque chose à Leena ?

— Non.

— Je dois venir au port ?

— Non. Il faut que je vous parle.

— D'accord. D'ici une demi-heure…

Montalbano l'interrompit :

— Je suis en bas de chez vous. Dès que vous êtes prête, ouvrez-moi.

Il descendit de voiture. La ferma. S'alluma une cigarette et s'approcha de la porte de l'immeuble.

Un moment plus tard, il entendit sa voix :

— Commissaire, vous êtes là ?

— Oui.

La porte eut un déclic. Montalbano la poussa, entra et monta lentement l'escalier en réfléchissant aux paroles qu'il devrait utiliser pour annoncer l'affreuse nouvelle à Meriam.

Elle l'attendait sur le seuil, porte ouverte.

Ses yeux rencontrèrent tout de suite ceux de Montalbano et ce fut comme si elle avait lu dans ses pinsées car elle changea brusquement d'expression, mais ne dit rin. Elle se mit sur le côté pour qu'il puisse entrer. Referma la porte, le précéda au salon, lui fit signe de s'asseoir.

Elle resta debout, sans mot dire, sans le quitter du regard.

Enfin, elle dit :

— Je vous fais un café ?

— Volontiers, répondit le commissaire qui ne savait par où commencer.

Meriam sortit rapidement comme si elle était soulagée de ne pas rester plus longtemps dans la même pièce que lui. Ce fut du moins l'impression qu'eut Montalbano.

Trop de fois, il s'était retrouvé dans le rôle de l'oiseau de malheur, trop de fois il avait été contraint d'entrer dans la vie des gens avec des mauvaises nouvelles qui détruiraient leur existence.

Et après toutes ces fois bien trop nombreuses, il n'avait toujours pas trouvé la bonne manière d'apporter c'tes nouvelles ou du moins de les rendre moins pénibles pour lui-même.

Meriam mit du temps avant de revenir avec le plateau et le café. Montalbano, en la regardant, vit qu'elle avait les yeux rouges et qu'elle était allée se mouiller le visage.

Elle s'assit sans rien dire.

Montalbano but le café et il allait ouvrir la bouche quand Meriam lui demanda :

— Il s'agit d'Elena, n'est-ce pas ?

Il s'en fallut de peu qu'il n'avale le café de travers. Comment avait-elle deviné ? Il était perplexe et dans le même temps se sentait soulagé qu'elle lui épargne la pire partie de sa besogne.

— Oui, dit-il.

Elle se prit le visage entre les mains et se mit à pleurer en silence, le corps secoué de sanglots qu'elle s'efforçait d'étouffer, puis :

— Excusez-moi, dit-elle avant de ressortir.

Après quelques minutes, Meriam revint dans la pièce. Elle s'assit et cette fois, ce fut Montalbano qui parla le premier :

— On l'a tuée.

— Quand ? demanda-t-elle.

Montalbano comprit la question plus par le mouvement des lèvres que par le son de la voix.

— Vers 11 heures du soir.

— Comment ?

— Avec de grands ciseaux de couture.

— Mais qui ça peut être ? demanda Meriam, plus pour elle que pour le commissaire.

— Je ne saurais vous répondre. Maintenant, dites-moi pourquoi vous avez pensé à Elena.

— Commissaire, je ne sais pas… Hier après-midi quand on est partis, je… j'ai eu une sensation bizarre. En vérité, Mme Elena, peu après votre séance d'essayage, nous a littéralement chassés de la boutique. Elle a dit qu'elle avait besoin de rester seule. Mais elle était manifestement nerveuse, très nerveuse, au point que pendant qu'elle parlait, elle déchirait entre ses mains les tissus qui étaient arrivés. Je ne l'avais jamais vue comme ça. Elle a été grossière, impolie. Y compris avec Nicola.

— Pourquoi Nicola ?

— Vous savez, commissaire, Nicola se considère un peu comme le papa d'Elena. Sa femme est morte et ses enfants vivent dans le Nord. Il passe une grande partie de ses journées à la boutique et souvent, même quand Elena ferme, il reste là, à travailler, à ranger, à nettoyer, en somme pour lui l'atelier, c'est sa maison. Et hier soir, Elena a dû quasiment virer Nicola en lui parlant mal parce qu'il voulait rester.

— Vous avez une idée sur les raisons de la nervosité d'Elena ? Des soupçons ?

— Elena est très réservée. Elle ne parle pas souvent de ce qui la concerne.

— Vous savez si elle a des parents ?

— Elle n'avait plus ses parents et elle était fille unique. Je ne sais pas si elle a de la famille proche mais je connais bien sa belle-sœur qui est ici, au pays.

— Elena a un mari ?

— Oui, un Vigatais, mais il est mort il y a de nombreuses années et elle, très jeune veuve, a décidé de venir ici parce qu'elle s'entendait très bien avec sa belle-sœur Teresa.

— Vous pourriez me donner son adresse ?

— Bien sûr, 18, via della Regione, mais quand vous irez la voir, je voudrais être présente. Je crains que Teresa ne supporte pas…

— Oui, d'accord. Dans la matinée, avant d'y aller, je vous préviendrai.

— Oui, merci.

Le silence tomba. Puis Meriam, presque honteuse, ademanda :

— Où est-elle, maintenant ?

— Je crois qu'elle est encore dans la grande salle de l'atelier. C'est là que nous l'avons trouvée.

Meriam eut une expression étonnée :

— Je pensais qu'elle était… qu'elle était dans son appartement.

— Pourquoi ?

— Je ne sais pas. Vous savez… l'atelier, ce n'est que pour les clients… Quand elle nous a chassés, j'ai pensé qu'elle attendait quelqu'un et qu'elle ne voulait pas qu'on rencontre cette personne.

— Peut-être que vous avez raison : il semble qu'Elena n'ait pas dîné seule. Et puis, je ne sais pas pourquoi, elle est descendue avec l'assassin. Ils doivent avoir eu une discussion…

Mais à c'te moment, Meriam craqua.

Elle acommença à se balancer d'avant en arrière, toujours assise, tandis que de ses lèvres lui sortait une espèce de cantilène plaintive. Les paroles étaient en arabe, mais les sons ressemblaient comme deux gouttes d'eau à ceux des processions du Vendredi saint.

— Meriam…, l'appela à voix basse le commissaire.

Mais elle ne l'entendait pas.

Alors Montalbano se leva, s'approcha, lui fit une caresse légère sur la tête, sortit de la pièce, descendit les marches, ouvrit la porte de l'immeuble, remonta en voiture et se dirigea vers le commissariat. Mais il se limita à passer devant passqu'il avait adécidé d'aller à Marinella retirer ce maudit jean qui lui donnait l'impression d'être dedans une cage.

Quand il entra chez lui, il fonça dans la chambre.

Il s'allongea sur le lit. Cette fois, il compta jusqu'à cinq, rentra le ventre et enfin réussit à baisser son pantalon, mais celui-ci resta bloqué à la hauteur des chaussures. Il les retira et, jurant comme un charretier, se baissa puis, avec un mouvement de fakir, réussit à dégager une jambe du pantalon qui s'enroula et agrippa l'ourlet de l'autre jambe comme dans le jeu du tir à la corde.

Enfin libre, il alla choisir, suivant la loi de compensation, un pantalon très large, et sortit en courant.

À la place de Catarella, il y avait un autre agent qui dormait et qui lui était inconnu. Il passa devant lui sans le réveiller et alla ouvrir la porte du bureau de Fazio.

Lui aussi dormait profondément, la tête dans ses bras appuyés sur la table de travail. Il lui posa une main sur l'épaule et le secoua.

— Hé ho ! fit Fazio en ouvrant les yeux.

— Viens par là.

En un tournevire, Fazio se secoua, chassant la fatigue et le sommeil, et le suivit dans son bureau.

— *Dottore*, avant tout, je voudrais vous raconter un truc étrange qui arriva.

— Je t'écoute.

— Au moment où le cirque équestre était sorti et qu'ils étaient en train de mettre les scellés sur la porte, un vieux est arrivé en courant avec un paquet à la main et quand il m'a demandé ce qui se passait, je lui ai raconté l'affaire. Sainte mère, *dottori* ! Je m'attendais pas à la réaction qu'il a eue ! Il a tout de suite fondu en larmes comme un désespéré. J'ai eu peur qu'il tombe par terre et je l'ai soutenu, mais comme il tenait pas debout, je l'ai conduit à ma voiture et je l'ai fait asseoir. Après, quand il a réussi à se calmer un peu, il m'a expliqué qu'il travaillait à l'atelier et qu'il avait durant la nuit cuisiné 'ne *ciambella* pour l'apporter à Mme Elena. Et comme j'ai compris que peut-être il pouvait nous dire quelque chose, je l'ai amené ici. Il est à côté dans la salle d'attente.

— Ça doit être Nicola. Va le chercher.

Le petit vieux entra, pratiquement tenu debout par Fazio, et quand Montalbano s'approcha de lui, il se jeta dans ses bras.

— Courage, Nicola ! lui lança le commissaire en le faisant asseoir.

Nicola posa le petit paquet sur la table.

— Vous aviez l'habitude faire ça chaque matin ? demanda Montalbano.

— Quoi donc ?

— De lui apporter un petit déjeuner.

— Oh que non ! Pas tous les matins. Quelquefois.

— Elena s'aréveillait si tôt ?

— Oh que non, *dottore*, vers 7 heures. Mais je…

Et il se tut.

— Continuez.

— Mais j'ai très mal dormi.

— Pourquoi ?

— Passque j'arrivais pas à me lever de la tête ce qui s'était passé hier après-midi.

— Qu'est-ce qui se passa ? Vous pouvez me le raconter ?

— Oh que oui ! Dès que l'essayage de votre costume a été fini, Elena nous a tous mis à la porte de l'atelier. Et comme je voulais rester passqu'il y avait encore beaucoup à faire, elle m'a mal parlé. Elle ne l'avait jamais fait. Elle m'a rappelé que je n'étais qu'un simple employé et que c'était elle qui donnait les ordres. *Dottore,* je sais bien que c'est pas ce qu'elle pinsait, elle le disait juste pour me mettre en colère et me faire sortir. Alors, même si je comprenais bien que ce n'était pas vrai, j'ai mis tous les tissus sur les étagères et avec les autres, j'ai débarrassé les grandes tables et on est sortis. Moi, je suis rentré chez moi très très préoccupé.

— Et vous savez quel pouvait être le motif de toute cette nervosité chez Elena ?

— Oh que non, *dottore*, non ! Vous vous arappelez comment elle était pendant qu'on faisait l'essayage ? Souriante comme toujours, sereine, et puis elle a changé d'un coup. Elle a voulu qu'on s'en aille tous parce qu'il était clair qu'elle voulait rester seule. Mais…

— Continuez.

— Mais, *dottore*, inquiet, j'étais. Alors, étant donné qu'Elena avait baissé le rideau de fer de l'atelier, je suis allé via Garibaldi et je me suis mis près de la grande porte. Je m'étais pirsuadé qu'elle attendait quelqu'un et que c'était justement c'te visite qui la rendait si nerveuse. Je suis resté là une heure, pirsonne est sorti, pirsonne est entré, et alors je suis rentré chez moi.

— Écoutez-moi attentivement, intima Montalbano. Quand je suis parti, Elena est montée dans son appartement ?

— Oh que non, *dottore* ! Elle retourna 'mmédiatement au salon.

— Une autre question : un peu avant qu'elle vous dise de vous en aller, est-ce qu'elle a reçu un coup de fil ?

— Oh que non, *dottore* ! Il n'y a eu aucun appel. *Dottore,* il faut me croire, à hier, y s'est rin passé. S'il s'est passé quelque chose, c'est seulement dans sa tête. Et je m'en remets pas.

— Nicola, Meriam m'a fait allusion au fait qu'Elena a une belle-sœur, elle ne m'a rien dit d'autre. Vous la connaissez ?

— Bien sûr, Teresa Messina ! Vous savez, elles sont plus que belles-sœurs, on dirait des sœurs ! Teresa a deux minots qui sont très attachés à Elena. Sainte Marie ! Sainte Mère ! Et maintenant, qui va le lui dire ? Teresa a perdu son frère, son père, sa mère et maintenant aussi Elena ! Oh que non, *dottore* ! Il n'y a pas de justice ! Qui pouvait bien vouloir du mal à une femme si bonne, généreuse, au grand cœur ! C'est bien vrai, les meilleurs partent les premiers !

Et il se remit à pleurer.

Montalbano le laissa s'épancher un moment puis il lui dit :

— Écoutez, Nicola, je vais sûrement avoir besoin de vous…

Fazio l'interrompit :

— J'ai déjà l'adresse et le numéro de tiléphone.

Nicola se redressa. Montalbano lui tendit la main, puis l'attira à lui et recommença le serrer dans ses bras.

— Tenez bon, lui dit-il.

Nicola le fixa dans les yeux et demanda :

— Et pourquoi ?

— Parce que, hélas, la vie continue, répondit Montalbano. (Puis se tournant vers Fazio :) Fais-le ramener chez lui.

Fazio revint presque aussitôt.

— Raconte-moi ce qu'a dit la Scientifique, l'invita le commissaire.

— Comme il était couvert de sang, l'assassin a certainement retiré ses chaussures, il est monté à l'étage, il est allé dans la salle de bains de Mme Elena et il s'est pris une douche. La Scientifique a trouvé du sang dans la cabine. Presque sûrement celui de la victime. Ils l'ont prélevé pour analyse. Autre chose : sur la paroi coulissante de la cabine, il n'y a pas d'empreinte, et pas non plus sur les robinets. Signe que l'assassin a effacé ses empreintes avec les serviettes. Aucune trace, pas même sur les ciseaux. Ils ont sans doute été nettoyés avec le bout de tissu posé à côté.

— Qu'est-ce que t'en penses ? demanda Montalbano.

— *Dottore*, ça, c'est un crime sur un coup de colère, d'après moi. Un truc improvisé qui s'est déclenché peut-être à la suite d''ne discussion. Mais reste le fait que l'assassin a épargné sa poitrine.

— Et qu'est-ce que ça voudrait dire ?

— Bah !

— Tu sais à quoi tu dois t'atteler dès ce matin ?

— Oh que oui, *dottore* !

— C'est quoi ?

— Une femme comme ça avait sûrement un homme qui lui collait.

— Je suis d'accord avec toi. Alors, bonne journée, conclut le commissaire.

— Bonne journée, arépondit Fazio, en se levant et en sortant de la pièce.

Montalbano jeta un coup d'œil à sa montre. Il s'était fait 7 heures.

À ce moment, Livia était sûrement en train de prendre le premier café du matin. Il composa le numéro de Boccadasse.

— Livia ?

— Qu'est-ce qu'il y a, Salvo ? arépondit-elle, surprise et préoccupée.

— J'ai une mauvaise nouvelle : Elena, la couturière, a été assassinée.

— T'es vraiment un con ! rétorqua Livia et elle raccrocha.

Montalbano fut pris de fureur.

Comment pouvait-elle le croire assez cynique pour galéjer sur 'ne réalité comme la mort ?

Il était tellement nerveux qu'il se trompa deux fois en refaisant le numéro.

Puis il entendit de nouveau sa voix à elle :

— Alors, là, Salvo, je te croyais pas assez crétin pour…

— Écoute-moi, Livia, je parle sérieusement.

À son ton, elle comprit que Montalbano ne galéjait pas.

— Oh, mon Dieu ! C'est vrai ?

— Tout à fait vrai, malheureusement. On l'a trouvée assassinée dans son atelier.

Il entendit Livia fondre en larmes.

— Je suis désolé, Livia. Je te rappelle dans la soirée, dit le commissaire.

Et maintenant venait le plus déplaisant : l'oiseau de mauvais augure devait encore accomplir son rite, mais peut-être pouvait-il rendre plus facile son vol, et donc, il tiléphona à Meriam :

— Comment ça va ?

— Comme ci, comme ça. Vous devez aller voir Teresa ?

— Oui. Mais j'ai appris qu'elle a des enfants. Ils sont encore petits ? Ils vont à l'école ?

— Oui. C'est elle qui les y emmène chaque matin.

— Puis elle va travailler ?

— Oui. Mais elle travaille chez elle.

— Que diriez-vous si on y allait vers 9 heures ?

— D'accord, dit Meriam. Si vous voulez, je passe au commissariat, je ne tiens plus, ici.

— D'accord.

Il pouvait s'attendre à tout plutôt qu'à voir apparaître devant lui Mimì Augello.

— Mais tu tombais pas de sommeil ? Qu'est-ce qu'il y a ? Ça te passa ?

— Ça me passa, oui.

— Et pourquoi donc ?

— Pour deux raisons : la première, passque j'ai pinsé que si tu mets le paquet dans c't' enquête en y amenant aussi Fazio, ça veut dire que je reste seul comme un con, à devoir aller chaque nuit au port pour les inévitables débarquements. Ça te semble juste ?

— Non, Mimì, ça me semble pas juste. Mais ça te paraît juste, à toi, qu'on ait tué à coups de ciseaux 'ne pauvre femme ?

— Non. Et ça, c'est l'autre raison dont je te parlerai d'ici 'ne seconde.

— Alors, dis-moi comment arésoudre c'te situation.

— Tiléphone au Questeur et dis-lui qu'il est pas possible pour nous de travailler comme ça.

Montalbano trouva l'idée bonne.

Il souleva le combiné et dit à Catarella :

— Appelle-moi M. le Questeur et dès qu'il est en ligne, tu me le passes.

Il l'eut immédiatement.

Le Questeur allait au bureau de bon matin et c'était la bonne heure pour l'atrouver conciliant avec le monde extérieur. Le commissaire mit le haut-parleur.

— Montalbano, comment allez-vous ?

— Bien, et vous ?

— Je n'ai pas à me plaindre. On vient de me rapporter le crime de cette nuit.

— C'est justement de ça que je voulais vous parler, Monsieur le Questeur. Je ne crois pas que l'enquête sera facile. Comme on a dû vous le raconter, il résulte des premiers constats que l'assassin n'a laissé aucune trace. L'inspecteur Fazio et moi-même allons être entièrement pris par cette enquête.

— Et donc ? demanda le Questeur.

— Et donc, pour les débarquements, il ne reste plus que le commissaire adjoint Augello. Vous comprenez que si, déjà, avant, la situation était insoutenable, alors maintenant… Augello devrait théoriquement assister chaque nuit aux débarquements et se trouver au bureau aussi durant le jour.

— Et donc ? redemanda le Questeur.

— Et donc, je vous appelle pour vous demander si vous pouvez nous exonérer de cette mission.

— Ce n'est pas possible, répliqua le Questeur sur un ton décidé.

— Mais, Monsieur le Questeur, Augello est un être humain, pas un robot…

— Montalbano, faites comme Sileci.

— Et qu'est-ce qu'il fait, Sileci ?

— Il a été exonéré par moi du service diurne. Faites-moi une requête pour Augello et je vous la signe.

— Entendu. Bonne journée.

— Bonne journée à vous, commissaire. J'attends de vos nouvelles, rétorqua le Questeur avant de raccrocher.

Mimì parut possédé par le diable.

— Je suis quoi, moi ? Un veilleur de nuit ? Et puis, moi, je suis fait comme ça, j'arrive pas à dormir dans la journée.

— Mimì, qu'est-ce que tu veux que je te dise ? Ça veut dire que tu ne dormiras ni de jour ni de nuit.

— T'es 'n salaud. Je vais te dire 'ne chose : à partir de ce soir, si tu veux me dire quelque chose, tu viens m'atrouver après minuit sur le quai, lança-t-il en se levant pour partir.

Montalbano le retint :

— Attends, avant de partir, dis-moi la seconde raison pour laquelle tu n'as pas dormi.

— Je pinsais au meurtre d'Elena. C'était une femme que tout le monde aimait, elle avait donné de la besogne à beaucoup de gens au pays. Elle n'avait pas brisé des familles, rendu des femmes jalouses, fait chier d'une manière ou d'une autre. Mais il est tout aussi évident que c'est un crime passionnel. Or, si tu me permets, moi, je suis la pirsonne la plus capable d'acomprendre comment se passent ces affaires. Dans c'tes histoires de femmes, je m'y connais plus que vous tous. Mais bon, maintenant, c'est du passé. Je vais faire le veilleur de nuit et je te dis au revoir.

Montalbano ne le retint plus.

Mimì ouvrit et sortit dans le couloir.

Il ne se passa pas deux minutes avant que la porte se rouvre nouvellement et que Mimì ne reparaisse bras dessus, bras dessous avec 'ne pirsonne que le commissaire n'aconnaissait pas.

— J'ai l'honneur de te présenter le très célèbre Salvo Montalbano. Commissaire, je te présente mon très cher ami Diego Trupia.

Mais Diego Trupia ne sourit pas. Il resta 'mmobile sur le seuil.

Augello dégagea son bras et le fixa.

— À propos, Diego, qu'est-ce que tu fais ici ?

Petite quarantaine, grand, chevelure abondante, barbiche soignée, vêtu comme un jeune et avec un corps manifestement sportif, Trupia répondit d'une voix bien modulée :

— J'aurais besoin de parler avec le commissaire.

— Mais pourquoi, Decù ? Que se passa-t-il ? T'as tué quelqu'un ?

— Moi non. Mais on a tué mon Elena.

Neuf

À c'tes mots, Augello broncha comme un cheval. Il poussa 'ne espèce de hennissement et fixa sur son ami des yeux écarquillés :

— Qu'est-ce que ça veut dire « mon Elena » ?

— Ça veut dire ce que j'ai dit.

Montalbano comprit que Trupia n'avait aucune intention de parler devant Augello. Et donc, il lança :

— S'il vous plaît, laissez-moi seul avec ce monsieur.

Mimì lança un coup d'œil indigné à Trupia et sortit en fermant la porte.

— Je vous en prie, dit le commissaire en montrant au visiteur la chaise devant son bureau.

Trupia s'assit. Il n'avait l'air ni nerveux, ni effrayé. Peut-être était-il dans un malaise profond, et de fait, il fixa Montalbano et articula :

— Je ne sais pas par où commencer.

— Alors je commence, moi, rétorqua le commissaire. Comment avez-vous appris le crime ?

— *Dottore*, je vis seul et j'ai l'habitude de prendre mon petit déjeuner dans un bar en bas de chez moi et là, ce matin, j'ai entendu deux personnes qui parlaient de l'assassinat d'Elena. J'ai failli m'évanouir. Et puis, en me forçant, je me suis précipité via Garibaldi et j'ai vu les scellés. Alors je suis retourné en courant chez moi. J'avais besoin d'être seul, de réfléchir, de mieux comprendre la meilleure manière de…

Et il se tut, il ne savait pas comment poursuivre.

— … de venir exposer votre situation ?

— Oui.

— Vous étiez ensemble, Elena et vous ?

— Oui.

— Depuis combien de temps ?

— Moins de deux ans. Ce n'était pas une histoire vécue au grand jour, mais j'ai pensé qu'il valait mieux que je vienne parce que, tôt ou tard, mon nom serait apparu.

— Vous avez très bien fait.

— Je veux tout de suite déclarer que je n'ai pas tué Elena.

— Vous avez appris, au bar, comment elle a été tuée ?

— Non.

— À coups de ciseaux.

Trupia eut un sursaut. Il eut une expression désolée et douloureuse. Se porta une main à la bouche mais ne dit rin.

— Quand l'avez-vous vue pour la dernière fois ? demanda Montalbano.

— Il y a trois jours, commissaire. Depuis, on ne s'était plus vus ni téléphoné, arépondit l'homme, en essayant de se reprendre.

— Comment ça ?

— Nous nous étions disputés.

— Pourquoi ?

— Je l'avais demandée en mariage.

— Et Elena a dit non ?

— Pas seulement. Elle était offensée et très en colère. Elle m'a juré que si j'insistais notre relation s'arrêterait là.

— Elle vous a donné les explications de son refus ?

— Non, elle m'a dit seulement qu'elle avait déjà été mariée une fois et que ça lui avait suffi.

— Donc, quand vous avez dit que votre histoire n'était pas vécue au grand jour, ça signifiait que c'était Elena qui voulait la garder secrète ?

— Non, en vérité, moi aussi, ça m'allait très bien comme ça. Quand je l'ai connue, je n'avais pas d'autres liaisons et elle non plus, du moins je l'espère, et nous avons fait en sorte que nos rencontres soient toujours spéciales. Nous craignions tous les deux l'accoutumance et la routine.

— Et alors, pourquoi l'avez-vous demandée en mariage ? interrogea Montalbano, qui aconnaissait bien ce genre de crainte.

— Alors, ça paraîtra ridicule, je ne voulais pas me marier, mais ces derniers temps, en diverses occasions, j'ai eu comme l'intuition qu'Elena ne se satisfaisait plus de nos fugitives rencontres nocturnes. Qu'elle avait besoin, comment dire, d'une présence plus assidue, de se sentir rassurée et protégée. C'était une femme très généreuse qui ne demandait jamais rien aux autres, toujours disposée à donner, sans rien attendre en retour. Mais elle était fatiguée. J'ai senti qu'elle n'arrivait plus supporter seule le poids de sa vie et alors, il m'a paru bon de lui demander de partager ce poids. Croyez-moi, mon offre de mariage venait d'un besoin que j'avais ressenti chez elle et non pas d'une envie de ma part de fonder un foyer.

— Peut-être que vous vous êtes trompé, vu le refus d'Elena.

— Commissaire, je ne voudrais pas vous paraître présomptueux, mais je crois que le refus a été provoqué par son incapacité à s'ouvrir vraiment. C'est pour ça qu'elle m'a chassé violemment de chez elle et c'est pour ça que je m'étais juré de ne pas la rappeler. Mais je ne crois pas que j'aurais résisté encore longtemps. Déjà, ce matin, je m'étais réveillé en pensant très fort à elle. Mais jamais je n'aurais imaginé que la force de cette pensée était liée à sa mort.

Montalbano aimait bien comment cet homme raisonnait.

À première vue, on pouvait penser à un fils à papa bien propret, mais il avait du cœur et de la coucourde, et l'un et l'autre fonctionnaient bien.

— Vous faites quoi, dans la vie ?

— J'ai une petite maison d'édition. Mon grand-père m'a laissé beaucoup d'argent quand je venais juste d'obtenir un diplôme en littérature. J'aurais pu voyager, parcourir le monde, en somme j'aurais pu vivre de cet héritage sans jamais travailler. Mais j'ai suivi l'enseignement de mon grand-père : tout partager avec tous. Alors, comme il avait été un grand lecteur, et que je suis moi-même très amateur de littérature contemporaine, j'ai décidé de faire des livres. En petit nombre, de manière très sélective, très bien imprimés. Ça ne rapporte guère, mais j'ai la prétention que ceux qui les achètent y trouvent du plaisir.

La considération que Montalbano avait pour Trupia augmenta vertigineusement. Mais il y avait encore une zone d'ombre :

— Excusez-moi, mais comment se fait-il que vous soyez ami avec Augello ?

— Je connais Mimì depuis toujours. Imaginez-vous qu'il m'a aidé à distribuer mes premières publications dans les peu nombreuses librairies siciliennes.

— Revenons à nos moutons. Je dois malheureusement vous poser la question rituelle.

Trupia ne le laissa pas poursuivre.

— Vous voulez savoir où je me trouvais hier soir ?

— Dites-le-moi.

— C'est le problème. Je suis allé dîner dans mon restaurant habituel. Il pouvait être 9 heures, j'ai fini à 10 h 30 et je suis rentré à la maison regarder la télévision. Vous avez réussi à établir à quelle heure Elena a été assassinée ?

Jusqu'à c'te moment, il avait été très calme mais quand il prononça le prénom de la femme, les larmes jaillirent.

Montalbano se leva, alla prendre un peu d'eau, remplit le verre, le lui tendit en disant :

— Pas plus tard que minuit.

Trupia finit de boire. Il posa le verre sur le bureau, écarta les bras :

— Alors, je n'ai pas d'alibi.

À c'te moment, le tiléphone sonna :

— *Dottori, dottori*, il y aurait qu'il y a Mme Marianna Ucria qui…

— C'est bon. Fais-la entrer.

— *Dottori*, je ne la vous fais pas entrer du fait qu'elle est ne se trouvant pas sur les lieux mais sur la ligne.

— Et alors, passe-la-moi.

Montalbano s'excusa auprès de Trupia pour l'interruption.

Puis il entendit la voix de Meriam :

— Commissaire, Stefano, le mari de Teresa, vient de m'appeler pour me demander de le rejoindre tout de suite chez eux, il a besoin d'aide.

— Qu'est-ce qui s'est passé ? demanda Montalbano, inquiet.

— Teresa, après avoir accompagné ses enfants à l'école, est allée au marché, et là, elle a appris…

Montalbano fut désolé que Teresa ait appris de cette manière la mort de sa belle-sœur, mais tout au fond de lui il remercia le hasard qui lui avait épargné pour une fois le rôle de l'oiseau de malheur.

— Quand pensez-vous que je pourrai la voir ?

— Je vous appelle dès que j'arrive chez eux.

— D'accord, j'attends votre coup de fil.

Montalbano reposa le combiné.

— Revenons à nous. Elena était particulièrement nerveuse, ces derniers temps ?

— Non. Comme je vous ai dit, je ne l'ai pas vue ces trois derniers jours, mais jusque-là elle était normale, comme toujours.

— Vous savez si elle a eu un différend, un conflit, une dispute ?

— Pas que je sache. Commissaire, Elena était extrêmement réservée. Vous avez eu l'occasion de la connaître ?

— Oui. Je crois avoir été son dernier client, dit Montalbano.

— Peut-être aurez-vous remarqué qu'elle était très sociable, qu'elle avait l'amitié facile. Mais malgré son apparente disponibilité, elle était très discrète et créait difficilement des rapports d'intimité. Même avec moi, elle ne s'est jamais vraiment abandonnée.

— Étrange, moi, elle m'a fait l'impression contraire.

— C'était probablement une façade. Cette apparence sociable qu'elle avait était une manière de protéger sa vraie nature solitaire et farouche.

— On m'a raconté qu'elle avait des relations étroites avec sa belle-sœur Teresa. Vous la connaissez ?

— Oui, je la connais. Nous nous sommes vus quelquefois à dîner avec d'autres amis, mais je ne crois pas que Teresa était au courant de mes liens avec Elena.

— Je peux connaître les noms de ces amis, hommes et femmes, d'Elena ?

— Oui, commissaire, je ne crois pas qu'ils en sauront plus que moi, mais je peux vous donner quelques noms.

— Elle ne vous a jamais parlé de son mariage ? De sa famille ? De la mort de son mari ?

— Vous me croirez si je vous dis que je n'ai appris l'existence de ce mari qu'il y a seulement quelques mois ?

— Et qu'est-ce qu'elle vous en a dit ?

— Pas grand-chose. Elle m'a raconté qu'ils étaient l'un et l'autre de jeunes stylistes de Vénétie, il me semble. Ils se sont connus à l'Académie de la Mode, se sont mariés presque tout de suite et le mari est mort peu après. Peut-être de maladie ? Je n'ai pas eu le courage de le lui demander, commissaire. Elena me semblait déjà trop affectée par ce bref récit.

— Merci, répliqua Montalbano. Pour l'instant, ça me suffit.

Il se leva, gagna la porte, dit quelque chose, revint s'asseoir.

Fazio s'apprésenta aussitôt.

— Monsieur Trupia, je vous prierais de suivre l'inspecteur qui prendra sur procès-verbal tout ce que vous m'avez dit. Donnez-lui les noms et adresses des amis de Mme Elena et précisez-lui quand et comment vous l'avez connue. Je vous demande d'avoir la courtoisie d'être joignable à tout instant et donc de ne pas bouger de Vigàta.

Il lui tendit la main, Trupia la serra puis suivit Fazio.

La porte refermée, il eut un coup de fatigue, une fatigue soudaine, 'mmédiate.

Un nuage noir, dense et lourd lui tomba sur la tête ; il s'appuya sur ses bras qui s'étaient croisés sur le bureau.

Il ferma les yeux et, lentement, lentement, acommença à glisser à l'intérieur d'une espèce de tuyau tout rempli de ouate noire comme l'encre et à la fin, il ne perçut plus aucun mouvement. Il s'était enfoncé dans le Grand Rien.

Puis, du fond du silence de ce Rien, acommencèrent à lui parvenir les échos, d'abord lointains, puis toujours plus proches, de sons humains qui peu à peu adevenaient des fragments de mots :

— … *ori*... *ori !* … que ? … Sainte Mère ! … à l'ai… *ori*... *ori*... qu'esse vous faites ?

Il sentit que ses épaules étaient violemment secouées et, une secousse après l'autre, il commença de réémerger à grand-peine à la surface.

Une secousse plus forte que les autres lui fit cogner le front contre le bois du bureau.

Il jura, ouvrit les yeux, releva le buste et vit Catarella à côté de lui, blême, mort de frousse.

— Sois sage, Catarè, réussit-il à dire.

— Alors, vivant, vous étiez ! Sainte Mère ! Quelle trouille j'ai eue, *dottori* ! Mes jambes, elles sont toutes tremblotantes. Mort, vous m'aviez l'air, *dottori* !

— Mais qu'est-ce qui fut ? s'enquit Montalbano. Je me suis juste un peu endormi, Catarè. Qu'est-ce qu'y se passa ? Qu'est-ce que tu voulais ?

— Vu que Mme Marianna Ucraina vous tiléphona sur la ligne et que je tiléphonai à vosseigneurie et que vosseigneurie m'arépondait pas, je dis à la dame Ucraina de rappeler sur la ligne plus tard. Je vins sur les lieux vous chercher et je vous appelai et vosseigneurie ne m'arépondait pas et alors j'ai commencé à vous gangasser tout entier avec mes mains mais vosseigneurie continuait d'arépondre pas. Sainte Mère, quelle trouille !

— C'est bon, c'est bon, dit Montalbano. Mais quelle heure est-il ?

— 10 heures bien passées, *dottori* !

Il avait dormi une heure et demie !

— Je vais me débarbouiller le visage. Toi, retourne au standard, ordonna-t-il à Catarella.

Dans les toilettes, il retira son blouson, sa chemise et, torse nu, se récura à fond. Puis il s'essuya, se rhabilla et alla dire à Catarella de lui faire un café triple. Mais il se sentait déjà beaucoup mieux et donc ce fut lui qui appela Meriam sur son portable.

— Excusez-moi pour tout à l'heure, je n'étais pas dans mon bureau. Vous êtes où ?

— Je suis chez Teresa.

— Je peux venir ?

— Oui, *dottore*, mais je ne sais pas à quel point Teresa…

— D'accord, je vais tenter le coup.

Il se but son triple café, prit la voiture et peu après arrivait via della Regione.

Ce fut un beau quinquagénaire qui vint lui ouvrir.

— Enchanté, je suis Stefano Messina.

Il le fit asseoir au salon.

Montalbano s'arma de courage et lui demanda si, en cas de besoin, il pouvait venir faire la reconnaissance du corps d'Elena.

— Certainement, arépondit Messina.

— Comment va votre épouse ?

— Que voulez-vous que je vous dise, commissaire. Pour Teresa, c'est comme si Franco était mort une seconde fois.

Franco devait être le mari d'Elena.

— Je pourrais la voir ?

— Excusez-moi une seconde, répondit l'homme en se levant, et il sortit.

Revint au bout d'un moment.

— Si vous voulez bien me suivre.

Dans la chambre à coucher, il vit Teresa étendue sur la couche, comme un sac vide posé sur le dessus-de-lit.

Elle était toute habillée, en manteau, avec même ses chaussures aux pieds et sa main droite étreignait encore les poignées du sac de courses. Elle gardait les yeux fermés.

À côté d'elle, Meriam était assise sur un siège.
— Elle dort ?
— Elle est sous sédatif, dit Stefano.
Le commissaire comprit. *Nuttata persa e figlia fimmina*, « une nuit de perdue et en plus c'est une fille » : il perdait son temps.
Sans un mot, il tourna le dos et retourna au salon.
Juste après arriva Stefano.
Qui, fixant le commissaire, articula :
— Je vous remercie de votre compréhension.
Un instant plus tard entra aussi Meriam.
— Même si on l'avait réveillée, dit Montalbano, je ne crois pas qu'elle aurait pu répondre à mes questions. Ça, ça marche que dans les films.
— Faisons comme ça, proposa Meriam en esquissant un sourire, si dans l'après-midi, Teresa se reprend, je vous passe un coup de fil. D'accord ?
— Merci, Meriam, vous êtes vraiment une personne précieuse.
Il leur serra la main et s'en retourna au commissariat.

À peine venait-il d'entrer dans son bureau que Mimì Augello arrivait à bride abattue.
— J'ai lu les procès-verbaux de Fazio avec les déclarations de Trupia, attaqua-t-il en s'asseyant.
— Eh bé ?
— Quel grandissime cornard !
— Pardon, pourquoi ?
— Mais tu te rends compte qu'Elena, c'est moi qui la lui ai présentée ! Et je lui avais même signalé qu'elle m'avait tapé dans l'œil. Et lui, il m'a trahi. Il me l'a piquée, il ne m'a rin dit, et il l'a même tuée !

— Allez, dis pas de conneries, Mimì !

— Mais pourquoi tu es sûr de son innocence ?

— À c'te moment précis, je ne sais pas s'il est innocent ou coupable, mais ça veut pas dire que tous ceux qui t'ont piqué 'ne nana deviennent pour autant des assassins. Et puis, c'te Trupia, c'était pas un très cher ami à toi ?

— « Était », t'as bien dit. Un type qui trahit à ce point est capable de tout.

— Tu te rends compte que t'es en train de parler *a muzzu*, de dire n'importe quoi ?

— Non, Salvo. Réfléchis. C'est le dernier amant. Il vient ici spontanément te raconter qu'il y a trois jours ils se sont engueulés. C'est un crime sur un coup de colère. Je suis tout à fait convaincu que Trupia est allé dîner, puis qu'il a rejoint Elena, qu'ils se sont engueulés et que ça a fini comme ça a fini.

— Ah, ben, tu te poses un peu là, comme ami, Mimì ! Bien sûr, c'est 'ne hypothèse soutenable, même si, d'après moi, l'assassin avait dîné avec Elena. Mais, toi, c'te Trupia, tu le connais comme un homme violent ?

— Non, mais c'est toi-même qui m'as enseigné que l'occasion fait le larron. Si j'étais toi, je ferais 'ne chose.

— Dis-moi.

— Il suffirait de vérifier si dans la journée où elle a été tuée, Elena a reçu des appels de Trupia sur son portable. Ou le contraire.

Ce n'était pas une mauvaise idée. Montalbano souleva le combiné et dit à Catarella :

— Envoie-moi Fazio.

Fazio arriva.

— Le portable d'Elena, c'est la Scientifique qui l'a ? demanda le commissaire.

— Oh que non, *dottore*, elle ne l'a pas, parce qu'il n'a pas été retrouvé. On l'a cherché partout, jusque dans le freezer. D'après moi, et d'après les gens de la Scientifique, l'assassin l'a emporté.

— Qu'est-ce que je te disais ! lança Mimì, triomphant. À l'évidence, Trupia lui a tiléphoné et puis il a dû faire disparaître l'appareil.

— Fazio, dès que possible, occupe-toi d'obtenir les relevés du portable de Trupia. Moi, je vous le dis sans hésiter, à c'te piste, j'y crois pas.

Mimì Augello se leva, furibond :

— Et après, tu vas venir me reprocher d'avoir des préjugés. Bien le bonjour.

Il sortit de la pièce en claquant la porte.

L'écho du claquement se transforma jusqu'à devenir une sonnerie de tiléphone.

— *Dottori*, il y aurait qu'il y a dessus la ligne le Dr Pasquano.

Montalbano s'étonna. Se pouvait-il que Pasquano eût déjà réalisé l'autopsie ? Et qu'il ait la gentillesse de se donner la peine de l'appeler pour lui en communiquer les résultats ? À toutes fins utiles, il mit le haut-parleur pour faire profiter Fazio de la conversation.

— Bonjour, docteur. Je suis à vos ordres. Vous avez besoin d'un partenaire au poker ?

— Moi, de votre part, je n'ai besoin de rien. C'est plutôt le contraire. C'est vous qui avez besoin de moi.

— Et alors, que me vaut le plaisir d'entendre votre voix ?

— Je pinsais que vous étiez intéressé par l'assassinat de la belle couturière.

— Bien sûr que je le suis.

— Et vous ne voulez rin savoir de l'autopsie ?

Alors, vraiment, le monde tournait à l'envers.

— Oui, mer… merci, bafouilla Montalbano qui se reprenait de sa surprise.

— D'abord, cette dame venait juste de dîner et quand elle a été tuée, elle n'avait pas encore commencé à digérer.

— Voilà qui confirme ce que j'avais pinsé.

— Et alors, puisque vous avez une pinsée si clairvoyante, si pénétrante, moi, je me tais, je dis plus 'ne parole et vous, vous pouvez écouter tranquille vos pinsées.

— Docteur, excusez-moi, mais par hasard vous vous seriez pas levé du pied gauche c'te matin ? Je vous interromps plus. Je suis tout oreille.

— L'arme du crime, reprit Pasquano, ce sont ces ciseaux de tailleur atrouvés sur la table. Les blessures sont parfaitement compatibles. Je dois ajouter qu'il faut beaucoup de force pour enfoncer à fond des ciseaux de ce genre, comme l'assassin l'a fait.

Montalbano ne put se retenir :

— Donc, vous pensez à 'n homme plutôt robuste ?

— Non. Non, vous ne respectez pas les règles. C'est vous qui pensez, pas moi. Je jure que si vous m'interrompez 'ne autre fois…

— Pardon, pardon, pardon…

— Le premier coup l'a évidemment prise par surprise. L'assassin, qui se trouvait derrière elle, a visé le cou et a tranché net l'artère jugulaire, provoquant une blessure mortelle. Normalement, la victime aurait dû tomber à plat ventre, mais elle a dû effectuer un mouvement à la suite de quoi elle s'est trouvée allongée sur le dos. Maintenant, je m'excuse auprès de vous pour ma question : étant donné votre vieillesse avancée, je peux continuer à parler ? Vous avez tout compris de ce que j'ai dit jusque-là ?

Montalbano préféra ignorer la provocation.

— J'espère que oui. Continuez.

— À ce moment, l'assassin s'est baissé et a continué à s'acharner sur le corps. C'est comme ça qu'il a pu éviter de frapper la région du sein.

— Donc, intervint Montalbano, le fait de préserver la poitrine n'est nullement fortuit ?

— Non ! Bien sûr que non. C'est manifestement délibéré.

— Et d'après vous, pourquoi il a agi ainsi ?

— Enfin, vous pouvez vous remettre à pinser et vous verrez qu'à force de cogiter, lentement, lentement, vous y arriverez vous aussi.

— Parce que vous, vous avez déjà une idée ?

— Moi, non, mais les poètes, oui. Vous n'avez que l'embarras du choix. Nous pouvons partir de l'Arioste : « Les rondes mamelles semblent le lait de la ricotta. » Et vous vous arappellerez l'amour douloureux de D'Annunzio quand il dit : « Et trouver dans cette ombre couchée sur ce sein comme au fond d'un sépulcre, l'Infini. » Et Cardarelli, on va pas l'oublier, non ? « Femme miséreuse au sein turgide, tu n'es riche que de ton lait… »

Montalbano en était resté blême, bouche bée. Jamais il n'aurait imaginé Pasquano en connaisseur de poésie.

— Vous pouvez nous résumer en clair ? hasarda-t-il.

— Non, rétorqua Pasquano avant de raccrocher.

— Putain ! s'exclama Fazio. Je suis curieux de savoir si les connaissances poétiques du docteur s'arrêtent aux nichons ou si elles vont jusqu'à d'autres détails du corps féminin.

— Fazio, que veux-tu que je te dise ? Cet élan poétique m'a réveillé un 'pétit que j'y tiens plus.

Et pour 'ne fois, peut-être à cause de la fatigue, peut-être à cause de la vieillesse, ou par peur de s'endormir en mangeant, il 'nvita Fazio à déjeuner chez Enzo.

— Mais à une condition, conclut-il : que pendant qu'on mange, on parle pas de l'enquête. Ou plutôt, encore mieux : on parle de rin.

Dix

Tandis que la voiture du commissaire remontait le cours, Fazio dit :

— Arrêtez-vous un moment, que je descende.

— D'accord, je t'attends. T'as oublié quelque chose ?

— Oh que non, je veux faire une vérification. Vosseigneurie continue, moi je vous rejoins.

Montalbano poursuivit jusqu'au restaurant, se gara, entra et dit à Enzo :

— Prépare pour deux.

— Qu'est-ce que c'est ? Femme ou homme ? demanda Enzo.

— C'est juste Fazio.

Enzo s'éloigna, un peu déçu mais au bout de trois pas, il se retourna et revint près du commissaire :

— *Dottori*, pardonnez-moi ma question. Mais qu'esse-vous pouvez me dire du meurtre de la pauvre Mme Elena ?

— Tu la connaissais ?

— Oh que oui, *dottori*. Si toutes les femmes pouvaient être comme celle-là !

— En quel sens ?

— C'était une créature joyeuse, ouverte, rieuse, 'ne *amiciunara,* une femme liante. Et elle avait un 'pétit ! Vous savez, *dottori*, que maintenant, les femmes, elles mangent plus. Une petite salade, 'ne chicorée à l'huile et au citron. Mme Elena, non. Elle s'asseyait et se faisait servir hors-d'œuvre, premier plat, deuxième plat, dessert et digestif. Tout bien arrosé de bon vin. Et comme certaines fois, elle venait seule et que ça lui plaisait pas de manger sans compagnie, elle me demandait de m'asseoir et on bavardait. Vous savez quoi ? Souvent, quand elle arrivait tard le soir, qu'il y avait plus de clients et que j'allais fermer, à la fin du dîner, on jouait l'addition à la tressette. Si c'était elle qui gagnait, elle payait pas.

— Que veux-tu que je te dise, coupa Montalbano. On est encore au tout début. Je te tiendrai 'nformé.

À ce moment, Fazio se pointa. Il s'assit.

— Tu as des préférences ? lui demanda le commissaire.

— Vous savez quoi ? J'ai envie de pâtes à la *buttarica*.

Rien qu'en entendant le mot, Montalbano lui aussi eut un grand désir de poutargue.

Sur leur demande, Enzo dit qu'il n'y avait pas de problème et qu'il y râperait dessus un peu d'écorce de citron de son citronnier.

Durant le repas, qui en plus de la *buttarica* comprit aussi trois rougets frits aux oignons, Fazio tint parole et n'ouvrit la bouche que pour pousser des exclamations approbatrices et d'émerveillement pour la qualité des plats. Ce n'est qu'après avoir bu le café qu'il tira de sa poche un magazine plié.

Il le posa sur la table avec la main dessus de manière que le commissaire ne puisse voir la couverture.

Il avait un petit sourire fourbe et content de lui qui suscita chez le commissaire 'ne 'ntipathie 'mmédiate.

Il adécida de ne pas lui donner satisfaction, se leva sans dire un mot et alla aux toilettes.

Il eut le temps de voir le sourire disparaître de la bouche de Fazio.

Quand il revint, il resta debout et intima, l'air pressé :

— *Iamonini*, allons-y.

Sur quoi, Fazio dit :

— Pardon, *dottore*, vous voulez bien m'écouter un moment ? Je vais vous faire voir quelque chose.

— Eh bien, voyons ça ! concéda le commissaire en s'asseyant de mauvais gré.

— Pendant qu'on passait en voiture, j'ai aperçu c'te revue qui était exposée et il m'a semblé lire un titre. C'est pour ça que je suis descendu.

Sans mot dire, Montalbano tendit le bras, fit glisser la revue de sous la main de Fazio, se la mit sous le nez et mata.

La couverture areprésentait une belle paire de nichons et en dessous était écrit : « Le sein féminin dans la grande poésie italienne. »

— Voilà où le Dr Pasquano a pris toute sa science !

— Quel grandissime cornard ! s'exclama le commissaire.

Mais il se sentit rassuré au point de dire à Fazio :

— Je te remercie passque cette nuit en repinsant aux citations de Pasquano, si ça se trouve, j'en aurais perdu le sommeil. Je te ramène au commissariat.

— Pas besoin, répondit Fazio. Si vosseigneurie veut faire sa promenade habituelle au port, moi je m'en retourne volontiers à pied.

Il venait de commencer sa marche sur le môle en direction du rocher plat, quand son portable sonna. Juste au moment où il était en train de pinser à la bonne manière de se venger de la blague de Pasquano, il eut la confirmation du dicton sur le loup qui sort du bois quand on en parle.

En effet, c'était le docteur qui l'appelait.

— Montalbano, excusez-moi de vous réveiller durant votre petite sieste postprandiale.

— Et qui vous dit que je dors ? C'est vous qui avez besoin de dormir, pas moi. Moi, je vais très bien et je profite de l'air de la mer. Et à propos, qu'est-ce qu'il y a dans l'air, à la morgue ?

— Voilà, justement. Dedans la morgue, dans mon bureau, il y a comme d'habitude un air gelé et pourri, mais dans le couloir, c'est bien pire.

— Pourquoi ?

— Passque depuis deux heures, y a un monsieur assis par terre, sans chaussures, qui geint, pleure, chante, prie et qui veut voir la morte.

— Et moi, qu'est-ce que j'y peux ?

— C'te monsieur m'a dit qu'il est de vos amis. Et si vous ne venez pas vous le reprendre, moi je le tue lui aussi et je le mets sur le brancard à côté de Mme Elena et comme ça, enfin, il la voit.

— Et comment il s'appelle ?

— Il a un nom de turc : Ossiman, Osman, 'n truc comme ça… Allô, allô ?

Mais Montalbano avait déjà raccroché et courait vers sa voiture.

Durant le trajet à grande vitesse vers Montelusa, il ne parvint pas à élaborer la moindre pinsée qui ait un minimum de logique.

Il lui semblait que dedans sa coucourde avait surgi soudain une forêt immense de points d'interrogation, au milieu desquels il progressait à l'aveuglette, se cognant tantôt à l'un, tantôt à l'autre, comme dans un labyrinthe sans issue.

Il n'arrivait à formuler que des fragments de question.

Osman ? En quoi ça le concernait ? Qu'est-ce qu'il faisait à la morgue ? Pourquoi pleurait-il ? Pourquoi était-il pieds nus ? Il avait bien entendu ? Ça ne pouvait pas être un Turc qui s'appelait Ossiman ? Mais il avait dit qu'il était de ses amis… alors…

Et puis, tel qu'il le connaissait, toujours laconique, réservé, maîtrisé, pourquoi s'était-il mis dans cet état ?

Enfin, il arrêta la voiture sur l'esplanade de l'Institut, se précipita à l'intérieur, et le couloir désert s'apprésenta devant lui.

Mais vers le milieu, il y avait une espèce de grosse boule de tissus enroulés, qui ne semblait pas une chose humaine et dont émanait pourtant une sorte de chant plaintif.

Il s'approcha, s'arrêta.

Il lui fut difficile d'areconnaître le docteur parce qu'il était assis au sol dos contre le mur, la tête enfoncée entre les jambes, les coudes enserrant les genoux et le commissaire perçut nettement, dans le faible souffle étouffé qui provenait de cette chose humaine, le mot « Elena ».

Il s'agenouilla devant lui.

Se baissa jusqu'à ce que son visage touche presque les cheveux du docteur. Acommença à l'appeler à voix basse :

— Osman, Osman. Montalbano, je suis. Osman, courage. Je suis ici avec vous.

Il n'y eut aucune réaction.

Montalbano continua à répéter le prénom, en se joignant quasiment à la mélodie de l'autre.

Et ça fit son effet. Le chantonnement s'interrompit.

Osman releva lentement la tête.

À le voir, Montalbano sentit un serpent de froid lui courir le long du dos. Le visage de cet homme, l'expression de ses yeux paraissaient appartenir à une personne beaucoup plus âgée que le docteur. La douleur avait bouleversé ses traits.

Il murmura quelque chose que Montalbano n'acomprit pas :

— Hein ?

— Je veux voir Elena.

— Je vais faire mon possible, croyez-moi. En attendant, je vous aide à vous lever.

Soutenu par le commissaire, Osman réussit d'abord à s'agenouiller et puis, avec un gros effort, fit glisser son dos contre le mur jusqu'à ce qu'il se retrouve à la verticale.

— Vous arrivez à tenir debout ?

— Oui, fit Osman.

Montalbano alla ramasser une paire de chaussures qui traînaient non loin de là, revint et, s'agenouillant, les lui enfila l'une après l'autre avec la patience d'une mère.

Il l'accompagna jusqu'au siège le plus proche.

— Attendez-moi là. Ne bougez sous aucun prétexte.

Il s'aprécipita vers la porte du bureau de Pasquano, l'ouvrit et entra en trombe.

Le docteur sursauta dans son fauteuil.

— Putain, c'est quoi, ces façons d'entrer ?

— Je n'ai pas de temps à perdre, rétorqua Montalbano. Dites-moi : il est absolument interdit aux non-parents de voir la dépouille ?

— Absolument interdit. Il faut l'autorisation des juges. Qu'est-ce que vous croyez, je ne l'aurais pas fait entrer, sinon, votre ami ? Ça fait deux heures qu'il me les brise menu avec c'te chanson qui, en plus, d'après moi, porte malheur.

— Et si je vous disais que mon ami est le frère de la victime ?

— Je vous dirais que c'est un énorme bobard à la con. Mais vu que pour balancer des bobards à la con, vous êtes très fort, je vais faire semblant d'y croire. Vous en assumez l'entière responsabilité ?

— Oui, je me porte garant.

— Très bien, alors je vous accompagne.

Tandis qu'ils remontaient le couloir en direction d'Osman, Pasquano dit à mi-voix :

— Attendez-moi là. Il vaut mieux que j'entre d'abord. Je vais la recouvrir avec un drap, c'te pauvre femme, et je ne laisserai à découvert que son visage qui, heureusement, est intact.

Il s'adirigea vers 'ne porte, ouvrit, entra en la laissant ouverte.

Montalbano s'approcha d'Osman :

— Encore quelques minutes et vous pourrez la voir.

— Merci, parvint à articuler le docteur.

Un instant plus tard, le Dr Pasquano apparut sur le seuil :

— Venez.

Osman se redressa. Montalbano le prit par le bras, le guidant jusqu'à la salle. Un des compartiments frigorifiques était ouvert. Pasquano avait sorti le brancard sur lequel était étendu le *catafero* et se tenait à côté, en relevant un coin du drap.

À c'te point, Osman se libéra d'un mouvement brusque du bras du commissaire et dit :

— J'y vais tout seul.

Montalbano pinsa qu'il allait marcher en vacillant mais le docteur fit cinq pas avec assurance et précision.

Arrivé à la hauteur de Pasquano, il s'arrêta et commença à dévisager la morte.

À présent, sur son visage, il n'y avait plus aucune expression. Ses lèvres bougeaient sans émettre aucun son. Puis, lentement, il se baissa jusqu'à ce que sa bouche se pose sur le front d'Elena. Il resta ainsi quelques secondes puis se redressa et, sans rin dire, sortit de la pièce comme un somnambule.

— Merci, fit Montalbano à Pasquano.

À présent, Osman marchait droit vers la sortie.

Dès qu'il fut dehors, il dit :

— Je vous remercie pour tout.

— Mais vous pensez rentrer à Vigàta dans votre voiture ?

— Oui, répondit Osman.

— Ôtez-vous ça de la tête. Vous reviendrez une autre fois la récupérer. Je vous emmène. Dites-moi, plutôt, ça vous irait de venir chez moi à Marinella ?

— Oui, arépéta le dentiste.

Comme ils montaient en voiture, le portable de Montalbano sonna.

— Allô !

— Commissaire, excusez-moi, c'est Meriam. Je vous appelle parce que je suis très inquiète. Je vous expliquerai mieux. Vous ne savez pas… mais Elena… Pardon, mais en somme… c'est que depuis ce matin, je n'arrive pas à contacter le Dr Osman.

Avant d'arépondre, il ressortit du véhicule pour ne pas se faire entendre du docteur.

— Il est là avec moi.

— Comment va-t-il ? demanda aussitôt Meriam.

— Mal.

— Vous êtes au commissariat ?

— Non. Je pensais l'emmener avec moi à Marinella pour lui donner un peu de temps pour se reprendre.

— Ce ne serait pas mieux de le raccompagner chez lui ?

— Je ne me sens pas de le laisser seul.

— Ne vous inquiétez pas, je suis déjà en bas de chez Osman, je vous y attends.

— D'accord, dit le commissaire en rentrant dans la voiture.

Puis il annonça au docteur qu'il allait le ramener chez lui. Osman était tellement bouleversé qu'il n'ademanda pas d'explication sur ce changement de programme.

Dès qu'il vit Meriam devant le porche de son immeuble, Osman ouvrit la portière, descendit, courut vers elle et ils s'étreignirent.

Montalbano redémarra et s'en fut.

Il voulait se rendre à Marinella mais, sans savoir comment ni pourquoi, il s'aretrouva devant le commissariat.

Il était si fatigué, à présent, qu'il n'aréussissait plus à pinser avec sa tête et qu'il laissait la voiture décider pour lui. Donc, il se gara et entra.

— Ah, *dottori, dottori* ! À l'instant de maintenant, les gens de la Scientifique tiléphonèrent passqu'ils voulaient savoir si c'est sur le compte de vosseigneurie pirsonnellement en pirsonne qu'ils devaient mettre le ouiskassi.

— C'est quoi cette connerie, le ouiskassi ?

— Comment ça, *dottori* ?! À la tilévision, ils le disent et ils le montrent.

— Et c'est quoi qu'on voit, Catarè ?

— On voit des chats qui sont tous contents et qui rigolent grâce au ouiskassi.

— Et donc, c'te Whiskas, c'est un truc qui sert à faire plaisir aux chats et que nous on devrait payer pour faire plaisir à la Scientifique ?

— Oh que oui, *dottori* ! Vous avez mis dans le mille. Le ouiskassi, c'est du manger qu'après l'avoir mangé, les chats sont très contents.

— J'ai compris, Catarè. Mais maintenant, essaie de m'expliquer pourquoi on devrait payer c'te ouiskassi et à qui, surtout ?

— *Dottori*, étant donné qu'il s'agit du chat de Mme la couturière. Donc du chat témoin.

— Rinaldo ! s'exclama Montalbano. Très bien. Dis à la Scientifique que la note, c'est moi qui la paie mais seulement si à la fin du témoignage, ils m'amènent le chat ici. J'aurais peur qu'ils le laissent mourir de faim parce que le ouiskassi, ils se le mangent, eux.

— Vous avez raison, *dottori* ! Comme vous en savez des choses ! Tout de suite de maintenant sans tarder j'y tiléphone !

Le commissaire entra dans son bureau et y atrouva Fazio assis, immobile, le buste droit, les yeux écarquillés. Il était clair qu'il dormait les yeux ouverts.

— Fazio ! cria Montalbano.

L'autre sursauta sur sa chaise et arépondit :

— À vos ordres !

Puis enfin, il réussit à reprendre sa respiration et demanda :

— *Dottore*, mais vous étiez passé où ?

— Je te raconte après. Tu as du neuf ?

— Oh que oui, *dottore*, répondit Fazio, tout de suite excité. J'ai appris 'ne chose qui peut être très 'mportante.

— Raconte.

Fazio prit un air de conspirateur.

— Il paraît, je dis bien il paraît, que dans le passé entre Osman et Elena, il y a eu… vous me comprenez ?

— Non, rétorqua Montalbano qui commençait à s'amuser.

— En somme, il paraît qu'entre ces deux-là, il y a eu 'ne chose qui était plus que de l'amitié.

Montalbano en fut presque ému. Comment était-il possible qu'un gars comme Fazio, qui avait vu tant de trucs affreux dans sa vie, ait presque honte de parler d'amour ?

Mais l'émotion ne l'empêcha pas de retourner encore un peu le fer dans la plaie :

— Et donc ? 'nsista-t-il.

— Et donc, je crois qu'il serait bon de savoir si c'te histoire est vraie ou fausse.

— Elle est vraie. Déjà appris, dit Montalbano sur le même ton que Fazio utilisait si volontiers pour dire « déjà fait ».

Fazio écarquilla les yeux :

— Et comment vous avez fait ?

— J'ai quitté le Dr Osman il y a cinq minutes devant la porte de son immeuble.

Et il lui raconta tout ce qui s'était passé après qu'ils s'étaient quittés à la trattoria.

— Donc, vous n'avez pas eu l'occasion de l'interroger ?

— Non. Toi, d'ici une heure, tu l'appelles chez lui et tu lui annonces que je l'attends demain matin à 9 h 30 au commissariat. Naturellement, tu viendras aussi. Mais maintenant, je te préviens que je suis mort de fatigue et que j'ai besoin d'aller me reposer. Je m'en vais à Marinella. Je te souhaite 'ne bonne soirée et on se voit demain matin.

En passant devant Catarella, il annonça :

— Catarè, je vais à Marinella et je ne veux pas être dérangé même si c'est M. le Questeur qui tiléphone.

— À vos ordres, *dottori* ! Je voulais vous demander que la Scientifique m'a demandé si le lit du chat vous le payez aussi ?

— Le lit ? Quel lit ?

— *Dottori*, je vous jure que j'ai essayé mais j'ai pas bien acompris. Ils parlaient d'un truc entre le lit et la lettre.

— La litière ?

— Oh que oui, *dottori* ! précisément un mot comme ça.

— Qu'ils fassent pas chier. Je la paie. Et je paie aussi le panier.

— Ne vous cassez pas la tête, *dottori*. Pour le panier, j'ai celui pour les courses, pas besoin de payer.

Montalbano arriva à Marinella qu'il était presque 6 heures du soir. Il y avait un coucher de soleil splendide. Il sentit la tension nerveuse se relâcher à l'instant où il s'assit dans la véranda.

Il resta 'mmobile, à respirer, sans même avoir la force de glisser la main dans sa poche pour en sortir le paquet de cigarettes. Il était tellement inerte qu'un pigeon vint se poser sur la balustrade de la véranda. Il y marcha un peu dans un sens et dans l'autre puis s'arrêta pour le fixer.

— J'ai pas envie de parler, dit Montalbano tandis qu'il sentait que ses paupières acommençaient à papilloter.

Le pigeon s'envola.

Montalbano ferma les yeux.

Quand il les rouvrit, autour de lui, il faisait nuit noire. Il s'inquiéta. Mata sa montre à la lueur du briquet. Il était 9 heures du soir.

Il entra, alluma les lumières.

Était-ce à cause de la fatigue qu'il avait sur le dos, ou bien d'avoir dormi dehors, toujours est-il qu'à présent le froid l'avait saisi.

Alors il gagna la salle de bains, se déshabilla et se mit sous la douche.

Aussitôt il se sentit mieux et à la suite de cette amélioration, il lui vint un 'pétit de loup.

Il passa un caleçon et courut à la cuisine. Ce fut la faim qui le guida à coup sûr jusqu'au four. Il l'ouvrit. Oh, merveille des merveilles !

Timbale de riz que Dieu sait depuis quand il n'en avait pas mangé !

Il ne dressa même pas la table, il étala sur la toile cirée une grosse serviette, posa dessus un verre, 'ne bouteille de vin, prit la fourchette dans le tiroir et attaqua la timbale directement dans le plat à four.

Il aréussit 'ne espèce de miracle, à savoir ne laisser passer aucune pinsée dans sa coucourde. Sa cervelle lui était adevenue comme un tableau noir où n'apparaissaient que des expressions élogieuses sur les saveurs qui, partant de sa bouche, réjouissaient tout le corps jusqu'à la pointe des pieds, pour remonter ensuite.

Le rythme de sa manducation ralentit au fur et à mesure que le plat se vidait. Les deux ou trois derniers coups de fourchette furent consacrés au ramassage des grains de riz survivants.

Quand il eut fini de manger, il resta assis sur la chaise en glissant sur les fesses vers l'avant et en observant avec attention le dessin des mallons de la cuisine.

L'extase passée, il acomprit qu'était venu le moment de tiléphoner à Livia.

Il se leva, passa dans la salle à manger, s'assit, composa le numéro.

Mais il raccrocha aussitôt, car il sentait encore le riz à la hauteur de la gargamelle. Il fallait absolument se faire une balade.

Alors il enfila le jean, la chemise, le blouson et, pieds nus, sortit sur la plage.

Il toucha l'eau du pied : elle était glacée.

La sensation lui plut, alors il roula le bas du pantalon à la hauteur du mollet et entra dans l'onde, la laissant arriver au-dessus de la cheville.

Quelque chose lui caressa les pieds, il se pencha pour mater. Il y avait une espèce de phosphorescence dans l'eau et il distingua une grande quantité de minuscules poissons qui paraissaient d'argent, lancés entre ses jambes dans 'ne espèce de slalom.

Ce fut comme un signal, car il lui revint 'mmédiatement à l'esprit toute l'histoire d'Osman. Fazio lui avait apporté la confirmation que le docteur et la couturière avaient eu une histoire d'amour.

Et ce devait être 'ne chose très sérieuse, pour qu'un homme aussi maître de lui qu'Osman se laisse aller à ce désespoir profond, inconsolable. Totalement différent de la douleur qu'il avait vue sur le visage de Trupia. Et à y repinser, Osman et Elena avaient dû faire un bien beau couple, car, par nature, ils étaient complémentaires : autant lui était réservé, autant elle était rieuse, autant il était fermé, et elle solaire.

Physiquement aussi, ils devaient avoir été très beaux à voir.

Et alors, s'il en était ainsi, pourquoi, quel obstacle s'était interposé pour 'nterrompre leur relation ?

Aucun des deux n'avait un conjoint ou un lien qui les empêcherait de rester ensemble.

Pour quelle raison s'étaient-ils quittés ou avaient-ils été contraints de se quitter ?

Pourquoi ne s'étaient-ils pas mariés ?

Sur ce dernier mot, il lui vint à l'esprit une considération qui les concernait eux-mêmes, Livia et lui.

Il préféra en rester là et rentra pour tiléphoner à Boccadasse.

Onze

— Salvo ! Enfin ! Je n'en pouvais plus d'attendre que tu m'appelles !

— Excuse-moi, Livia, mais tu comprends bien que…

— Tu l'as attrapé ?

Montalbano n'acomprit pas :

— Qu'est-ce que je dois prendre ?

— L'assassin ! Tu l'as attrapé ?

— Allons, Livia, ne dis pas de sottises ! Je ne sais même pas par où commencer. Et en fait, je te dirai, même toi, tu pourrais m'être utile.

— Et comment ?

— Parle-moi d'Elena. Par exemple, quand est-ce que tu l'as connue ? À quelle occasion ?

— Tu me prends pas par surprise, j'ai pensé à elle toute la journée. La première fois que je l'ai vue, ça doit être il y a deux ans. Je passais devant son magasin et j'ai remarqué de très belles chaussures en vitrine. Je suis entrée et je crois que j'ai dû rester là deux heures. Je ne te l'ai jamais raconté ?

— Non. Continue.

— Je me rappelle qu'on a bavardé comme si on se connaissait depuis longtemps. Moi qui d'habitude parle peu de moi, je me suis retrouvée à lui confier un peu tout. Je lui ai causé de toi, j'ai dit comment on s'était connus et depuis combien de temps on était ensemble.

— Et elle, qu'est-ce qu'elle t'a dit d'elle ?

— Salvo, en réalité, pas grand-chose. C'était Elena qui menait la conversation, qui choisissait les sujets. J'ai peut-être essayé de lui poser des questions sur elle mais à y repenser, la sensation était qu'elle se montrait ouverte et cordiale mais jusqu'à un certain point.

— Explique-moi ça.

— Comment te dire… entre femmes, par exemple, on finit par parler des hommes et elle, elle a réussi habilement à ne rien me raconter de sa vie privée. Elle m'a dit qu'elle avait été mariée à un Vigatais et que c'était pour lui qu'elle avait déménagé chez vous. Je lui ai demandé si elle était toujours mariée et je me rappelle très bien sa réponse : non, il est mort. Mais elle me le dit sur un ton si péremptoire que je ne me suis pas sentie de l'interroger davantage. Voilà, à bien y réfléchir, je dirais qu'Elena ne voulait pas qu'on franchisse un seuil déterminé. Que la conversation lui convenait aussi longtemps qu'on parlait d'elle et de moi de manière superficielle.

— Et puis tu l'as revue ?

— Oui, plusieurs fois. On se promettait toujours de prendre un verre ensemble. On a même échangé nos numéros de téléphone, mais il était clair qu'on ne se verrait jamais en dehors de la boutique.

— Donc, tu ne sais rien à propos d'Osman ?

— Osman ? Le docteur des migrants ?

— Oui. Apparemment, ils ont été en couple pendant un bon moment.

— Ah ben ça ! Ils devaient être très beaux, ensemble ! Mais… mais…

— Qu'est-ce qui te prend ?

— Tu penses qu'il puisse être impliqué ?

— Livia, qu'est-ce que tu racontes ! Non, absolument pas. Osman, hier soir, était avec moi quand on a tué Elena.

— Et il y a des suspects ?

— Oui, Livia. Même s'il n'y a pas de mobile. Son amant le plus récent n'a pratiquement pas d'alibi.

— Tu penses donc qu'il s'agit d'un crime passionnel ?

— Moi, je ne pense rien. Je suis perdu et mort de fatigue, je ne dors pas dans mon lit depuis deux jours…

— Qu'est-ce que t'es en train de me dire ? Dans quel lit tu as dormi ?

Et là, la discussion prit un autre tour.

Montalbano se mit en fureur. Livia encore plus. Ils se souhaitèrent la bonne nuit, qui traduite en italien, signifiait 'ne nuit très mauvaise, et coupèrent la communication.

C'était 'ne espèce de veillée funèbre. Tout le monde était assis sur une rangée dans la grande salle de l'atelier. Il y avait le Dr Osman qui tenait Meriam par l'épaule, à côté d'elle le vieux tailleur Nicola et à côté de lui, le jeune employé bras dessus, bras dessous avec Enzo, et le dernier du groupe, c'était Trupia.

Montalbano était assis dans le fauteuil et les matait en buvant lentement une tasse de thé à la menthe.

Manifestement, ils attendaient quelqu'un. Sur le seuil apparut Pasquano, Rinaldo dans les bras. Il s'approcha de la grande table de travail. Y posa l'animal et alla se planter au garde-à-vous à côté du fauteuil du commissaire.

— Nous pouvons commencer ! lança à voix haute le commissaire.

Fazio entra, une pelote de laine bleue en main, et il la posa devant le chat. Tous retinrent leur respiration, dans l'attente d'un événement extraordinaire, mais Rinaldo acommença à jouer avec la pelote en la faisant rouler jusqu'au bord de la table sans jamais la faire tomber au sol.

À un moment, il prit dans sa gueule une extrémité du fil et sauta sur le carrelage. Puis il se dirigea vers la porte et disparut de leur vue. Mais tout le monde acomprenait qu'il continuait à jouer dans le couloir, car la pelote tournait sur la table, rapetissant à chaque instant. Pour finir, il ne resta plus de la pelote que l'autre bout du fil.

Alors Montalbano se leva et se mit à le suivre. Il sortit dans le couloir. Le fil remontait l'escalier et il fit de même. Maintenant, il était arrivé dans l'appartement. Le fil continuait tout le long du couloir et tournait, disparaissant dans la chambre à coucher d'Elena. Le commissaire y entra. Le fil se terminait juste au centre du carrelage, on aurait dit un signal à la craie bleue.

Rinaldo avait disparu.

Il s'aréveilla en se demandant ce que pouvait bien signifier ce signal, mais il avait encore trop sommeil et aucune envie de le perdre en interprétations junguiennes ou freudiennes.

Quand il apparut au commissariat, Catarella l'avertit que le Dr Cosma était déjà arrivé et s'atrouvait dans la salle d'attente.

— Fazio est sur les lieux ?

— Oh que oui, *dottori* ! Extrêmement sur les lieux, il est.

— Dis-lui d'aller dans mon bureau.

Montalbano alla tendre la main à Osman.

— Comment allez-vous ?

— Tant bien que mal.

— Vous vous sentez de…

— Mais oui, bien sûr.

Montalbano le prit sous le bras et le conduisit à son bureau.

Fazio, qui s'était assis, se leva et alla lui aussi serrer la main à Osman.

— Installez-vous, dit le commissaire.

Le docteur prit place sur la chaise devant le bureau tandis que Fazio se rasseyait sur l'autre.

— En préambule, attaqua Montalbano, je tiens à vous dire, Dr Osman, que vous êtes ici comme personne informée des faits. Sur vous ne pèse aucune imputation, et il serait tout à fait impossible de formuler à votre égard une quelconque accusation, vu qu'au moment du crime, vous étiez avec moi. Malgré cela, vous pouvez réclamer l'assistance d'un avocat. Si vous voulez, nous pouvons donc interrompre tout de suite cet entretien et le reprendre au moment où il vous sera possible d'avoir un défenseur à vos côtés.

— Je n'ai aucun besoin d'avocat, répliqua Osman, et je suis prêt à répondre à toutes vos questions.

— Merci, rétorqua Montalbano, je n'en doutais pas. Je voudrais toutefois que Fazio prenne note de vos déclarations.

Sur un signe d'acquiescement d'Osman, Fazio alluma l'ordinateur.

— Voulez-vous me dire, docteur, quels sont vos rapports avec la victime ?

— J'ai connu Elena il y a huit ans. Elle est venue me voir en tant que patiente ; c'est Meriam qui travaillait déjà depuis un certain temps à l'atelier qui lui avait donné mon nom. Ce qui m'a frappé quand elle est entrée dans mon cabinet, et c'est comme ça que je me souviens d'elle, c'est son sourire. Au premier rendez-vous avec un dentiste, on est plutôt nerveux. Elle non. Elle riait, bavardait, elle s'installa sur le siège et posa des questions sur toutes les commandes qu'elle voyait, en les touchant l'une après l'autre. Ce fut vraiment grâce à Elena, à sa spontanéité, à la facilité qu'elle avait de me mettre à mon aise, que moi, musulman bourru, j'ai trouvé le courage de l'inviter à dîner. C'est comme ça que ça a commencé.

— Qu'est-ce qui a commencé, docteur ?

— Une très belle, très passionnée, très authentique histoire d'amour.

— Combien de temps a-t-elle duré ?

— D'une manière différente, elle dure encore.

— Expliquez-moi ça, s'il vous plaît.

— Tout comme à notre première rencontre, le rapport patient médecin avait changé, tout aussi rapidement, nous sommes devenus amants au bout de quelques jours. Et nous étions l'un et l'autre étonnés et heureux de la force de notre sentiment. Ce fut un amour à la fois bouleversant et mature. Une histoire qu'on peut se permettre seulement si on est libre et ouvert à la vie. Et ça, peut-être, ça a été, et ça continue à être la plus grande leçon d'Elena. Être prêt à la vie. Être en position d'accepter ce que la vie vous offre.

— Et le changement suivant, comment est-il advenu ? demanda Montalbano.

Osman le fixa d'un air admiratif.

— Le nouveau passage de l'amour à l'amitié, vous voulez dire ?

— Oui.

— Ça s'est passé avec le même naturel et la même rapidité que le premier changement. Un jour, après cinq ans, nous étions au lit et nous nous sommes surpris à ne plus ressentir l'urgence de nos corps mais seulement celle d'une étreinte de tendresse. Et alors, nous avons compris que nous devions accepter cette nouvelle situation. Souvent, nous nous sommes demandé comment nous aurions fait si nous avions eu des enfants.

— Et pourquoi n'en avez-vous pas eu ?

— Elena n'a jamais voulu.

— Et pourquoi vous ne vous êtes jamais mariés ?

— Là aussi, Elena était inébranlable. Elle avait été déjà mariée et ce n'était pas une expérience qu'elle voulait répéter. Tout comme celle de la vie sous le même toit.

— Et vous, que savez-vous de ce mariage ?

— Je sais seulement ce qu'a voulu m'en dire Elena, et c'est très peu. Elle avait ce mari, ils s'étaient épousés très jeunes et vivaient ensemble dans le Nord.

Ils faisaient le même travail et avaient ouvert un atelier ensemble. À Rovigo, ou à Trévise. Je ne me rappelle pas. Il a mis fin à ses jours. Et le motif de ce geste, Elena n'a jamais voulu me le dire vraiment. Même quand il lui arrivait de voir sa belle-sœur, Elena était très attentive à ne pas laisser la conversation s'attarder sur ces années-là. J'ai respecté son désir de silence. Mais maintenant, je veux y voir clair. Je n'arrive pas à admettre qu'elle ait été tuée.

— Pour réussir à y comprendre quelque chose, avança Montalbano, il est nécessaire que je collecte un maximum d'informations sur la vie d'Elena. Moi, je ne l'ai rencontrée que deux fois. Vous, vous avez pratiquement partagé sa vie pendant cinq ans. Donc, ce que je vous demande, c'est ceci : un effort de mémoire, une concentration extrême qui puisse ramener à la lumière quelque écart, une quelconque altération, même minime dans la conduite normale et quotidienne d'Elena.

— Commissaire, je n'en ai pas dormi. Et durant la nuit, j'ai essayé de concentrer tous les souvenirs des cinq ans de notre relation. Même les détails infimes. Et je dois vous dire que par deux fois seulement je me suis trouvé à me demander pourquoi Elena n'avait pas voulu me mettre au courant de quelque chose qui lui arrivait et dont je ne savais rien.

— Expliquez-moi ça.

— On se voyait chez moi ou chez elle. Un soir, nous dînions chez elle, Elena était occupée à la cuisine, je préparais la table, le téléphone sonna. « Réponds pour moi », me dit-elle. Quand je soulevai le combiné, une voix de femme me demanda si c'était chez Elena, et comme j'ai dit que oui, la femme m'a raccroché au nez.

Elena m'a demandé qui avait appelé et quand je lui ai raconté ce qui s'était passé, elle est devenue silencieuse. La seconde fois, c'est arrivé le lendemain. Quand le téléphone a sonné, Elena s'est précipitée pour répondre. Je l'ai entendu qui disait : « Là, je ne peux pas parler, toi, ne rappelle plus, je t'appelle moi, demain matin. » Et puis elle s'est assise à table, mais elle était visiblement secouée.

— Et vous ne lui avez rien demandé ?

— Bien sûr. Elena m'a répondu que ça me concernait pas. Mais, comment dire, elle ne voulait pas être impolie, elle voulait juste que moi, je n'aie aucun rapport avec cette histoire.

— Et vous, vous savez d'où provenaient ces appels ?

— Non, commissaire, je me souviens bien qu'après ces deux coups de fil, Elena a changé d'humeur. Elle était irritée, nerveuse. Quelque chose la troublait profondément, quelque chose que je ne savais pas et que je ne pouvais pas savoir. Mais malgré notre rapport si étroit, j'ai respecté sa volonté et je ne lui ai jamais plus rien demandé.

— Autre chose que vous pouvez me dire ?

— Là, maintenant, non. Mais j'espère me rappeler quelque chose qui puisse nous aider.

Montalbano se leva :

— Je vous remercie de votre collaboration. On se reverra très vite. Maintenant, je vous en prie, allez vous reposer.

Osman le fixa avec un demi-sourire et ses yeux disaient : « Essaie donc, toi, de te reposer, dans l'état où je suis. »

Fazio était de retour après avoir raccompagné le docteur quand la ligne directe sonna. Dans le même temps, Augello s'aprésenta.

C'était ce grand tracassin de Tommaseo, le procureur. Montalbano mit le haut-parleur.

— Sincèrement, je suis très surpris par votre manière d'agir.

En une fraction de seconde, Montalbano pinsa que, tout au fond, le proc' n'avait pas tout à fait tort d'être en fureur contre lui.

— En quoi ai-je manqué à mes devoirs, monsieur le juge ?

— En tout, Montalbano, en tout. Ça vous semble correct que je doive apprendre seulement par les rapports que vous m'avez transmis où en est l'affaire du meurtre de cette femme merveilleuse, splendide, qui faisait la couturière ?

Montalbano s'imagina les yeux brillants de désir malsain de Tommaseo. Quand il s'agissait de belles femmes tuées, il perdait littéralement la raison, étant donné que, à ce qu'il paraissait, il n'avait pas réussi à mettre la main de toute sa vie sur 'ne femme vivante. Il décida d'en rajouter une louche :

— Et surtout, monsieur le juge, vous, vous n'avez pu la voir qu'en photographie. Ah, si vous aviez pu la voir en vie !

— Ah, vraiment ?

— Mais maintenant, dites-moi en quoi j'ai fait une erreur.

— Vous avez fait l'erreur de ne pas venir me parler personnellement de l'affaire. Voyez-vous, il m'a fallu peu de temps pour mettre l'enquête dans la bonne direction.

— Et quelle serait cette bonne direction ?

— Je viens juste de prononcer la mise en examen de Diego Trupia, son amant.

— Monsieur le juge, si vous permettez, ça me semble un acte hasardeux parce que pour l'instant…

— Quoi, pour l'instant, pour l'instant ! Montalbano, ne me faites pas rire. Nous sommes majeurs et vaccinés, non ? La solution est d'une clarté aveuglante. Trupia se dispute avec sa maîtresse. Deux ou trois jours après, il va la retrouver pour tenter de renouer leur relation, en réclamant un rapport sexuel passionné et pacificateur. La femme, naturellement, se refuse et Trupia, dans un irrésistible raptus, la serre contre lui avec violence ; la femme continuant à fuir ses exigences, l'homme, obnubilé par la passion, s'empare des ciseaux et déchiquette le corps tant désiré. Et je vous dirai plus : il lui a épargné le sein parce qu'il n'a pas eu la force d'offenser cette partie du corps tant aimée, tant convoitée, tant désirée.

— Monsieur le juge, si vous permettez…

— Non, Montalbano. Cette fois, je n'entends pas céder à vos tortueuses élucubrations. La vérité est beaucoup plus claire et limpide que toutes les fantaisies de votre imagination.

Montalbano adécida de mettre fin à la discussion.

— Alors, donnez-moi vos instructions.

— Écoutez-moi bien : dans les vingt-quatre heures, vous devez mettre Trupia sur le gril. Dès qu'il aura avoué, et il le fera, ça, je vous le garantis, j'appliquerai la procédure et demanderai confirmation de la mise sous écrou au juge des libertés.

— Comme vous voulez, monsieur le juge. À bientôt, dit le commissaire avant de raccrocher.

— Pour une fois, annonça Augello, je suis parfaitement d'accord avec Tommaseo.

— Ah oui ? répliqua Montalbano. Dommage que tu ne sois pas libre, parce que sinon, je l'aurais confié à toi, l'interrogatoire de Trupia.

— Mais je suis libre, annonça Augello en souriant de toutes ses dents. Ce matin, j'ai reçu un coup de tiléphone du Questeur, qui m'a informé qu'à partir d'aujourd'hui, notre commissariat est exempté de l'aide à Sileci. Sauf si des cas exceptionnels survenaient.

— C'est mieux comme ça, répondit Montalbano. Alors, convoque ton ex-ami Trupia, assure-toi qu'il soit assisté d'un avocat et mets-le sur le gril, comme dit le proc'.

— Avec plaisir ! s'exclama Augello en se levant, et il sortit de la pièce.

Fazio tordit la bouche.

— Qu'est-ce qu'il y a qui te tracasse ? demanda Montalbano.

— *Dottore*, si l'avocat apprend qu'Augello est un ami de Trupia, vous croyez qu'il ne va pas profiter de l'occasion ? Ça devient un interrogatoire facile à invalider.

— Passque d'après toi, je n'y ai pas pinsé ?

Fazio le fixa, ébahi :

— Alors vosseigneurie ne croit pas que Trupia soit impliqué ?

— Disons que j'y crois pas à quatre-vingt-dix pour cent.

— Mais il n'a aucun alibi, non ?

— C'est justement pour ça. Il s'est présenté spontanément en sachant très bien qu'il serait le premier suspect et qu'il n'aurait pas de moyen de défense.

— Mais, *dottore*, ça pourrait être une ruse.

— Bien sûr, et ça, ça rentre dans les dix pour cent. Et moi, quand je ne suis pas convaincu à fond, j'envoie pas 'ne pirsonne en taule, même pour un seul jour.

— Et donc ? Comment on le sort de là, c'te Trupia ?

— Pourquoi le sortir de là ? Attendons l'issue de l'interrogatoire de Mimì. Il va faire tout et son contraire pour le baiser. Et si Trupia aréussit, malgré tout, à donner un minimum d'indices en sa faveur, ça sera précisément là-dessus qu'il faudra besogner.

Ils marquèrent une pause.

Fazio se mit à fixer avec insistance la pointe de ses chaussures. Il faisait toujours comme ça quand il avait pris une initiative et qu'il redoutait de le communiquer au commissaire.

— Courage, dis-moi tout.

— *Dottore*, vous le croirez pas, aujourd'hui, j'ai rencontré par hasard Nicola. Vous vous l'arappelez, le vieux tailleur qui besognait avec Elena ?

— Oui, certainement.

— Alors, c'te Nicola, entre un gémissement et une crise de sanglots, m'a raconté quelques trucs sur la vie quotidienne dans l'atelier et comment ils s'entendaient tous si bien jusqu'à il y a deux mois.

— Qu'est-ce qui se passa, il y a deux mois ?

— Il se passa que Lillo Scotto, le jeune tailleur, du jour au lendemain, est tombé amoureux d'Elena. Et pire encore, il était convaincu que c'était partagé. Et c'est comme ça que ça a commencé à merder. C'est-à-dire que dans l'atelier, il ne la lâchait pas une minute, il la suivait dans tout le magasin et il ne décollait pas une minute d'Elena. Quand elle était dans son appartement, il atrouvait tous les prétextes pour monter et rester un peu avec elle. Au début, elle l'a pris en riant et ça n'a fait que convaincre Lillo de s'entêter. À ce qu'il paraît, il en était carrément arrivé, une nuit ou deux, à aller frapper à la porte de l'immeuble. À c'te point, Mme Elena en a eu marre, elle en a parlé à Meriam et à Nicola et elle a décidé de le licencier.

— Quand aurait-il dû partir ?

— Dans dix jours, à la fin du mois.

— Je te remercie, dit Montalbano. Alors, tu sais très bien ce que tu dois faire.

— Oh que oui, *dottore*, je m'y mets tout de suite, répondit Fazio avant de sortir.

Montalbano, resté seul, se mit à réfléchir.

Mais ça ne dura pas longtemps. Dans un fracas infernal, la porte s'ouvrit, allant claquer contre le mur et, avec la même violence, se referma.

— Excusassez-moi, *dottori*, mon pied glissa, lança la voix de Catarella de l'autre côté de la porte.

— C'est bon, entre.

— *Dottori*, dans l'impossibilité d'entrer, je suis. Si j'arépète le même mouvement que je fis, ça risque de déclencher un barnum.

Montalbano se leva et alla ouvrir.

Catarella avait le visage tout 'nsanglanté et on aurait dit un arbre de Noël. Dans la main gauche, il tenait une cage à chat dans laquelle Rinaldo lançait des regards assassins. Toujours du côté gauche, à la hauteur de son coude, pendouillaient deux sacs en plastique, tandis qu'à droite, son bras serrait un panier contre son flanc et la main tenait un petit seau de plage rempli à ras bord de sable.

Le commissaire s'écarta pour le laisser passer.

Catarella avança précautionneusement, mais comme il posait la cage sur la chaise devant le bureau, le seau lui glissa des mains et tout le sable se renversa sur le carrelage.

Montalbano jura.

Avec des airs de chien battu, Catarella déposa au sol toutes les décorations et le rassura :

— Ne vous inquiétez pas, *dottori*, j'y vais et je reviens.

Il disparut.

Montalbano alla s'installer dans son fauteuil pendant que Catarella réapparaissait avec un balai et une pelle à poussière. Il ne lui fallut pas longtemps pour remettre le sable dans le seau, puis il se planta devant le bureau, tenant le balai en main comme s'il présentait les armes.

— Qu'est-ce que tu te fis au visage ?

— Oh que non, *dottori*, ça a été quand on m'a apporté le chat et que je cherchai à le faire sortir de la cage féline mais lui, il voulait pas et alors, il me griffa.

— Catarè, fais-moi plaisir, va te laver et te désinfecter un peu. Et s'il te plaît, ferme la porte, vu qu'ici, on dirait un zoo.

Catarella obéit.

Poussé par la curiosité, Montalbano se leva et alla regarder ce que contenaient les sacs.

Catarella n'avait pas regardé à la dépense : un sac contenait des croquettes pour chat, dans un autre, en plus des gamelles pour l'eau et la nourriture. Il y avait aussi une petite souris en tissu, une touffe d'herbe à chat et une pelote de laine.

Une pelote !

Une pelote bleue exactement semblable à celle qu'il s'était rêvée.

Montalbano s'accroupit devant la cage. Il mata Rinaldo et Rinaldo le mata. Montalbano comprit qu'il n'y aurait pas de danger.

Douze

Il ouvrit la petite porte et au bout de quelques secondes, Rinaldo s'avança, sortit et alla se mettre sur les jambes de Montalbano.

À cet instant précis, la porte battit violemment. Catarella apparut. Le chat, effrayé, plongea ses griffes dans la jambe de Montalbano. Celui-ci jura, détacha violemment la bête de sa cuisse et jeta Rinaldo vers Catarella, qui s'écarta, et le chat prit la fuite dans le couloir.

Il fallut l'intervention d'au moins trois agents pour réussir à arrêter le chat et le remettre dans sa cage.

Catarella avança une proposition :

— *Dottori*, étant donné que le chat n'a pas compétence pour rester au bureau, je pourrais peut-être l'emmener avec moi à la maison ?

— Catarè, c'est pas un chat errant. Il faut le restituer au propriétaire.

— *Dottori*, vous avez raison, mais la patronne est morte d'assassinat !

— D'accord, mais peut-être que la belle-sœur…

Catarella eut un air si désolé que le commissaire changea d'avis :

— Écoute, faisons comme ça : emmène-le chez toi pour quelques jours et après, on verra.

— Merci. Excusassez-moi, *dottori*, je peux faire deux ou trois voyages pour la transportation de toutes c'tes affaires ? Passque sinon, y va y avoir encore toute une casstastrosphe.

— D'accord, fais tous les voyages que tu veux.

Montalbano attendit que Catarella ait débarrassé son bureau, puis il se leva et alla manger.

Il avait peut-être été excessif dans la satisfaction donnée à son 'pétit accumulé, car la promenade le long du môle s'avéra non seulement nécessaire mais aussi urgente.

Arrivé au rocher plat, il pinsa que c'était peut-être la bonne heure pour passer un coup de tiléphone :

— Meriam, comment ça va ?

— Bonjour, *dottore*. Comment voulez-vous que ça aille…

— Vous croyez que je vais pouvoir voir Mme Messina dans l'après-midi ?

— On vient juste de rendre le corps d'Elena. Teresa est à la morgue avec son mari et je ne crois pas qu'elle va bouger de là. Demain à 11 heures, il y aura les funérailles.

— D'accord, ça ne presse pas. Ça vous irait qu'on se voie ? J'ai besoin de vous poser quelques questions.

— Bien sûr, mais là, je ne peux pas. Que diriez-vous qu'on se voie à 6 heures ?

— Vous pouvez venir au commissariat ?

— Oui.

— Et alors, entendu. Je vous attends.

Tandis qu'il se fumait 'ne cigarette, il songea que, jusque-là, il n'avait été qu'un réceptacle de nouvelles.

Il avait emmagasiné passivement 'ne grande quantité d'informations mais n'avait encore pris aucune initiative personnelle.

Il ressentait 'ne espèce de malaise, comme s'il ne parvenait pas à appuyer sur les bons boutons.

Le vrai problème était qu'il n'arrivait pas à cadrer précisément le personnage d'Elena. C'était comme si une part d'elle se trouvait dans un clair-obscur qui empêchait d'en apercevoir les contours.

La description que tout le monde en faisait, et que lui-même avait eu l'occasion de vérifier en pirsonne, à savoir cette grande ouverture d'Elena envers le monde, envers les autres, pouvait être 'ne espèce de paravent.

Ou plutôt, elle pouvait cacher quelque chose qui apparaîtrait, suivant le point de vue, tantôt vrai, tantôt faux.

Peut-être que le meilleur chemin à suivre était de se conformer à la procédure habituelle. En essayant de ne pas se laisser conditionner par cet excès de nouvelles, d'informations, de données et surtout de jugements sur Elena.

À partir de c'te moment, il n'avancerait plus que sur des faits vérifiés et concrets. Et donc, il adécida de faire tout de suite ce qu'il aurait dû faire avant.

Il tiléphona à la Scientifique.

Depuis quelques mois, à sa tête se trouvait Fernando Leanza, un collègue auquel le liait une sympathie réciproque.

Leanza lui répondit qu'il avait quelque chose d'intéressant à lui dire mais qu'il ne pourrait pas le recevoir avant une heure.

Comme il avait du temps devant lui, il pouvait faire deux choses : rester sur la jetée ou aller visiter les temples, ce qu'il n'avait pas fait depuis un bon moment.

Il monta en voiture et partit.

Contrairement à ce qu'il croyait, il y avait dans la zone des temples plusieurs groupes de touristes, vêtus en touristes, qui circulaient entre les ruines majestueuses, le visage à moitié dissimulé par un appareil photo ou un portable.

Il découvrit avec joie qu'à l'intérieur du parc un terrain avait été clôturé, où l'on élevait des chèvres d'Agrigente.

Il s'arrêta pour les contempler.

Comme elles étaient belles !

Elles appartenaient à une race en voie d'extinction et, peut-être parce qu'elles étaient en train de disparaître, Montalbano eut le sentiment de n'en avoir jamais vu d'aussi belles. Elles avaient le poil long, marron clair, un doux museau allongé et féminin, de grosses mamelles rosées, et c'tes merveilleuses et très longues cornes en spirale bien verticales.

« Tu veux voir, pinsa-t-il, que le Borromini s'est inspiré de ces cornes pour le campanile de Sant'Ivo ? »

Puis, tout à coup, dans un grand bruit désagréable, l'aile d'un gros oiseau passa à toute vitesse devant ses yeux et Montalbano s'écarta tandis qu'une minote, qui se trouvait à côté de lui, criait et fondait en larmes.

Il eut le temps de voir qu'il s'agissait d'une mouette qui avait volé un biscuit dans la main de c'te gamine étrangère.

Le père et la mère tentèrent de la consoler.

Le commissaire s'éloigna en pensant que, non contentes d'avoir perdu leur dignité marine, les mouettes étaient aussi devenues voleuses à l'arraché.

Désolé, il adécida que le moment était venu d'aller à la Scientifique.

À la base de la sympathie que Montalbano éprouvait pour Leanza, il y avait une raison très personnelle.

Quand Leanza avait été muté de la Scientifique de Palerme à celle de Montelusa, le journaliste de TeleVigàta Pippo Ragonese, celui qui avait la bouche en cul de poule, lui avait réservé un accueil pas vraiment bienveillant.

Va savoir pourquoi, Ragonese avait voulu le présenter avec toute une ribambelle de suppositions sur cette mutation qui finissaient par faire naître quantité de soupçons sur la conduite privée et publique du nouveau venu.

Mais Montalbano, connaissant conduite privée et publique du journaliste, n'avait eu aucun doute que Leanza, en conséquence, fût un homme bien et digne d'amitié.

Et de fait, le chef de la Scientifique, installé maintenant depuis sept huit mois à Montelusa, s'était adémontré une pirsonne 'ntelligente, raisonnable, et qui n'avait absolument rin à cacher.

Et donc, quand il le vit entrer dans son bureau, Leanza vint à sa rencontre en ouvrant les bras :

— Bien le bonjour, Fernà, lança Montalbano.

— Assois-toi, assois-toi. Je peux t'offrir quelque chose ?

— À c'te heure, j'aurais envie d'un whisky, mais j'imagine qu'au bureau…

— Et qu'est-ce que t'en sais ? rétorqua Leanza en se levant.

Il marcha jusqu'à l'armoire au fond de la pièce, revint avec une bouteille et deux verres. Il les remplit à moitié, en tendit un à Montalbano et puis tous deux levèrent chacun le leur, dans un toast muet.

Ils savourèrent leur whisky quelques instants en silence, les yeux dans les yeux. Puis Montalbano poussa un long soupir, que Leanza interpréta à juste raison comme le signal du début de la conversation.

— Sale affaire, eh ? dit-il.

— Très sale. Et moi, je patauge.

— Je crois pas que ce qu'on a découvert puisse t'aider beaucoup. Je te dis tout de suite que l'assassin a emporté le portable et l'ordinateur de la victime hors de l'appartement. Ce qui signifie, à mon avis, qu'évidemment il y avait dedans des traces de contact entre la victime et son assassin. Donc, ils se connaissaient certainement, d'autant qu'ils ont dîné ensemble.

— Comment ça se présente, pour les empreintes ?

— Salvo, dans l'appartement, il y en a autant que tu veux. Mais une chose est sûre : l'assassin a utilisé les ciseaux de tailleur et, après le meurtre, il s'est inquiété de les nettoyer, comme le montre le fait qu'il n'y a aucune empreinte sur les poignées et sur les lames.

— Avec quoi est-ce qu'il les a nettoyés ?

— Avec ce bout de tissu qui se trouvait sur la table et qu'il a laissé là.

— Continue.

— Après le meurtre, il est monté dans l'appartement. Il était certainement couvert de sang. Alors, il s'est déshabillé et a pris une douche dans la salle de bains de la chambre de la victime. À l'intérieur de la cabine, nous avons trouvé des traces de sang de Mme Elena mais aucune empreinte de l'assassin, pas plus que sur les robinets. Eux aussi ont été soigneusement nettoyés. Et là, on se pose une question.

— Si l'assassin avait ses vêtements couverts de sang, comment a-t-il fait pour sortir dans la rue ? C'est ça, la question ? demanda Montalbano.

— Oui, c'est ça.

— Établissons un point sûr : il s'agit pour toi d'un meurtre non prémédité ?

— Certainement, arépondit Leanza.

— Alors, si notre supposition est la bonne, l'assassin n'a pas apporté avec lui de rechange. Donc, une explication possible est qu'il soit venu en voiture, se soit garé tout près, et après le meurtre, s'est pris une douche, s'est vêtu tant bien que mal et s'est glissé rapidement dans la voiture. Ou bien, il y a une autre hypothèse : s'agissant de quelqu'un qui venait de loin, hôte d'Elena, il pouvait avoir avec lui une valise avec d'autres vêtements. Fernà, à propos, tu te souviens comment était la chambre d'amis ?

— Certainement. Le lit était préparé pour la nuit. Mais il n'a pas été utilisé.

— Tout comme la salle de bains des hôtes est restée impeccable, remarqua Montalbano.

— En tout cas, dans les deux locaux, nous n'avons pas trouvé d'empreintes étrangères.

— Visiblement, l'assassin avait tout le temps qu'il voulait pour faire disparaître ses traces. Et qu'est-ce que tu me dis, à propos de Rinaldo ?

— Et c'est qui, Rinaldo ? demanda Leanza, étonné.

— Pardon, le chat d'Elena.

Le chef de la Scientifique eut un petit sourire :

— Dis-moi, frérot, par curiosité, est-ce que par hasard ce petit lit avait été préparé pour toi ?

— Réfléchis, Fernà, si c'était pour moi, il n'y aurait pas eu besoin de préparer la chambre d'amis. C'est clair, non ?

Et comme Leanza continuait à le regarder d'un air malicieux, le commissaire se sentit obligé d'expliquer :

— Je connaissais Elena, mais je ne l'ai vue que deux fois passque je me faisais faire un costume…

— Dis donc, ils vous paient combien, au commissariat de Vigàta pour que tu sois devenu si dilicat dans les vêtements ?

— Fernà, je t'en prie, change de discours. C'te costume est né sous une mauvaise étoile, coupa Montalbano. Parle-moi plutôt du chat.

— Le poil du chat était tout imprégné du sang de la victime. Peut-être a-t-il attaqué et griffé l'assassin. Mais il a été impossible d'isoler un ADN sous les griffes du chat parce qu'il est évident qu'après, il s'est soigneusement nettoyé sur le tapis, à côté de la victime. Et voilà, c'est tout.

— Tu as une idée de la raison pour laquelle le sein a été épargné ?

— C'est certainement un signal, un choix précis. Mais, désolé, je ne suis pas en mesure de l'interpréter.

Ils se dévisagèrent.

Leanza écarta les bras.

Montalbano se leva, remercia, dit au revoir à son ami et repartit pour Vigàta. En route, il jeta un coup d'œil à sa montre, il serait ponctuel au rendez-vous avec Meriam.

La première chose qui le frappa fut l'évidente fatigue de la jeune femme.

Elle était très éprouvée. Sur son visage étaient apparues de minuscules rides que Montalbano n'avait pas remarquées jusque-là.

Intelligente comme elle était, la jeune femme comprit le sens du coup d'œil du commissaire :

— Ça a été un coup terrible. Je n'arrive toujours pas à me faire une raison.

— Pardonnez-moi, répondit Montalbano, pardonnez-moi si je vous contrains à souffrir encore, mais j'ai besoin de quelques informations.

— Pour autant que je puisse vous aider, je suis à votre totale disposition, dit Meriam en s'efforçant d'esquisser un sourire.

— On m'a parlé de l'employé de l'atelier, Lillo Scotto. Vous le saviez qu'Elena avait l'intention de le licencier ?

— Oui, bien sûr. Elle nous en avait parlé, à Nicola et moi. Croyez-moi, commissaire, Elena a essayé de l'éviter jusqu'à la fin, mais la situation devenait de jour en jour plus insupportable.

— Expliquez-moi ça.

— Lillo travaille à l'atelier depuis deux ans. C'est un très bon tailleur et il a toujours été un garçon très bien, un gros travailleur, ponctuel, bien élevé et qui savait rester à sa place. Et puis…

Elle se tut un instant, comme pour rassembler ses idées, avant de reprendre :

— Et puis, pour une raison que nous ne nous sommes jamais expliquée, il a complètement changé de comportement. Nous avons compris tout de suite qu'il avait perdu la tête pour Elena.

— Qu'est-ce qui a pu se passer pour faire naître cette passion ? Peut-être qu'Elena a eu une attitude, comment dire, plus affectueuse envers lui ?

— Commissaire, absolument pas. Croyez-moi, il n'y a pas eu de facteur déclenchant. Lillo était devenu dingue d'Elena. Il ne travaillait plus, il voulait sortir le dernier du magasin, il trouvait toujours une excuse pour la coller. Au début, on l'a pris en rigolant, même Elena. Nous avons pensé à une poussée d'hormones, puis aussi à un chagrin d'amour dont Lillo voulait se soigner à travers sa passion pour Elena. Mais ce béguin, cet amour ne faiblissait pas. Au contraire. Lillo devenait toujours plus obsédé. Pensez que, quand c'était lui qui répondait au téléphone et que c'était un homme à l'autre bout du fil qui demandait Elena, il lui raccrochait au nez. Elena a essayé de lui parler, avec douceur d'abord, avec affection, comme une mère. Puis elle a été plus dure, impérieuse, mais rien à faire. Lillo ne se résignait pas. Il voulait Elena et, va savoir pourquoi, il était convaincu que tôt ou tard elle céderait.

— Mais il y a eu un épisode qui a décidé Elena à le licencier ?

— Un épisode précis, je ne pourrais pas vous en raconter un, mais il y a quelques jours, je les ai entendus discuter, moi j'étais dans la cabine d'essayage et, après ça, la décision d'Elena a été irrévocable. Lillo devait être licencié.

— Je vais vous faire une demande précise, intervint Montalbano. Le considérez-vous comme capable d'un geste violent ? Pensez-vous que, par exemple, se trouvant seul avec elle, devant un refus encore plus net que les précédents, il aurait pu perdre la tête ?

Meriam n'y pinsa pas une seconde :

— Non, commissaire. Vu ce qu'on lit dans les journaux, je ne pourrais pas en mettre ma main au feu. Mais, en conscience, et c'est pour ça que je ne vous en avais jamais parlé, je ne l'estime pas capable d'un geste comme celui que vous dites. Lillo s'est toujours limité à une cour pressante mais je suis sûre qu'il n'a jamais porté la main sur Elena.

La question de Montalbano était rhétorique, car l'assassin avait dîné avec sa victime et, vu la situation, Elena n'aurait jamais invité Lillo Scotto le soir, seule, dans son appartement.

Il passa à l'autre sujet :

— Et qu'est-ce que vous me dites à propos de Diego Trupia ? Vous étiez au courant de leur histoire ?

— Oui, bien sûr, commissaire. Il passait souvent lui dire bonjour et, quelquefois, nous sommes même sortis ensemble.

— Excusez-moi, Meriam, mais je sais qu'ils ont eu une vraie relation.

— Commissaire, comment vous dire, je l'ai vue, moi, Elena, quand elle était amoureuse. Et son histoire avec Trupia n'était pas une histoire d'amour. Bien sûr, il la faisait se sentir bien, il lui tenait compagnie, ils ont même fait quelques beaux voyages ensemble, mais rien de plus. Ce n'était pas Trupia, l'amour d'Elena.

— C'était Osman ?

— Ça l'avait été. Je n'ai jamais vu un aussi beau couple. Et tout aussi beau a été leur rapport d'amitié, ensuite.

À ce moment, on frappa à la porte et Augello parut, des cheveux collés sur son front par la sueur.

— Excuse-moi, je dois te raconter un truc important.

Montalbano se leva en disant à Meriam :

— Excusez-moi, je reviens de suite.

Et il sortit dans le couloir, refermant la porte derrière lui.

— Trupia, je l'ai retourné comme une chaussette, lui lança Augello avec un regard noir. C'te pédé m'a donné du mal, il m'a fait suer, mais il n'a pas voulu avouer.

— Et alors ?

— Et alors, la situation objective est qu'il n'a pas d'alibi. Il soutient être resté chez lui toute la soirée et ne pas avoir reçu un seul coup de tiléphone. Mais c'est le seul à avoir un mobile.

— Lequel ? s'enquit Montalbano.

— Il a admis s'être disputé avec Elena. Et probablement, ce qu'il ne dit pas, c'est que la dispute a été définitive.

— Mimì, tu as dit « probablement » ?

— Oui.

— Mimì, sur un « probablement », on n'envoie pas quelqu'un en taule.

— Et alors, j'ai le regret de t'annoncer que ce n'est pas l'avis de Tommaseo. Je viens juste de recevoir l'ordre de prendre Trupia et de le conduire à Montelusa pour comparaître devant lui. Et je suis sûr, parce qu'il m'en a averti, que c'te nuit, ce salopard ne dormira pas dans son lit.

— Bonne route, conclut Montalbano.

Il lui tourna le dos, rentra dans son bureau, s'assit.

— Excusez-moi, dit-il à Meriam. Ça vous irait de continuer à me parler de Trupia ?

— Commissaire, je n'ai pas grand-chose à ajouter.

— Et, dites-moi : Lillo Scotto était au courant, pour Elena et Trupia ?

— Oui, à lui aussi, il a raccroché au nez plusieurs fois. Mais Lillo flottait dans une bulle tout à lui et il semblait ne pas vouloir en sortir.

— Vous savez comment il a réagi à la mort d'Elena ?

— Oui, il m'a appelée au téléphone mais il n'a pas réussi à articuler un mot. Il sanglotait comme un enfant et, à la fin, il m'a passé sa maman. Il faudrait que je le rappelle pour savoir comment il va.

— Une dernière chose, quand Lillo Scotto a su qu'il allait être licencié, son attitude a changé ?

— Écoutez, Elena l'a licencié en notre présence, à Nicola et moi. Lillo a pâli et il est sorti en courant du salon. Moi, je l'ai suivi. Heureusement, à ce moment-là, il n'y avait pas de clients. Il a foncé s'enfermer dans la cabine d'essayage et je l'ai trouvé là, étendu par terre, il tremblait des pieds à la tête, comme dans une crise d'épilepsie. Ça, ça a été sa première réaction. Mais ce qui est bizarre, c'est qu'ensuite il a continué à se comporter avec Elena comme si de rien n'était. Il n'a pas du tout essayé de sauver sa place et n'a jamais demandé à Elena de revoir sa décision…

Montalbano garda un moment le silence en repensant à ce que venait de dire Meriam.

Il se passait quelque chose d'étrange : à peine entrait en scène un coupable possible qui avait des raisons de se disputer avec Elena, ce suspect était-il en même temps mis hors de cause comme 'ncapable de violence.

Lui, il ne croyait pas que Trupia avait tué Elena ; Meriam avait le même avis à propos de Lilo Scotto. Osman, c'était hors de question.

Et alors ?

Peut-être que la pirsonne à chercher était étrangère au monde d'Elena.

Cette dernière réflexion le poussa à poser une question précise à la jeune femme :

— J'ai su par le Dr Osman que, quand ils étaient ensemble, Elena avait quelquefois reçu des coups de fil qui l'avaient secouée et troublée. Et, aux questions d'Osman, elle n'avait pas voulu répondre. Nicola m'a dit que le jour où elle a été tuée, Elena n'a pas reçu de coups de fil privés. Vous le confirmez ?

— Maintenant que vous m'y faites penser… Bien sûr, Nicola ne le sait pas : avant le déjeuner, Elena m'a demandé de l'accompagner à la banque. Elle devait opérer des retraits et ne voulait pas y aller seule. Dès que nous sommes sorties de l'agence, son portable a sonné et quand elle a vu le nom du correspondant, elle s'est éloignée de moi. Ce qu'elle ne faisait jamais. Elle voulait pas que j'entende la conversation.

— Vous avez quand même réussi à saisir quelques mots ?

— Je me souviens de « D'accord, alors à tout à l'heure », ou quelque chose de ce genre. Mais je n'en suis pas sûre. Peut-être que oui, elle était devenue nerveuse. Puis, après votre essayage, elle nous a tous renvoyés chez nous. Mais je ne pense pas qu'il y ait une relation entre l'appel et le fait de nous avoir chassés.

— Et auparavant ? Durant toutes ces années où vous avez été proche d'elle, il ne vous est jamais arrivé de la voir bouleversée après un coup de fil ?

Meriam ferma les yeux. Plissa le front. Elle réfléchissait 'ntensément.

Puis, en pesant chaque mot, elle dit :

— Je ne suis pas influencée par ce qui est arrivé à Elena et par ce que vous me demandez, mais il se dessine une scène qui s'est répétée plusieurs fois au cours des années et à laquelle, jusqu'à présent, je n'avais jamais accordé d'importance.

Elle ferma nouvellement les yeux, comme pour mieux se concentrer et reprit :

— Ça s'est passé tous les trois, quatre mois, comme sur une cadence établie : vers 10 heures du matin Elena recevait un coup de fil et renvoyait rapidement le rendez-vous téléphonique à la soirée. Il n'y avait pas d'échange de politesses, je ne me souviens pas qu'elle ait dit bonjour ou au revoir. Voilà, après ces appels, Elena était un peu distraite, nerveuse. Mais bouleversée, non, je ne le dirais pas. Ça, je peux vous l'assurer.

— Il est donc à exclure qu'il s'agisse de coups de fil de travail ?

Meriam écarquilla les yeux :

— Je l'exclus de la manière la plus absolue.

— Vous m'avez dit que, ces derniers mois, c'était souvent Lillo Scotto qui répondait aux appels. Est-ce qu'il est déjà arrivé que Lillo appelle Elena en lui annonçant qui était au téléphone ?

— Bien sûr, *dottore*, mais c'étaient des coups de fil de travail. Alors que ceux dont nous parlons, j'ai oublié de vous le dire, excusez-moi, c'était toujours sur le portable d'Elena.

À c'te point, Montalbano eut une idée.

C'était une chose, ça aussi, qu'il aurait dû faire depuis un bon moment.

Treize

Il souleva le combiné, appela Fazio.

— Tu les as, les clés de l'atelier ?

— Oh que oui, *dottore*.

— Tu t'es occupé de retirer les scellés ?

— Oh que oui.

— Alors, prends les clés et donne-les à Catarella. Ah, 'n'autre chose : convoque-moi pour demain matin, 9 heures, Lillo Scotto.

— Entendu, arépondit Fazio.

Il posa le combiné, fixa Meriam sans mot dire. Et le plus beau fut qu'il n'eut pas besoin d'ouvrir la bouche, vu que Meriam le précéda :

— Dites-moi ce que vous avez en tête.

— Vous vous sentiriez de m'accompagner à l'atelier ?

Le visage de la jeune femme changea d'un coup, prenant 'ne expression effrayée et elle arépondit impulsivement :

— Non, non, non.

— Je comprends très bien, rétorqua Montalbano en se levant. À bientôt, conclut-il, et il lui tendit la main.

Meriam tenta de se justifier :

— Essayez de me comprendre, *dottore*, pour moi, retourner à…

Montalbano l'interrompit.

— C'est bon, entendu.

Meriam lui serra la main, se dirigea vers la porte, l'ouvrit, sortit, referma derrière elle.

Le commissaire resta à fixer la porte fermée.

Certes, Meriam lui aurait été utile, mais il pouvait se passer d'elle.

On frappa à la porte.

— Entrez, dit-il.

La porte s'ouvrit et Meriam apparut.

— Je crois pouvoir vous accompagner, articula-t-elle.

Sans mot dire, Montalbano enfila sa veste. En passant devant Catarella, il se fit remettre les clés de l'atelier.

— Je viens avec vous ? demanda Meriam.

— Non, répondit Montalbano, il vaut mieux y aller chacun dans sa voiture, parce que je crois que je m'y attarderais un peu.

Via Garibaldi, il y avait une place libre et Montalbano lui fit signe de la prendre. Il roula encore un peu et finalement trouva à se garer.

Il revint en arrière, rejoignit Meriam et ensemble ils parcoururent la dizaine de pas jusqu'à l'entrée de l'immeuble.

Mais tout à coup, Montalbano s'arrêta et resta pétrifié comme une statue. Meriam, qui était un peu en arrière, se heurta à lui.

— Qu'est-ce qu'il y a ? demanda-t-elle.

— Regardez, dit à mi-voix le commissaire.

Sur les marches de l'entrée de l'immeuble d'Elena, immobile et raide comme une statue égyptienne, il y avait un chat blanc.

— Rinaldo ! s'exclama Meriam, ébahie.

Il avait dû échapper à la vigilance de Catarella et, en suivant cette mystérieuse piste des odeurs que connaissent les chats, avait su retrouver la route de sa vraie maison.

Quand Montalbano s'approcha, Rinaldo ne bougea pas d'un millimètre. Le commissaire se baissa, lui donna une caresse sur la tête et le déplaça un peu. Puis il glissa la clé dans la serrure. Il avait à peine commencé à écarter le vantail que le chat disparaissait dans l'entrebâillement, d'une manière si fulgurante que, quand Montalbano et Meriam entrèrent, ils le virent déjà en position devant la porte de l'appartement, et quand celle-ci s'ouvrit, le premier à entrer fut nouvellement Rinaldo qui disparut va savoir où.

Ce qui frappa en même temps Meriam et Montalbano, ce fut une puanteur de putréfaction insupportable. Tandis que la jeune femme cherchait un mouchoir pour le plaquer sur son nez, le commissaire courait à la cuisine pour ouvrir en grand la fenêtre. La Scientifique avait fouillé la poubelle mais ne l'avait pas vidée.

— Allons en bas, dit le commissaire, ici, il n'y a rien à voir.

Tandis qu'ils descendaient l'escalier, Montalbano ademanda :

— Où est-ce qu'Elena mettait son ordinateur ?

— Je vais vous montrer, répondit la jeune femme.

Ils firent trois pas puis Meriam indiqua, contre le mur du couloir, une petite table sur laquelle était posé le téléphone.

— Elle en avait un sur le bureau de sa chambre et un autre plus petit dans ce tiroir. Elle avait aussi un coffre-fort où elle mettait l'argent des paiements effectués ou reçus.

Montalbano se réserva d'y donner un coup d'œil plus tard.

Quand ils entrèrent dans la grande salle de l'atelier, ils furent assaillis par 'ne autre odeur : la senteur douceâtre du sang. Là aussi, Meriam prit une expression dégoûtée mais, par chance, ne comprit pas de quoi il s'agissait. Mais elle blêmit et vacilla quand elle vit la grosse tache sombre à côté de la silhouette du *catafero* dessinée à la craie sur le sol.

Montalbano la soutint et la fit asseoir dans un des fauteuils. Il prit place dans l'autre.

Il laissa passer un peu temps pour que Meriam se reprenne. Puis lui demanda :

— Vous vous sentez de répondre à une question ?

— Oui, posez-la-moi.

— Regardez attentivement le salon, surtout la zone de la table et des étagères. Vous voyez quelque chose de différent par rapport au moment où vous l'avez laissé ?

Meriam regarda avec attention et dit :

— Sur la table, il y avait de gros ciseaux et rien d'autre.

— Vous êtes sûre que ce bout de tissu n'y était pas ?

— Nous avions tout rangé avant de partir.

— Vous pouvez me rendre un service ? Vous pouvez aller le regarder de près sans le toucher ?

— Et pourquoi ?

— Je veux savoir si c'est une chute des étoffes qui sont arrivées avant-hier.

La jeune femme se leva, s'approcha de la table, du côté opposé à celui de la silhouette et Montalbano se plaça à ses côtés.

Meriam resta un moment à fixer le tissu puis demanda :

— Je peux prendre quelque chose sur le meuble ?

— Oui.

La jeune femme se retourna, suivit le parcours le plus long pour éviter de mettre le pied sur le dessin à la craie puis, en se penchant en avant, elle glissa 'ne main sur les étagères, prit un rouleau d'étoffe et revint à la table.

— Regardez, celui-là, c'est le plus proche du coupon mais ce n'est pas le même. Tous les deux sont bleus mais d'une tonalité très différente.

Montalbano remarqua que l'extrémité du rouleau était abîmée :

— Meriam, pourquoi l'étoffe est déchirée ?

— C'est Mme Elena qui l'a fait. Je vous ai dit qu'elle était très nerveuse, cet après-midi-là, et qu'elle avait déchiré quelques rouleaux neufs. Mais, commissaire, vous pouvez vous fier à moi, ce coupon n'appartient pas aux nouveaux arrivages. Et je vous dirais même plus : cette étoffe est, comment dire, usée. Elle me donne l'impression d'être vieille.

— Merci, dit Montalbano, pour moi, ça suffira.

La jeune femme remit en place le rouleau et à peine cela fait, elle fondit en larmes de désespoir qui l'empêchaient même de rester debout.

Montalbano l'étreignit et, quasiment de force, la conduisit hors de la salle. En la tenant par la taille, il lui fit gravir l'escalier, la conduisit au salon, la fit asseoir. Il fonça à la cuisine, remplit un verre d'eau, revint en courant, le lui tendit. Meriam le but comme une assoiffée.

— Ça va aller, dit la jeune femme.

— Je ne suis pas pressé, arépondit Montalbano en reprenant le verre.

Quand il revint de la cuisine, Meriam était debout.

— Si vous n'avez plus besoin de moi…

— Je vous raccompagne, annonça Montalbano. Vous n'imaginez pas à quel point vous m'avez été utile.

— Non, ce n'est pas la peine, merci, commissaire.

— Meriam, une dernière chose : où vont se dérouler les funérailles ?

— Demain, à 11 heures, à la Matrice.

Montalbano la suivit des yeux pendant qu'elle descendait l'escalier et resta devant l'entrée de l'appartement jusqu'à ce qu'il entende le bruit de la porte de l'immeuble qui se refermait.

Alors, à pas lents, il redescendit dans la grande salle. S'assit dans le fauteuil habituel en fixant la pièce de tissu.

Quelques questions commencèrent à lui passer par la tête. D'où sortait ce coupon s'il n'appartenait pas aux nouveaux arrivages ? Et, en second lieu, pourquoi avait-il été sorti et mis sur la table ?

Il se leva, s'adirigea vers celle-ci et ouvrit les deux grands tiroirs situés sous le plan de travail. Il s'y trouvait une grande quantité de ciseaux de tout type, des aiguilles, des fils, des boules, des mètres, mais il n'y avait pas de coupons d'étoffe.

Alors il sortit dans le couloir. S'arrêta devant la petite table, ouvrit le tiroir. Remarqua tout de suite que l'ordinateur n'y était pas, alors que s'y trouvait la boîte métallique qui n'avait pas été ouverte. L'assassin ne s'intéressait probablement pas à l'argent.

Un bruit provenant de l'appartement attira son attention. C'était une rumeur légère, assourdie, mais constante qui soudain s'interrompit et, distinctement, se fit entendre un miaulement plaintif.

C'était certainement Rinaldo. Mais que faisait-il ?

Montalbano se leva, monta dans l'appartement.

Le chat était devant la porte de la chambre à coucher d'Elena, il grattait le bois de ses ongles et gémissait.

Il voulait entrer.

Montalbano ouvrit, Rinaldo traversa vite la chambre, sauta sur le lit et y resta planté en matant le commissaire comme pour l'inviter à entrer.

Montalbano avança de quelques pas jusqu'à se trouver au centre du carrelage.

Maintenant, le chat regardait dans 'ne autre direction.

Le commissaire suivit son regard et ses yeux s'arrêtèrent sur le bureau bleu. Le dessus était complètement vide.

Il prit une chaise, s'assit, ouvrit le premier tiroir à gauche. Il était plein de reçus, de paiements effectués, de notes, de factures, de bons de livraison, rien que du papier administratif.

Il referma et ouvrit le deuxième tiroir : même chose, sauf que, cette fois, il s'agissait de documents de l'an passé réunis par liasses.

Il ouvrit le troisième et dernier tiroir à gauche : encore des documents de travail. Il passa à droite. Le premier tiroir du haut contenait un ensemble de documents personnels, cette fois : vieux passeports, papiers d'identité, cartes de santé, vieux chéquiers, extraits de compte bancaire et ainsi de suite.

Il referma et ouvrit le deuxième. Examina tous les papiers, là aussi, il y avait des affaires personnelles : cartes postales, lettres, photos et surtout deux grosses enveloppes maintenues fermées par un élastique. Il les ouvrit et s'atrouva devant 'ne sorte d'archive documentant en détail les amours d'Elena et Osman. Avec un vague sentiment de honte, Montalbano y jeta un coup d'œil superficiel, il ne se sentait pas le droit d'entrer dans la vie privée non pas tant de la victime, ce qui aurait été son devoir, que dans celle du Dr Osman.

Il ouvrit le troisième et dernier tiroir.

Il était complètement vide. Pas d'ordinateur là non plus.

Alors il retira complètement le tiroir, recula avec son siège et se le posa sur les genoux.

Elena avait couvert le fond avec un bout de papier cadeau. Il le souleva. Dessous, il n'y avait qu'un minuscule triangle de papier épais. Il le prit, l'examina de près. C'était sûrement du papier photographique. Il areprésentait quelque chose qu'il n'arrivait pas à identifier. En le fixant de plus près et plus longuement, il finit par se convaincre que ce qu'on voyait était une chaussure avec un pied de petit minot. Il le reposa, mit le papier par-dessus, renfila le tiroir dans son compartiment et resta assis à pinser.

Il arriva à une conclusion, même s'il n'avait rien pour la soutenir, à savoir que ce tiroir avait contenu des papiers et des photographies pirsonnelles d'Elena et que, s'il ne se trompait pas, l'assassin les avait emportés.

Il allait se lever quand soudain Rinaldo lui sauta sur les cuisses comme pour lui suggérer qu'il était trop tôt pour bouger de là.

Alors Montalbano prit le chat et le posa sur le bureau, se pencha de nouveau sur le côté et retira complètement le tiroir vide. Il se leva de son siège, s'agenouilla et scruta le compartiment dégagé par le tiroir. Au fond, tout au fond, il y avait un truc blanchâtre.

Il se baissa un peu plus, tendit le bras, tâta, saisit le bout de papier entre deux doigts et le ramena à lui. C'était un feuillet enroulé par les allées et venues du tiroir. Sans doute le fragment d''ne lettre. Quelques mots y étaient écrits : *maintenant la fièvre est passée. Le pédiatre dit que...*

L'écriture était manifestement féminine.

Il glissa la feuille dans sa poche. Remit tout en place et resta un moment à pinser.

Comment était-il possible que dans cet appartement, il n'y ait aucune trace de la vie passée d'Elena ? Il fallait chercher encore.

Il se leva, alla ouvrir la grande *armuàr.* Elle était pleine de vêtements. En haut, il y avait six grands tiroirs. Il les ouvrit un à un. Il n'y trouva que des sous-vêtements, des chaussettes, des chemisiers. Rien d'autre.

Pris d'une espèce de frénésie, il agrippa une chaise, la plaça devant l'*armuàr*, y grimpa, tâta sur le dessus du meuble, et ses doigts ne rencontrèrent que de la poussière.

Il descendit du siège, alla ouvrir les deux tables de nuit. Rin.

Passant au salon, il eut un moment de découragement car il y avait trop de revues et de livres à regarder. Encore ‘ne fois, il se retrouvait les mains vides. Il n’avait rin trouvé.

Il redescendit l’escalier et entra dans la grande salle. Regarda dans tous les recoins possibles et imaginables et à la fin, acomprit qu’ici dedans, il perdait juste son temps.

Il remonta les marches, traversa le couloir, quitta l’appartement, franchit la porte de l’immeuble, sortit, ferma la porte et s’adirigea vers sa voiture.

Il était en train d’ouvrir la portière quand le portable sonna. C’était Fazio qui lui donnait confirmation du rendez-vous avec Lillo Scotto.

Il se baissa pour entrer dans la voiture et s’immobilisa.

Sainte Mère ! Il avait oublié Rinaldo !

Il appela le commissariat pour parler à Catarella. Arépondit une voix qu’il ne connaissait pas.

— Montalbano, je suis. T’es qui ?

— Je suis l’agent De Vico.

— Et Catarella, il est où ?

— *Dottore*, je regrette, Catarella est repassé chez lui dans l’après-midi pour voir comment allait le chat, mais il ne l’a pas trouvé. Il est devenu pratiquement fou et il le cherche dans toute la ville.

— Ah, d’accord, dit le commissaire.

Il appela Catarella sur le portable.

— Oh que non, oh que non, oh que non, s'écria tout de suite Catarella. *Dottori*, ne m'appelez pas, je suis pas digne de parler à vosseigneurie.

— Catarè…

— *Dottori*, ne me parlez pas, par pitié, que moi je commis 'ne infamie ! Je me laissai échapper Rinaldo et je sais plus où l'aretrouver. Et moi jusqu'à quand j'arécupère le chat et l'honneur perdu, je suis trop agravement déshonoré pour mettre le pied au commissariat.

— Catarè ! On est au Guignol ou quoi ? Rinaldo, je l'atrouvai, moi.

Dans l'écouteur lui parvint un cri entre hurlement de Tarzan et hennissement chevalin.

— Mais vosseigneurie, c'est Mirlin le Magicien, *dottori* !

Puis, d'une voix rauque et joyeuse :

— Vraiment, *dottori*, vous l'avez trouvé ?

— Oui.

— Vosseigneurie est magique ! Vous savez faire la magie ! Et où c'est que vous l'avez trouvé ?

— Il est rentré à la maison.

— Mais moi, dedans ma maison, je l'ai cherché sur mer et sur terre. J'ai même regardé dans les tiroirs. Même dans le four, même. Même dans le lave-vaisselle, je regardai…

— Catarè, laisse-moi parler. Il est rentré dans sa maison à lui, chez Mme Elena.

— Via Calibardo ?

— Oui !

— Quel grand coup de pot ! À deux pas, je suis. J'arrive tout de suite.

Montalbano revint en arrière, se plaça devant l'entrée de l'immeuble, s'alluma une cigarette. Il en était arrivé à la moitié quand apparut, courant comme un dératé, Catarella tenant en main la cage à chat.

— Me voilà, dit-il en s'immobilisant, haletant, devant le commissaire.

Montalbano lui tendit les clés de la maison :

— Va te le récupérer. Moi, je vais à Marinella.

La première chose qu'il fit en entrant chez lui fut de se déshabiller et de se mettre sous la douche.

Non qu'il fût particulièrement sale, mais il se sentait pégueux comme si sur sa peau était resté un halo de la vie d'Elena qu'il avait profanée en plongeant les mains dans ses souvenirs et dans ses pinsées.

Il se rhabilla au mieux et vu que la soirée était accueillante s'assit dans la véranda et alluma 'ne cigarette en repinsant à tout ce qu'il avait fait dans l'atelier, aussi bien en prisence de Meriam qu'après son départ.

Tout au fond de sa coucourde, il y avait un détail, sur lequel un instant il s'était attardé et qui ensuite lui était sorti de la tête.

Il lui restait toujours cette impalpable sensation de malaise.

Il adécida de revoir une nouvelle fois le film et enfin, la raison de son malaise lui apparut soudain clairement.

Il mata sa montre.

À cette heure, Leanza n'était sûrement plus au bureau. Il devrait l'appeler sur le portable et c'était peut-être tard, mais l'urgence d'avoir 'ne réponse à la question qui tournait dans sa tête fut la plus forte.

Il l'appela.

— Montalbano, je suis. Excuse-moi, Fernà, si je te dérange.

— T'en fais pas pour ça. Dis-moi.

— Écoute, tu te rappelles que sur la table de l'atelier, il y avait un bout de tissu bleu ?

— Oui, c'est celui avec lequel l'assassin a nettoyé les ciseaux.

— Bien. L'assistante d'Elena m'a dit qu'il s'agit d'un vieux morceau d'étoffe. Tu te souviens qu'il y a 'ne déchirure ?

— Oui, très bien.

— Alors, voilà la question : serait-il possible que la Scientifique établisse si cette déchirure est récente ou aussi vieille que le coupon ?

— Bien sûr. J'imagine que oui. Et il peut y avoir une explication logique.

— À quoi ?

— À la déchirure. Si elle s'avérait récente, ça pourrait être l'assassin qui l'a faite en nettoyant les ciseaux.

— Certes, c'est une probabilité, acquiesça Montalbano. Je te remercie et je m'excuse de t'avoir dérangé.

— Qu'est-ce que ça veut dire, merde ? se rebiffa Leanza. On décide quoi ? C'te bout d'étoffe, je vais le prendre ou tu me l'envoies ?

— Je te l'apporte moi pirsonnellement en pirsonne.

— Alors, je t'attends demain. Bonne nuit.

Au point où il en était, il adécida d'appeler Livia.

Il allait composer le numéro quand le tiléphone sonna.

— *Dottor* Montalbano, *dottor* Montalbano…, dit la voix bouleversée de Meriam.

— Meriam, qu'est-ce qui fut ? Qu'est-ce qui s'est passé ?

— Je viens juste d'apprendre que Lillo a tenté de se suicider. On l'a transporté à l'hôpital de Montelusa.

— Mais comment ça s'est passé ?

— Cet après-midi, Nicola a reçu un coup de fil de la mère de Lillo qui le suppliait de venir chez eux. Lillo était hors de lui : il hurlait, il se cognait la tête contre les murs, il bavait ! Il paraissait en proie à une attaque d'épilepsie. Vous vous rappelez que vous avez demandé à Fazio de le convoquer ?

— Bien sûr.

— Et de ce moment, la situation s'est encore, si possible, empirée. Quand Nicola est arrivé, la mère est sortie pour aller à la pharmacie se faire donner un tranquillisant. Nicola n'a pas réussi à voir Lillo parce que le garçon s'était enfermé dans la salle de bains et ne voulait pas ouvrir.

— Et alors ?

— Alors, il a essayé de lui parler à travers la porte, puis quand Lillo a cessé de lui répondre, et que la maman est revenue, ensemble ils ont défoncé la porte et l'ont trouvé dans la baignoire les veines du poignet tranchées. Il était encore conscient, puisqu'il a pu murmurer : « Sans Elena, ma vie n'a plus de sens. »

Montalbano, blême, avait écouté les paroles de la jeune femme. C'était un rebondissement qu'il était très loin d'avoir imaginé.

Il ne savait que dire.

— Merci, Meriam. Si vous avez d'autres nouvelles, appelez-moi, à n'importe quelle heure. Ne vous en faites pas scrupule.

Il ne savait que pinser.

Certes, le geste de Lillo pouvait aussi bien être un aveu de culpabilité que l'exact contraire.

Il avait fait le premier pas vers la porte-fenêtre quand le tiléphone sonna.

— *Dottore*, excusez-moi, mais il s'est passé un sale truc.

— Je t'écoute, Fazio.

— On vient juste de m'avertir que, dans la soirée, Lillo Scotto a tenté de se suicider. Maintenant, il est hospitalisé à Montelusa.

— Déjà fait, dit Montalbano.

— Hein ?

— Non, pardon. Je voulais dire que je le savais déjà.

— Qu'est-ce que vous en pensez si je fais un saut au 'pital et puis je vous rappelle pour vous dire ce qu'il en est.

— Entendu.

Il raccrocha, reprit son mouvement vers la véranda et le tiléphone qui, manifestement, avait décidé de faire chier, se fit nouvellement entendre :

— Salvo ! Quoi de neuf ?

À c'te simple demande, Montalbano fut pris d'une fureur de chien enragé et, plus que parler, il aboya :

— Du neuf ??? Je t'en donne tout de suite, du neuf : le dernier amant d'Elena est en taule parce que le proc', acoquiné avec Augello, a décidé que c'était forcément lui le coupable. Lillo, le garçon qui aurait voulu être son amant, vient juste de tenter de se suicider et est à l'hôpital. Moi, je suis dans la merde jusqu'au cou : les ordinateurs ont disparu, le portable est introuvable, il n'y a aucune trace de rien. Les seuls indices sont : un bout de tissu déchiré, un morceau de photo avec un pied d'enfant et un bout de lettre avec une phrase qui ne signifie rien. Le corps d'Elena est à la morgue, les funérailles se font demain à 11 heures à la Matrice. Et puis ? Ah oui, Catarella a perdu le chat et puis l'a retrouvé.

— Bonne nuit, dit Livia avant de raccrocher.

Quatorze

La gueulante lui fit du bien, au point qu'après cinq minutes sur la véranda, le 'pétit lui vint.

Il alla se livrer à l'inspection habituelle de la cuisine. Pour une fois, Adelina s'était adécidée à lui faire le *sfincione*[1] à la viande. Il en émanait un parfum qui faisait tourner la tête. Il le fit tiédir au four et l'emporta dehors. Il ne dressa même pas la table, une bouteille de vin et un verre lui suffirent. Pas besoin de couverts.

Comme toujours, Adelina avait été généreuse, le *sfincione* aurait suffi pour quatre pirsonnes, et de fait, le commissaire, à son très grand déplaisir, ne réussit à en manger que la moitié.

Alors, il alla prendre un bout de papier huilé, en enveloppa avec délicatesse le reste du plat et le glissa au frigo.

Il était en route vers sa chambre à coucher quand il entendit le portable sonner.

C'était Meriam.

1. Sorte de pizza à pâte très levée, garnie de sauce tomate, d'oignon et de fromage ou de viande de bœuf hachée.

— Excusez-moi de vous appeler si tard, commissaire, mais je voulais vous faire savoir que je suis allée à l'hôpital et que là, on m'a dit que Lillo Scotto était hors de danger et qu'ils pensaient même le faire sortir demain après-midi.

— Je vous remercie, répondit Montalbano. J'espère que maintenant, vous allez pouvoir vous reposer un peu.

— Merci, bonne nuit à vous.

Il laissa le portable à côté de la télévision, s'adirigea vers sa chambre, se coucha avec satisfaction et il était en train de pousser un profond soupir quand celui-ci fut interrompu par la sonnerie du portable.

Il alla répondre en jurant. C'était Fazio.

— *Dottore*, je suis en train de rentrer de Montelusa. Lillo Scotto est hors de danger et…

— Déjà au courant, rétorqua Montalbano, en se sentant presque honteux de prendre un peu trop sa revanche sur Fazio.

— Vous êtes au courant qu'ils veulent le laisser partir demain après-midi ?

— Je suis au courant de ça aussi.

— Alors, étant donné que vosseigneurie est au courant de tout sur tout, je vais vous laisser dormir en paix, même si je voulais vous demander 'ne chose. Bonne nuit !

— Attends ! hurla le commissaire. À c'te heure de la nuit, tu me fais des histoires ?

— Oh que oui, *dottore*, excusez-moi. Quand vosseigneurie m'arépond qu'elle est déjà au courant, ça me file les nerfs.

— Et à moi, alors ! Parle, qu'est-ce que tu voulais me demander ?

— Si le jeune se remet, je peux le convoquer pour après-demain matin.

— Fais-le venir à 9 heures, décida Montalbano. Je te remercie et bonne nuit.

Il s'allongea et s'endormit d'un coup pour se réveiller 'mmédiatement après, assis sur son séant, yeux écarquillés.

Une pinsée lui avait traversé la tête comme un serpent lumineux, si vite qu'il n'avait même pas réussi à lui choper la queue. Bon sang de bois ! C'était quoi, c'te pinsée ? Rin, noir absolu.

Il se rallongea, ferma les yeux et à ce moment seulement lui revint cette pinsée qui, d'une manière ou d'une autre, concernait les coups de fil d'Elena et aussi quelque chose qu'il n'avait pas fait à ce sujet. C'était quoi, qu'il s'était oublié de faire ?

— Putain de conneries de misères de la vieillesse ! lança-t-il.

Mais il n'y avait rien à faire. C'est comme ça qu'il perdit une heure 'ntière avant de pouvoir retrouver le sommeil.

Et il n'ouvrit l'œil que quand la matinée était déjà bien avancée.

Il adécida qu'il pouvait rester couché, vu qu'il n'avait rin d'urgent à faire au commissariat.

Puis il changea d'idée.

Il se leva, mit le café sur le feu, se rasa, but son écuelle, alla se fourrer sous la douche.

Au lieu de s'habiller, il enfila un maillot de bain et entama une très longue promenade tout au bord de l'eau qui lui allégea la coucourde et lui nettoya les poumons.

Quand il partit pour Vigàta, il était 9 heures du matin.

En entrant dans le commissariat, il s'arrêta devant le guichet de Catarella et lui demanda :

— Qu'est-ce que tu me racontes sur Rinaldo ?

Catarella eut comme une grimace de déplaisir :

— *Dottori*, y me trouve 'ntipathique. Y pleure en continu continuellement. Y veut s'échapper. Le pauvre ! Il était habitué à 'ne femme et moi je suis un homme, trop malheureusement. Quand j'aréussis à le coincer et à lui caresser la tête entre les oreilles, lui, là, au lieu de faire ronronron, y me fait grrrrrrr, le signal qu'y veut m'agriffer. Il m'arefuse même le ouiskassi.

— Catarè, tu sais quoi : comme je dois voir dans pas longtemps Meriam, je lui demanderai de le prendre.

— Mais moi, Rinaldo, je l'aimai bien.

— T'as qu'à adopter un chat de gouttière blanc, tu feras une bonne action. Dis-moi un truc : tu les as encore, les clés de l'atelier ?

— Oh que oui, *dottori*.

— Donne-les-moi.

Catarella ouvrit un tiroir et lui tendit un trousseau.

— Trouve-moi, dit Montalbano, un sac de plastique.

— Pour les courses ?

— Non, Catarè, un de ceux où on met les pièces à conviction.

Catarella se pencha nouvellement, ouvrit un autre tiroir et lui tendit un sachet transparent avec un scellé ouvert.

Montalbano l'empocha et sortit en annonçant :

— Je reviens dans une demi-heure.

Il remonta en voiture et s'adirigea vers la via Garibaldi. Par chance, il y avait une place juste devant l'immeuble d'Elena.

Il se gara, ouvrit la grande porte, gravit l'escalier, suivit rapidement le couloir, descendit dans la grande salle, alla poser le sachet sur la table, prit l'étoffe bleue entre deux doigts et la glissa à l'intérieur.

Puis il refit le chemin en sens inverse pour sortir.

Il mit la main sur la poignée de la grande porte pour la pousser mais, d'un coup, s'immobilisa. Il y avait quelque chose qui le troublait profondément. C'était à nouveau le serpent lumineux qui, la nuit précédente l'avait fait s'asseoir dans son lit. Encore une fois, il éprouvait la nette sensation qu'il négligeait de faire quelque chose qui aurait dû absolument être fait.

Mais quoi ?

Il resta un moment sans bouger mais rin ne lui vint à l'esprit.

Alors il ouvrit, monta dans la voiture et s'en retourna au commissariat.

— Fazio est là ? demanda-t-il à Catarella.

— Oh que oui, *dottori*.

— Envoie-le-moi.

Il s'assit et juste après entra Fazio.

— Bonjour, *dottore*.

— Assois-toi et parlons un peu. Qu'esse t'en penses de la tentative de suicide de Lillo Scotto ?

— *Dottore*, qu'est-ce que vous voulez que je vous dise ? J'en ai discuté aussi avec le *dottor* Augello qui exclut de la manière la plus absolue qu'il s'agisse d'une reconnaissance de culpabilité. Lui, il s'est fourré dans le crâne que l'assassin, c'est Trupia et il en démord pas.

— Mais toi, t'en penses quoi ?

— Moi, j'ai pris des renseignements sur ce gars. Et il y a pas une pirsonne, je dis bien une, qui considère Scotto comme capable de tuer ne serait-ce qu'une fourmi. D'après moi, Lillo a tenté de se suicider justement à cause de la perte de Mme Elena.

— Qu'est-ce qu'on est forts ! s'exclama Montalbano, amer. Nous avons sous la main deux assassins possibles : l'un est en taule, l'autre au 'pital, et tout au fond, on est convaincus qu'ils y sont pour rin.

— Peut-être passque, pour l'instant, on sait que la demi-messe, suggéra Fazio.

— Explique-moi ça.

— *Dottore*, je dis que peut-être, on pourrait se faire 'ne idée après l'interrogatoire du jeune gars. Vosseigneurie s'est convaincue que c'était pas Trupia après avoir parlé avec lui. Peut-être que quand vous aurez interrogé Scotto vosseigneurie pinsera le contraire.

— D'accord. Laissons pour l'instant la question en suspens.

— Vosseigneurie y va, aux funérailles de Mme Elena ?

— Oui.

— Vous voulez que je vienne, moi aussi ?

— Non.

Fazio comprit que ce « oui » et ce « non » mettaient fin à la conversation.

— Je retourne à besogner, dit-il en se levant, et il sortit.

Montalbano réfléchit sur la manière dont il pourrait utiliser l'heure qui lui restait avant d'aller à la cathédrale.

Il s'arappela son collègue de papier, ce Schiavone envoyé à Aoste, dont le premier geste, le matin, en arrivant au bureau, était de se fumer un joint.

Non, non, il ne pouvait pas commencer les drogues légères à son âge !

Mélancoliquement, il tendit un bras, prit le premier feuillet sur l'entassement de papiers et, morose, commença à signer.

La Matrice était bondée. Elena avait attiré la moitié du pays.

Le cercueil était posé au sol devant le maître-autel.

Sur le banc de gauche, Meriam serrait contre elle Teresa, toute vêtue de noir. Derrière les deux femmes, Stefano s'efforçait de faire garder le silence aux deux minots de 10 ans assis à côté de lui.

Sur le banc de droite s'atrouvait un duo pour le moins 'nsolite : le vieux Nicola recroquevillé, tête dans les mains, qui manifestement, pleurait et, à son côté, droit, immobile, 'mpassible, plus élégant encore que d'habitude, le Dr Osman.

Dans la foule, Montalbano reconnut Enzo, le barman du Castiglione, Augello, le marchand de fruits et légumes et le buraliste.

En somme, tous les habitants de la via Garibaldi et des alentours étaient là.

Le commissaire écouta en silence toute la messe puis, après la bénédiction, le Dr Osman se leva et s'approcha du cercueil.

Trois porteurs le rejoignirent, ils se baissèrent et, ensemble, soulevèrent la caisse mortuaire que le docteur posa sur son épaule droite tandis que de la main gauche, il caressait légèrement le bois.

Montalbano attendit que les gens sortent et puis se plaça en dernier dans la file. Mais tout à coup, on lui agrippa un bras. C'était une femme dans la cinquantaine, mal mise, cheveux en désordre, qui pleurait :

— *Mé figlio 'nnucenti é !* Mon fils est innocent !

Il s'agissait sans aucun doute de la mère de Lillo Scotto.

— *Dottori*, il faut me croire, *'nnucenti é* ! Il est innocent, je vous le dis, moi qui suis sa mère et qui le sens dans le profond de mon cœur !

Pleurant et sanglotant, elle reprit :

— Le souffle de mon souffle est pas capable de faire une chose si affreuse ! *U sangu do mè sangu*, le sang de mon sang, il préférerait se tuer plutôt que tuer.

— Madame, calmez-vous. Allez à l'hôpital. Lillo a besoin de vous. Ensuite, vous verrez qu'on mettra les choses au clair avec lui.

Délicatement, il détacha de son bras la main de la femme et il sortit.

Le corbillard se mettait déjà en route, suivi de trois ou quatre voitures.

Montalbano se dirigea vers son véhicule pour rentrer au commissariat, mais à peine eut-il posé la main sur le volant, que d'instinct, il se mit à la suite du convoi funèbre.

Au cimetière, il comprit que la mise en terre serait longue et s'alluma une cigarette avant de commencer à circuler dans les allées en gardant de loin un œil sur la cérémonie.

À la cinquième cigarette, il se dit que le moment des condoléances était venu.

Il embrassa Osman venu le saluer et se plaça en dernier dans la file.

Meriam était toujours à côté de Teresa et ce fut elle qui présenta Montalbano lequel, sans mot dire, serra fort la main de la dame. Et il allait la quitter quand elle lui dit :

— Merci, commissaire, pour tout ce que vous faites pour Elena.

— C'est mon devoir. Quand vous vous sentirez, j'aurai besoin de parler avec vous.

Teresa releva sa voilette. Montalbano s'attendait à voir deux yeux éteints, endoloris, rougis par les pleurs, mais le regard de la femme était celui d'une bête féroce ; les pupilles resserrées, noires, lançaient des éclairs.

— Pour moi, tout de suite, même. Je veux savoir qui a tué mon Elena. Vous pouvez m'attendre un moment.

— Certainement, répondit Montalbano en s'éloignant.

Il vit que Teresa parlait avec son mari. Puis elle embrassa ses minots, échangea quelques mots avec Meriam.

Elle s'approcha de Montalbano :

— Allons-y.

— Où ?

— À quelques pas de la tombe de la famille, il y a un banc. Si vous voulez… excusez-moi, j'ai besoin d'air et comme ça, nous serons pas loin d'Elena.

— D'accord, dit le commissaire.

Ils s'assirent et restèrent quelques instants sans ouvrir la bouche. Peut-être parce que le silence autour d'eux les mettait mal à l'aise.

L'air s'était raréfié, ce qui, étrangement, atténuait jusqu'au bruit des voitures passant sur la route derrière le mur d'enceinte. Montalbano observa que, dans le ciel du cimetière, même les oiseaux étaient absents.

Il n'y avait qu'un seul être vivant à une trentaine de mètres d'eux. C'était une vieille qui changeait l'eau des fleurs à une petite fontaine.

De l'endroit où il s'atrouvait, Montalbano voyait une tombe surmontée d'une grande croix de fer. Sur la pierre, deux photographies rondes montraient deux jeunes en uniforme. Montalbano aréussit à lire les lettres métalliques sous les photos : il s'agissait de deux frères, Antonio et Carmelo, morts en mission en Afghanistan.

Montalbano songea que, très probablement, cette tombe et ces inscriptions avaient été réalisées à l'initiative des parents des morts.

Ça représentait une 'nversion de l'ordre naturel des choses.

Ce sont les fils qui devraient enterrer ceux qui meurent, et non pas les pères et les mères.

Ses pinsées furent interrompues par la voix de Teresa qui, à l'évidence, n'en pouvait plus de tout ce silence :

— Vous êtes sûr que l'assassin d'Elena, c'est Diego Trupia ? demanda la femme sur un ton agressif.

— Pas vous ?

— Non. Du moins, je n'en suis pas si sûre.

— Pourquoi ?

— Parce que je connais Trupia et que je connais le rapport qu'il avait avec Elena. Ils étaient amants, oui, mais ils n'avaient pas vraiment de lien intime. Comment vous dire, ils étaient conscients l'un et l'autre que leur rencontre n'irait pas au-delà de ce qu'elle était. Ils avaient une bonne entente physique qui est toujours restée à ce niveau. Vous avez quelques preuves, un indice quelconque pour l'arrêter ?

— La seule preuve, c'est qu'il n'a pas d'alibi pour ce soir-là, rétorqua Montalbano. Je vous avoue qu'il y a une certaine différence d'appréciation entre mes collègues et moi.

Teresa saisit la balle au vol :

— Alors, vous auriez une idée de qui ça peut être ?

— Non, madame, répondit le commissaire. Tout aussi sincèrement, je dois vous dire que non. Et c'est pour cela que je suis assis ici avec vous. J'ai besoin de savoir tout ce qui est possible sur Elena.

Ce fut comme ouvrir une digue devant un fleuve en crue.

— Vous n'y croirez pas mais c'est sur ce banc que j'ai parlé pour la première fois, avec Elena, de la mort de mon frère. Et aujourd'hui, je suis là, à parler avec vous de sa mort à elle. Je l'ai connue quand elle venue à Vigàta pour accompagner la dépouille de Franco. C'est là qu'est née une vraie amitié entre elle et moi. Ce n'était pas un lien de famille, mais Elena et moi nous étions vraiment sœurs. Et je crois que c'est ce jour-là, sur ce banc, qu'Elena, seule comme elle était, a décidé de venir vivre à Vigàta.

— Pour la première fois ? Durant les années de mariage avec votre frère, vous ne vous êtes jamais vues ?

— Vous savez, *dottore*, à cette époque, j'étais encore très jeune et on ne me donnait pas la possibilité de voyager seule. Je n'ai jamais réussi à aller dans le Nord les retrouver et vous ne savez pas à quel point j'aurais voulu, mais mes parents non plus ne bougeaient pas facilement. Durant son union avec Elena, Franco est venu nous voir, seul, deux fois. Mais on se parlait souvent au téléphone, ils m'envoyaient des cartes postales, des lettres, des photos… Vous savez, ils avaient ce rêve à réaliser et ne trouvaient pas de temps pour autre chose.

— Quel rêve ?

— Franco et Elena voulaient devenir les plus importants stylistes italiens. Ils se sont rencontrés dans une école de mode renommée, à Vicence. Franco avait toujours eu cette passion. Je m'en souviens, petit il passait ses soirées avec notre grand-mère à tricoter, coudre, repriser. C'était lui qui faisait les habits pour mes poupées. Il a toujours eu les idées claires, il voulait être couturier et dès qu'il a fini le lycée, avec les meilleurs résultats, il a demandé à mes parents de lui payer l'Académie de Vénétie. Là, il a rencontré Elena, ils se sont reconnus immédiatement. Et ils se sont mariés peu après sans le dire à personne. Nous l'avons appris par une photo qu'ils nous ont envoyée. La première chose qui les a liés, certainement, ce fut son talent à elle et sa maîtrise à lui. Au travail, ils formaient un duo tellement parfait qu'ensuite, comme me le raconta Elena, il fut inévitable que leur entente se transforme en relation intime. Ils se complétaient parfaitement : lui, dans la technique, dans la fabrication, elle dans la conception, dans la recherche stylistique. Dès qu'ils ont passé leur diplôme, ils ont trouvé du travail. Elena dans une société de prêt-à-porter et Franco dessinait des sacs pour une grande styliste. Mais c'était pour eux un travail provisoire. Leur rêve était de se mettre à leur compte. Elena m'a raconté qu'ils vivaient dans trente mètres carrés et faisaient des heures supplémentaires pour économiser l'argent nécessaire. Et les jours de congé, ils les passaient à parcourir en voiture les villages de province en quête du lieu idéal où installer leur atelier. Entre-temps, Elena était devenue si bonne qu'on l'avait mise à la tête d'une ligne très importante. Elle gagnait beaucoup d'argent, grâce à quoi Franco a pu démissionner pour avoir plus de temps à consacrer à la recherche de l'endroit idéal et à tout ce qui était nécessaire pour monter leur affaire. À la fin, ils se sont décidés pour le village de Bellosguardo.

« Bellosguardo ! » pinsa Montalbano, en se rappelant une poésie de Montale.

— Où ça se trouve ? demanda-t-il.

— Dans la province d'Udine, arépondit Teresa avant de poursuivre. Évidemment, Elena ne put déménager tout de suite, elle devait terminer son contrat et surtout finir de dessiner sa ligne et donc Franco, les premiers mois, s'installa seul là-bas.

— Elena l'a rejoint au bout de combien de temps ? demanda Montalbano.

Teresa eut l'air interloqué et le fixa sans répondre.

Puis, très lentement, elle dit :

— Pourquoi insistez-vous à poser des questions sur cette histoire vieille de quatorze ans ?

— Je ne comprends pas, répondit Montalbano avec un regard interrogatif.

— Vous me faites raconter une histoire qui n'a aucun rapport avec le meurtre d'Elena. Dites-moi la vérité : vous savez dans quelle direction aller ?

— Non, madame, non. Simplement, en ce moment, je considère que toute espèce d'information sur elle peut nous être extrêmement utile.

Teresa ne parut pas convaincue mais recommença à raconter :

— Elena l'a rejoint au bout de six mois, si je me souviens bien. Franco avait déjà trouvé les locaux pour l'atelier et il avait déménagé dans une maisonnette très jolie juste à côté.

— Et ensuite, que s'est-il passé ?

— Il s'est passé que, alors que les clients peu à peu commençaient à arriver et que l'atelier démarrait bien, leur mariage a connu ses premières fractures. Elena m'a raconté que la vie dans un si petit village lui pesait. Elle ne réussissait pas à s'intégrer et, vu son caractère, elle en souffrait beaucoup. Surtout, elle avait reçu une offre excellente de la société dans laquelle elle avait travaillé. Franco a réussi à la convaincre de continuer à croire à leur rêve, mais Elena n'était plus heureuse et puis…

Elle marqua une pause. Après un instant, elle reprit :

— Je me sens extrêmement mal à l'aise.

— Pourquoi ? demanda Montalbano.

— Parce que je m'étais promis de ne raconter cela à personne. À plus forte raison maintenant qu'Elena et Franco sont morts. J'ai la sensation de violer une intimité qu'ils ne sont plus en mesure de défendre.

— Madame, je vous comprends très bien. Toutefois, gardez à l'esprit que je ne suis pas un journaliste, mais un policier. Mes questions servent seulement et exclusivement à l'enquête.

— Il arriva qu'à un certain moment, Elena se rendit compte que Franco commençait à la considérer plus comme une associée dans l'entreprise que comme sa femme. Elle m'a dit que, à partir du moment où il avait déménagé à Bellosguardo, il avait changé. Il était distant, absorbé par son travail et peu impliqué dans leur mariage. Elle sentait qu'elle était en train de le perdre et alors elle a réagi de la manière la plus naturelle pour une femme : elle a dit à Franco qu'elle voulait un enfant. Elle m'a raconté que la violence de sa réaction lui a fait presque peur. Il a soutenu qu'avoir un enfant à ce moment-là aurait été une folie, que ça limiterait les capacités de travail d'Elena, que ce serait un fardeau et qu'il était hors de question ne serait-ce que d'en parler. Il l'agressa, elle me l'a raconté en pleurant, je me le rappelle très bien. La fracture s'élargit chaque jour un peu plus. Voilà, je crois que ça a été le début de leur crise.

— Pardonnez-moi, dit le commissaire, si j'aborde un sujet très douloureux pour vous. Elena ne vous a jamais dit quelle fut, d'après elle, la cause du suicide de Franco ?

— Si. Ce fut à la suite d'une dispute très violente au cours de laquelle Elena lui donna le choix : ou bien ils faisaient un enfant ou bien elle quitterait l'atelier. Ce soir-là, Franco est sorti de chez eux en claquant la porte et il a été retrouvé le lendemain matin, les mains attachées, noyé dans le fleuve près du village.

— Comment ça, les mains attachées ? se récria Montalbano, étonné.

— C'était un très bon nageur, Franco, et la police dit que pour ne pas céder à l'instinct de survie, il s'est attaché lui-même et jeté dans le fleuve.

Un instant, elle parut perdre le souffle. Deux larmes silencieuses coulèrent le long de ses joues.

Montalbano avait envie de lui poser une paume sur l'épaule mais il se retint.

— Mais…, articula Teresa avant de s'interrompre aussitôt.

— Mais ? la relança le commissaire.

— Mais je veux être sincère avec vous jusqu'au bout. Aujourd'hui encore, je ne suis pas convaincue qu'Elena m'ait dit l'entière vérité.

— Et quelle raison pouvait-elle avoir pour ne pas vous la dire ?

— Je ne sais pas, peut-être que Franco l'avait blessée en tant que femme. Ou peut-être qu'Elena ne voulait pas m'infliger une nouvelle douleur en me racontant davantage de détails. J'ai toujours eu cette sensation qu'Elena voulait me protéger de quelque chose. J'avais perdu mes parents depuis peu, et Franco aussi avait disparu de cette manière horrible. Peut-être qu'Elena voulait m'épargner une autre blessure.

— Certains témoins, avança le commissaire, m'ont rapporté qu'Elena recevait parfois des coups de fil qui la laissaient troublée et secouée. C'est arrivé en votre présence ?

— Non. Jamais.

Puis elle eut un petit sourire amer.

— Pour tout vous dire, il me revient à l'esprit, à propos d'appel « mauvais », que Franco en a reçu un la dernière fois qu'il est venu nous trouver.

Quinze

— Pourquoi « mauvais » ?

— Je me souviens qu'il était furieux. Il m'a parlé de quelqu'un qui s'était mal conduit à l'atelier ou quelque chose de ce genre. Mais bien qu'il ait coupé court, il est resté de très mauvaise humeur durant tout le séjour à Vigàta.

— À votre connaissance, Elena a gardé le contact avec quelqu'un de Bellosguardo ?

— Non. Ces jours-ci, je me suis demandé plusieurs fois qui je devais avertir de la mort d'Elena. Et bizarrement, il ne m'est venu à l'esprit aucun nom qui appartienne à son passé. Le suicide de mon frère a été pour elle si traumatisant et dévastateur qu'elle a clairement voulu en finir avec cette période.

Elle poussa un profond soupir.

— Vous êtes fatiguée ?

— Sincèrement, oui.

— Alors, si vous voulez, je vous raccompagne chez vous.

— Merci, dit Teresa en se levant.

Ils remontèrent l'allée menant à la sortie. Tout à coup, Teresa s'immobilisa, saisie par une pensée soudaine.

— Mais Rinaldo ? s'enquit-elle. Qu'est devenu Rinaldo ?

— Actuellement, c'est un de nos agents qui le garde, arépondit le commissaire. Je pensais demander à Meriam de le prendre.

— Non, dit Teresa sur un ton décidé. Je le veux, moi.

— Pas de problème. Je vous le fais apporter chez vous dans la journée.

Ils venaient de sortir du cimetière et Montalbano, suivi par Teresa, s'adirigea vers sa voiture garée non loin.

Il ouvrit la portière côté passager et se baissa pour ôter du siège le sachet transparent avec le bout de tissu bleu. Puis il s'écarta pour laisser passer Teresa, mais elle resta immobile, l'œil fixé sur l'enveloppe.

— Qu'est-ce que c'est ? demanda-t-elle d'une voix tremblante.

Sur le moment, Montalbano ne sut que répondre parce que dire la vérité sur cette pièce d'étoffe aurait été trop brutal et violent pour Teresa. Alors, il resta dans le vague :

— C'est un bout de tissu que j'ai trouvé dans l'atelier et que je veux faire examiner par la Scientifique.

— Faites-moi voir, dit Teresa d'une voix dure.

C'était presque un ordre.

Et Montalbano obéit.

Teresa prit le sachet entre ses doigts, l'approcha de ses yeux, le scruta. Puis elle dit :

— Moi, je sais ce que c'est.

Le commissaire garda le silence en la fixant au fond des yeux et, d'une voix qui se brisait, Teresa continua :

— C'est l'écharpe avec laquelle Franco s'est attaché les mains avant de se jeter dans le fleuve. Elena la gardait dans un tiroir avec les autres souvenirs de leur mariage.

— Dans quel tiroir ?

— Le tiroir du bas à droite, dans le bureau de sa chambre.

Celui qu'il avait trouvé complètement vide.

Teresa tenait toujours en main le sachet en l'observant avec attention et le commissaire ne se sentait pas de se le reprendre. Fixant l'écharpe, elle secoua le sachet pour mieux observer l'étoffe.

— Il me semble qu'il y a une déchirure, nota-t-elle.

— Oui, dit Montalbano.

— Mais la dernière fois que je l'ai vue, l'écharpe était intacte. Et elle n'était pas aussi sale. C'est quoi, ces taches ?

Montalbano lui ôta l'objet des mains :

— C'est pour ça que je l'emmène à la Scientifique.

Et tandis qu'il s'autocongratulait pour cette belle calembredaine, il ferma la portière à Teresa qui avait enfin réussi à bouger et il se mit au volant pour la ramener chez elle.

Montalbano se gara, alla ouvrir la portière, Teresa descendit, s'arrêta devant lui.

— Vous devez me faire une promesse.

— Je vous écoute.

— Je veux être la première à connaître le nom de l'assassin.

— Vous le serez, répondit Montalbano, et rappelez-vous que je veux être le premier à savoir s'il vous revenait quelque chose en tête, quoi que ce soit, qui concerne le passé et le présent d'Elena. Même si ça devait vous paraître sans importance.

— Promis.

Ils se serrèrent la main, Montalbano attendit qu'elle franchisse la porte de l'immeuble puis remonta en voiture et avant de démarrer, regarda sa montre.

2 heures. Il partit à très grande vitesse vers la trattoria d'Enzo.

Durant le trajet, il réussit à vider son esprit de toute la discussion avec Teresa.

Il voulait seulement pinser au repas.

Sur le seuil de la trattoria, il faillit heurter Beba qui sortait avec une grosse marmite fumante, suivie d'une autre femme portant le même fardeau.

Il n'eut pas besoin de poser de question pour comprendre que le plat du jour serait nouvellement la soupe du migrant.

Beba le salua en courant, il répondit d'un signe de tête et alla s'asseoir à sa table habituelle.

— T'as pas besoin de parler, dit-il à Enzo quand il s'apprésenta. Amène-moi c'te soupe.

Enzo le remercia du regard et alla en cuisine.

Montalbano sortit quelque peu apesanti, car, comme la première fois, il en avait mangé deux assiettes et par-dessus avait ajouté une bonne portion de petits poulpes et calamars frits.

La promenade tout le long du môle fut assez fatigante. Quand il s'assit sur le rocher plat, il avait le souffle court.

Il attendit que la mer lui envoie une bouffée fraîche dans la coucourde avant d'acommencer à réfléchir sur tout ce que lui avait raconté Teresa.

De ses propos émergeait une chose claire comme le jour : à l'époque de son mariage, Elena parlait fort peu, et quand elle était contrainte de le faire, elle se limitait certainement à dire la demi-messe. Même Teresa avait noté cette manière de faire de sa belle-sœur.

Qu'y avait-il dans le passé d'Elena qui devait rester enterré en même temps que son mari ?

Et ces appels tiléphoniques, se pouvait-il qu'ils soient l'écho désagréable de ce même passé ?

Et s'il en était ainsi, qui était la mystérieuse pirsonne à l'autre bout du fil ?

Puis il aréfléchit qu'il avait utilisé improprement l'expression puisque les appels, aussi bien à Elena qu'à Franco, avaient été passés sur leurs portables.

En tout cas, fil ou pas fil, cette histoire devait être approfondie car elle pouvait s'avérer décisive pour résoudre l'affaire, mais ce qui l'avait le plus frappé, c'était l'épisode de l'écharpe avec laquelle Franco s'était lié les poignets pour s'empêcher de se mettre 'nstinctivement à nager quand il s'était jeté à l'eau.

Comment avaient fait la police locale ou les carabiniers pour établir avec certitude que Franco s'était attaché lui-même les mains ?

En d'autres termes : comment avaient-ils écarté l'hypothèse du meurtre ? Ça aussi, c'était une question fondamentale.

Alors il sortit son téléphone de sa poche et appela Catarella.

— Catarè, je dois te dire deux choses : la première est que tu dois apporter Rinaldo chez la belle-sœur de Mme Elena, 18, via della Regione…

— Sainte Mère, quelle douleur du cœur ! Justement ce matin que, vous vous rendez compte, *dottore*, pour la première fois, au lieu de me faire grrrr, il me fit ronronron…

— Désolé, Catarè. Ensuite, tu dois me trouver 'mmédiatement le numéro de tiléphone du gardien du cimetière et me le donner.

— Très bien, *dottori*, je vous le cherche tout de suite, c'te M. Gérardin du Cimeterre.

— Catarè, j'ai dit gardien, pas Girardin, et c'est le cimetière qu'il garde !

— Esscusez-moi, *dottori*. Qu'esse vous faites, vous raccrochez ou pas ?

— Non, j'attends à l'appareil.

— Je fais très vitement, *dottori*.

Cette fois, Catarella ne perdit vraiment pas de temps.

Deux minutes plus tard, le commissaire appelait le gardien.

— Le commissaire Montalbano, je suis.

— Je vous écoute, *dottore*. C'est justement ce matin que j'ai eu le plaisir de vous voir ici.

Il n'y avait qu'un gardien de cimetière pour employer le mot « plaisir », s'agissant de voir quelqu'un au Camposanto !

— Je voudrais vous demander un service. Il faudrait aller sur la tombe de la famille Guida et me dire la date de la mort de Franco Guida.

— *Nna certu ! Dottori*, je vous le téléphone ou vous me rappelez, vosseigneurie ?

Montalbano lui donna son numéro de portable.

Il resta quelques minutes à suivre du regard un chalutier qui rentrait lentement au port.

Le portable sonna.

— *Dottori*, M. Franco Guida est mort le 19 février 2002. Vous avez besoin d'autre chose ?

— Rin d'autre. Je vous remercie. Bonne journée.

Il nota la date sur un bout de papier qu'il avait trouvé dans sa poche.

Puis il rappela Catarella :

— J'ai besoin que tu me fasses une recherche.

— À votre disposition, *dottori*, répondit-il avec enthousiasme.

— Trouve-moi toutes les informations sur la mort de Franco Guida, je répète, dit le commissaire en épelant le nom, survenue le 19 février 2002, dans les journaux du Frioul, je répète, du Frioul. Et aussi, si tu trouves quelque chose dans les journaux de par ici.

— Entendu, *dottori*, avec le réseau d'Internetti, c'te truc sera assez très facile.

D'un pas de sénateur, il s'en retourna à sa voiture mais pinsa qu'il serait bon de passer un coup de tiléphone.

— Salut, Fernà, si je viens maintenant à Montelusa, tu peux m'accorder cinq minutes ?

— Entendu, je t'attends. C'est pour ce bout de tissu ?

— Oui.

— Donne-moi ça tout de suite, dit Leanza avec brusquerie, sans prendre le temps de dire bonjour, que je le porte à Micheluzzi.

— Attends une seconde, le retint Montalbano, surpris. Qu'est-ce qui te prend ? Tu t'es vexé ?

— Non, Salvo, toi, tu ne m'as pas vexé. Je suis juste furieux contre mes hommes.

— Et pourquoi ?

— Parce que nous n'avons accordé aucune 'mportance à c'te chiffon, alors qu'il en avait, de l'importance, si toi, maintenant, tu viens me le fourrer sous le nez.

— Non, Fernà, c'est pas comme ça que ça se présente, parce que vous, comme moi aussi d'ailleurs, vous ne saviez pas la valeur que peut avoir ce tissu.

— C'est bon, dit Leanza. Assieds-toi et attends-moi. Si tu veux, je t'offre un coup de whisky pour faire passer le temps.

— Non, merci, arépondit Montalbano, mais je peux me fumer 'ne cigarette ?

— On fait comme ça, dit Leanza. Je t'enferme à clé, comme ça pirsonne n'entre.

Des cigarettes, Montalbano dut en fumer trois avant que Leanza réapparaisse.

— Micheluzzi dit que la déchirure est très récente. Alors que l'étoffe est vieille de plus de dix ans. Maintenant, dis-moi pourquoi c'te déchirure est si 'mportante.

— D'après toi, ça peut être dû aux ciseaux ?

— C'est une question pour laquelle j'ai déjà une réponse : Micheluzzi dit que si ça avait été les ciseaux, la coupe serait nette. Non, il a été lacéré à la main. Autre chose : ils disent que sur tout le tissu, il y a de longs plis, comme s'il avait été comprimé, replié, dans une boîte pendant très longtemps. Ça colle pour toi ?

— Ça colle, répondit Montalbano en se levant. Et je te remercie.

— Comment ça ? Tu me plantes là comme un couillon ? Tu ne me dis rin sur cette histoire ?

— Tu dois m'excuser, Fernà, mais moi, j'ai encore les idées vagues et confuses. Si ça se trouve, en essayant de t'expliquer, je dirais des conneries.

Ils se dirent au revoir. Montalbano reprit le paquet et s'en retourna au commissariat.

— Tu l'as amené à la dame, le chat ?

— Tout de suitement, je l'amenai, *dottori*. Sainte Mère, quelle douleur du cœur, j'avais. Quand elle l'a vu, la dame s'est mise à pleurer et à le serrer contre elle, en lui faisant des bises. Comme ça, je suis été sûr que Rinaldo sera bien traité et je m'aconsolai.

— Écoute, si tu veux te consoler mieux, juste à côté de là où j'ai garé la voiture, y a 'ne chatte avec deux chatons.

— Vous savez ce que je vais faire ? arépondit Catarella. Comme y m'est resté du manger à chats, je vais lui amener.

— Tu me la fais, la recherche dans les journaux ?

— Bien sûr, *dottori* ! Déjà, je vous trouvai deux longs articles. Mais je continue incessamment à chercher, *dottori*, sans perdre une minute.

— Merci. Dis-moi un truc, y a quelqu'un ?

— Oh que oui, *dottori*. Sur les lieux, il y a le *dottori* Augello.

— Envoie-le-moi.

Quand Mimì entra et s'assit en silence, à voir sa mine sombre, Montalbano comprit qu'il était porteur de quelque mauvaise nouvelle.

— Qu'est-ce qu'il y a ?

— Il y a que ça fait vraiment chier.

— C'est-à-dire ?

— C'est-à-dire qu'il y a cinq minutes, le Questeur m'a tiléphoné pour me dire de me mettre cette nuit à disposition de Sileci avec dix hommes…

— Encore c'te tracassin ? se récria Montalbano.

— Le Questeur dit que c'est exceptionnel. Mais, en somme, c'est toujours la même histoire : balance un trognon, il se retrouve dans le cul du jardinier. Il paraît que cette nuit, il va arriver environ sept cents malheureux… Et ça, c'est le premier emmerdement.

— Et l'autre, ce serait ?

— Ce serait que M. le juge des libertés penche pour ne pas confirmer la mise en détention de cette grosse merde de Trupia.

— Et pourquoi ?

— Passque son défenseur a été très habile, il a réussi à convaincre le juge que le défaut d'alibi n'est pas un signe de culpabilité et qu'il n'y a aucune preuve contre lui. Donc, le juge s'est donné vingt-quatre heures pour rendre une décision. Mais je suis sûr qu'il va le remettre en liberté.

— Et dis-moi un truc, par curiosité, avança Montalbano avec un petit sourire. S'il y avait eu un procès contre lui, tu te serais porté partie civile contre Trupia parce qu'il t'a piqué une nana ?

— Qu'est-ce que t'es con, Salvo ! Moi, je suis profondément convaincu que l'assassin, c'est lui et, même s'il doit être remis en liberté, je lui laisserai pas un moment de répit. Je ne trouverai pas la paix tant que je n'aurai pas prouvé sa culpabilité.

Montalbano applaudit.

— Qu'est-ce qui te prend ? s'étonna Mimì.

— Qu'est-ce que t'es bon ! Superbe 'nterprétation ! J'ai l'impression de voir un film 'méricain. Si tu me répètes ça avec la même emphase, je peux te faire la musique en arrière-fond.

— Et va te faire foutre ! lança Mimì en se levant, et il sortit en claquant la porte.

Laquelle, une minute plus tard, se rouvrit pour laisser apparaître Fazio qui, en s'asseyant, remarqua le sachet contenant le tissu bleu et se mit à le fixer la mine sombre.

— T'as perdu ta langue ?

— Oh que non, *dottore*. C'est vosseigneurie qui doit parler.

— Et de quoi ?

— Par exemple, de c'te tissu qui, la dernière fois que je l'ai vu, était sur la table de l'atelier.

— Oui, je te raconte tout. Tu t'en souviens qu'il était taché de sang passque l'assassin avait nettoyé les ciseaux avec et qu'il y avait même une déchirure ?

— Oh que oui.

— Alors, quand j'ai su les détails, j'ai eu la curiosité de savoir si c'te déchirure était récente et donc je suis allé à la Scientifique qui me dit qu'elle est toute neuve mais que le tissu est très vieux.

— Et ça veut dire quoi ? demanda Fazio.

— Ça veut dire ce que m'a expliqué Mme Teresa.

— Expliquez-le-moi, à moi aussi.

— Écoute-moi bien : Franco, le mari d'Elena, est mort en se suicidant, en se jetant dans une rivière.

Et pour empêcher l'instinct de survie d'intervenir, il s'est attaché les mains. Justement avec cette écharpe.

L'esprit flicard de Fazio se réveilla :

— Mais comment ils ont fait pour être sûrs que c'est pas quelqu'un d'autre qui lui a attaché les mains ?

— Et ça, c'est Catarella qui doit me le dire.

— Comment ça, Catarella ?

— Oui, je lui ai demandé de recueillir toutes les informations des journaux concernant c'te suicide. Mais il y a un fait qui me fait réfléchir. Et c'est celui-là : l'écharpe était conservée en même temps que d'autres objets dans un tiroir du bureau d'Elena. Je l'ai ouvert et je l'ai trouvé complètement vide. Ce qui, en résumé, signifie que l'assassin a emporté tout ce qui se trouvait dans le tiroir. La question 'nquiétante qui en découle est la suivante : pourquoi Elena sort-elle l'écharpe et l'emmène-t-elle dans l'atelier ? La seule réponse qui m'est venue pour l'instant, c'est qu'elle voulait la montrer à l'assassin.

— Dans quel but ?

— Bah, ça, pour l'heure, Dieu seul le sait, répondit Montalbano puis, après une pause, il continua : des nouvelles du jeune ?

— Je l'ai convoqué pour demain matin à 9 heures.

— Bien. Alors, il se fait tard et on peut rentrer à la maison.

Le tiléphone sonna.

— Ah, *dottori*, il y aurait qu'il y a sur la ligne M. Lavaricelle qui veut vous parler pirsonnellement en pirsonne.

— Catarè, il serait pas contagieux ?

— Oh, mon Dieu, *dottori* ! Je peux pas vous dire. Vosseigneurie dit qu'il peut être contagiant ? Par tiléphone, aussi ! Sainte Mère, *dottori*, moi, minot, j'eus les oreillons mais pas jamais la lavaricelle.

— Fais 'ne chose : passe-le-moi et va te désinfecter les oreilles avec un peu d'alcool.

— Merci, *dottori.* Qu'est-ce que vous en savez, des choses !

— Montalbano, je suis. Monsieur, monsieur…

— Je suis Aurellio Auricelle, prononça une voix de vieil homme grave, profonde et sentencieuse.

— Je vous écoute.

— Il y a un quart d'heure, je suis rentré de Palerme. Silence.

— Merci pour l'information, dit Montalbano.

Puis, posant une main sur l'écouteur, il murmura à Fazio :

— J'ai l'impression qu'avec c'te monsieur, on peut se marrer. Écoute, toi aussi.

Et il mit le haut-parleur. Vu que l'autre continuait à se taire, il le provoqua :

— Et vous avez l'intention de faire un séjour à Vigàta ?

— Moi, un séjour, je le fais déjà. Je vis ici, au 22 via Giosuè Cusumano, et ma famille aussi y habita depuis des générations.

— Mes compliments, dit Montalbano avec un clin d'œil à Fazio. Vous avez d'autres informations intéressantes à me communiquer, monsieur Auricelle ?

— Oh que oui. Je vous tiléphonai pour déclencher la délivrance de ma femme.

— Elle est enceinte ?

— Oh que non, *dottori*, ne galéjez pas, 60 ans, elle a. Et on a quatre petits-enfants des deux fils qui s'appellent Antonio et Filippo.

— Mes très vives félicitations. Et maintenant, je vous dis au revoir passque…

— Attendez un moment, il faudrait absolument arriver à cette délivrance de Concittina…

— Qui serait votre femme ?

— Oh que oui, monsieur, il faut qu'elle se délivre de ce qu'elle porte dans son cœur et qu'elle a pas eu le courage de faire sortir toute seule passque j'étais à Palerme.

— Et c'est quoi qui lui pèse ? s'enquit Montalbano.

— Ce qui lui pèse, ça serait que mon épouse, la nuit, elle souffre d'insomnie et qu'elle passe son temps à mater.

— La tilévision ? suggéra Montalbano.

— Oh que non, *dottori*. La tilévision lui fait venir du tremblement dans les yeux.

— Et alors, qu'est-ce qu'elle mate ?

— Elle mate la maison qu'y a en face.

Ce M. Auricelle, il fallait lui sortir les paroles à la tenaille.

— Et qu'est-ce qu'elle vit dans la maison d'en face ?

— Par exemple, elle vit Diego Trupia.

Montalbano et Fazio changèrent d'expression.

Le sourire qu'ils avaient sur les lèvres disparut.

— Et qu'est-ce qu'il faisait ?

— Rin, *dottori*. Il était assis à regarder la tilévision.

— Mais, ça, c'était quand ?

— Bravo, *dottori*. Ça se comprend que vous êtes un très grand flic, comme m'a dit le portier de notre immeuble. C'est justement de ça que Concittina voulait se délivrer : la nuit où on a tué la pauvre Mme Elena, Diego Trupia la passa à mater la tilévision jusqu'à 2 heures du matin. Puis, il éteignit et passa dans la chambre à coucher, mais dès qu'elle le vit acommencer à se déshabiller, ma femme, qui est une dame honnête et pudique, se mit à mater la fenêtre deux étages au-dessus, là où y a M. Anzoni qui joue aux cartes avec son ami jusqu'à quand le soleil se pointe.

Et voilà, l'alibi mettant Trupia hors de cause venait de sortir !

— Écoutez, monsieur Auricelle, dit le commissaire, votre épouse serait disposée à venir au commissariat nous raconter à nous ce qu'elle vous a raconté à vous ?

— Certainement. Maintenant que je suis rentré de Palerme et que je peux l'accompagner.

— Alors, je vais vous demander un service : vous pouvez venir tout de suite ?

— Bon, d'accord, *dottori*, d'ici une demi-heure on sera là.

— Merci mille fois, et s'il vous plaît, quand vous serez au commissariat, demandez le *dottor* Augello qui vous attendra pour enregistrer votre témoignage. Merci, vous nous avez été vraiment utile, conclut Montalbano avant de raccrocher.

Puis il appela Mimì Augello dans son bureau.

— Mimì, écoute, je viens juste de recevoir un coup de tiléphone d'un certain Auricelle, dont la femme a des informations 'mportantes sur Trupia. J'espère qu'elles pourront te servir pour le coincer. Ils arrivent d'ici une demi-heure.

— Merci, Salvo, t'es un ami, répondit Mimì.

Le commissaire se leva, fit trois fois le tour de son bureau en chantonnant et sautillant d'un pied sur l'autre, sous les yeux de Fazio qui disaient clairement : « Quel sacré fils de pute, mon patron ! »

— Maintenant, je rentre à Marinella.

— Entendu, dit Fazio. Mais moi, je ne veux pas rater la scène.

— Comme ça, demain, tu me la racontes, reprit Montalbano.

Seize

Tandis qu'il s'adirigeait vers Marinella, il lui vint 'ne très grande soif. Il tenta de se faire venir de la salive dans la bouche, mais c'était comme chercher de l'eau dans le désert. Il lui devenait carrément difficile de déglutir, aussi la première chose qu'il fit en entrant chez lui fut de se précipiter à la cuisine.

Il ouvrit le robinet, remplit le verre, le vida cul sec et puis ferma le robinet. En fait, il le tourna mais l'eau continua à couler. Manifestement, le joint était usé. Il rouvrit et referma avec force : il obtint l'effet contraire, le flot grossit et forcit. Sainte Mère ! si ça se trouvait, d'ici une demi-heure, la cuisine serait inondée. Il alla fermer le robinet général d'alimentation et se précipita pour chercher le numéro du fontainier.

Où l'avait-il mis ?

Il commença à le chercher aux alentours du tiléphone et tout soudain se pétrifia.

Le serpent lumineux qui de temps en temps surgissait dans sa coucourde se manifesta de nouveau, sauf que cette fois, la pinsée, qui était jusque-là incertaine et confuse, adevint claire et précise.

Quelle très grande tête de c… disons, de vieux couillon gâteux, il était ! Il avait complètement oublié de chercher le répertoire tiléphonique d'Elena !

Il ne voulut pas perdre un instant, il remit sa veste, vérifia s'il avait en poche les clés de l'atelier et le portable et, laissant toutes les lumières allumées, partit pour la via Garibaldi.

Vu l'heure, la circulation était réduite ; il se gara, descendit, ouvrit, monta l'escalier. Il s'arappelait qu'il y avait deux appareils de téléphone fixe : un sur la table de nuit de la chambre à coucher et l'autre sur la petite table du couloir.

Il commença par la chambre à coucher. Pas de répertoire en vue. Il ouvrit le tiroir de la table de nuit, y trouva des lunettes de femme, un livre, une boîte de somnifères et un mouchoir. Il referma.

Il sortit dans le couloir, déplaça la petite table, pas l'ombre d'un carnet d'adresses. Par scrupule, il alla ouvrir le tiroir de la table de la grande salle, chercha entre les coupons d'étoffe, mais rin.

Alors, il s'assit dans le fauteuil pour réfléchir.

Et la réflexion l'amena à une conclusion négative : probablement, comme l'habitude s'était répandue, les numéros de tiléphone n'étaient pas écrits sur un agenda mais enregistrés dans le portable.

Un instant, il se découragea. Puis il pinsa qu'il y avait encore une possibilité, et il remonta à l'étage, où il alla s'asseoir devant le bureau bleu.

Il ouvrit le premier tiroir à main gauche, le sortit entièrement et, le tenant des deux mains, se le posa devant lui. Il commença à prendre les papiers et à les sortir. Au deuxième ramassage, il vit glisser d'une liasse un objet rouge qui tomba à terre : c'était un petit répertoire tout semblable au sien. Il datait d'il y a trois ans. Il le saisit, y jeta un coup d'œil, les pages étaient couvertes de numéros et de noms. Il le referma, l'empocha, remit tout en place et repartit pour Marinella.

Il s'était libéré, comme aurait dit Auricelle, d'une pinsée.

C'était comme ça, tout content qu'il était, qu'il se surprit à chantonner dans un anglais approximatif une chanson des Beatles : *Lov', lov' mi dou.*

Chez lui, il alla poser le carnet près du tiléphone et comme la couleur appelle la couleur, apparut devant lui son petit carnet rouge à lui.

Sans perdre de temps, il appela le plombier, ils se mirent d'accord pour qu'il passe le lendemain vers les 11 heures, quand Adelina serait là, et il reçut un conseil pour résoudre provisoirement la situation.

À la cuisine, il prit un bouchon de liège, le travailla au couteau jusqu'à ce qu'il réussisse à l'enfoncer de force dans la bouche du robinet. Puis il prit un chiffon et enveloppa le bouchon, liant le tout avec un nœud très serré. Il alla ouvrir le robinet d'alimentation et constata que ça tenait.

La découverte inespérée du répertoire lui avait réveillé un 'pétit de loup, donc, au point où il en était, il en profita pour jeter un coup d'œil dans le frigo.

Et là, seconde trouvaille : *sartù* – timbale de riz à la napolitaine – dans une version poisson, suprême invention d'Adelina. Il le mit à tiédir au four, alla voir si c'était faisable de manger sur la véranda, constata que oui, et donc y dressa la table. Quand il fut certain que le *sartù* était assez réchauffé, il le porta au-dehors, s'assit, un long soupir de satisfaction lui vint du profond du cœur et il acommença à manger. Quand ce fut fini et qu'il eut débarrassé la table, il s'assit dans un fauteuil avec le carnet d'Elena sur les genoux, puis pinsa qu'il valait mieux appeler Livia tout de suite pour ne plus être dérangé :

— Livia, excuse-moi, je n'ai que quelques secondes, il y a un bateau avec sept cents migrants qui arrive... Beaucoup d'enfants, beaucoup de blessés. J'y passerai la nuit.

— Salvo ! Je suis désolée, mon chéri. Quelle tragédie !

— Je sais, Livia. Mais c'est mon boulot. Bonne nuit.

— Bonne nuit, mon amour.

Il ouvrit à la lettre A et commença : Adamo Salvatore, avec son numéro, Almirante Rosalinda, qui avait trois numéros, deux fixes et un portable, et aussi l'adresse de chez elle.

Arrivé dans les parages du N, il fut convaincu que le répertoire ne contenait que des numéros et des adresses de Sicile : indicatifs de Montelusa, Catellonisetta, Palerme, Trapani, etc.

À la lettre S, il avait presque perdu tout espoir, il n'y avait que trois noms : Savatteri Ernesto, Sirch Nevia, Siracusa Valerio.

Il allait tourner la page mais il revint en arrière.

Sirch Nevia.

Ce n'était pas un nom sicilien.

Il y avait deux numéros, un portable et un fixe, et l'adresse.

3, via Orta, Bellosguardo.

Et aussitôt, il s'arappela que Teresa lui avait parlé justement de cette petite ville, près d'Udine.

Et donc, il n'était pas vrai qu'Elena avait totalement coupé les ponts avec son passé.

Il eut une impulsion à laquelle il ne put résister.

Il se leva, et alla composer le numéro de la zone d'Udine.

— Allô !

C'était une voix de femme avec un accent du Nord à faire peur.

— Allô, qui est à l'appareil ? arépéta-t-elle.

Pris au dépourvu et, ne sachant que répondre, Montalbano raccrocha.

Puis il eut une idée. Il refit le numéro :

— Allô, mais qui est-ce ?

— Mais alors, on m'a donné un faux numéro ! Je ne suis pas chez M. Siracusa ?

— Non, désolée, ici, c'est chez Sirch.

— Pardon pour le dérangement, dit Montalbano avant de raccrocher.

Il avait obtenu ce qu'il voulait savoir. Sirch Nevia n'avait pas changé de numéro et elle était encore à Bellosguardo.

Il chercha rapidement s'il avait des amis dans les questures et les commissariats de cette région. Mais rin ne lui vint à l'esprit.

Il était trop tard pour avoir 'ne idée sur c'te Nevia, le mieux était d'en parler le lendemain avec Fazio.

Il adécida d'aller se coucher, agrippa le premier livre qui lui tomba sous la main et gagna la salle de bains. Ensuite, à peine couché, il ouvrit le livre et s'aperçut qu'il avait emporté la liste des codes postaux. Plutôt que de se lever nouvellement, il acommença à le lire en s'amusant des noms étranges de certains bleds italiens. Quand il fut arrivé aux villages à pont : Ponte a Bozzone, Pontecuti, Ponte Ete, peu à peu ses paupières tombèrent et il s'endormit.

Depuis combien de temps dormait-il quand la sonnerie du tiléphone le réveilla ? Il avait laissé la lumière allumée. Il regarda sa montre. 2 h 30 du matin, il s'était sûrement passé quelque chose de grave sur le quai. Il alla répondre en jurant et, à la voix inquiète d'Augello, il comprit que ses prévisions étaient justes.

— Salvo, excuse-moi mais il faut que tu ailles au commissariat.

— Et pourquoi ?

— Juste pendant qu'elles débarquaient, deux femmes ont commencé à crier et l'une d'elles a sorti un couteau et blessé grièvement l'autre. Il s'en est suivi tout un barouf, Salvo, que je te raconte pas, passque les amis de l'une et de l'autre ont commencé à se taper dessus.

— Et où en est la situation ?

— Maintenant, la femme blessée a été conduite au 'pital de Montelusa et tous les autres sont dans le car, qui est prêt à partir.

— Et moi, en quoi ça me concerne, putain ?

— Ça te concerne parce que la femme au couteau est au commissariat. Donc, si tu veux la laisser toute la nuit en cellule, ça te regarde. Et vu que tu as eu tant de sollicitude et de prévenance pour Trupia, j'ai pensé que c'était bien que je sois prévenant avec toi.

Comme ça, Mimì avait fait un partout.

Montalbano raccrocha sans un mot.

Il y serait bien allé, au commissariat, mais cela posait un sérieux problème : après la journée qu'ils avaient eue, il ne trouverait jamais le courage d'aréveiller Meriam ou le Dr Osman.

Et donc ? Comment pouvait-il parler avec c'te femme ? Rin. La seule chose à faire était de retourner se coucher et de s'atrouver au commissariat au plus tard à 7 h 30, vu qu'à 9 heures Lillo Scotto devait venir.

Avant de fermer les yeux, les paroles de Mimì lui revinrent en tête : *Deux femmes ont commencé à crier et l'une d'elles a sorti un couteau et a grièvement blessé l'autre.*

Il n'eut pas envie de s'ademander pourquoi il avait repinsé à ces mots. Il devait bien y avoir une raison, mais il avait trop sommeil et n'était pas en état d'y réfléchir.

La première chose que fit Catarella fut de lui tendre quatre feuilles de papier.

— *Dottori*, il s'agit s'agissant de tout ce que j'ai atrouvé d'articles de journaux dans les journaux en rapport à ce que vosseigneurie m'a demandé.

— Excellente besogne, approuva Montalbano en les empochant. Qui est là ?

— Sur les lieux, il y aurait qu'il y a Fazio.

— Envoie-le-moi.

Il s'assit, sortit de sa poche les feuilles. Trois journaux étaient du Nord. Un quatrième, sicilien : le *Giornale dell'Isola* consacrait une dizaine de lignes au suicide de Franco. Il eut le temps de les lire, elles étaient absolument banales et n'apportaient aucune information.

C'est à c'te moment qu'entra Fazio.

— Comment ça se fait que tu es aussi matinal ?

— *Dottore*, cette nuit, le *dottor* Augello me tiléphona, après qu'il a parlé avec vosseigneurie, pour me raconter l'histoire du coup de couteau, et j'ai pas réussi à me rendormir.

— Très bien, dit Montalbano, maintenant appelle Osman, j'ai besoin de lui pour interroger la femme.

— Déjà fait, répliqua Fazio.

Montalbano se retint de sauter par-dessus la table pour lui serrer le kiki. Afin de se calmer, il se provoqua un accès de toux.

— Ça veut dire quoi, « déjà fait » ? demanda-t-il.

— Ça veut dire que ce matin, j'ai maté par l'œilleton c'te femme qui pleurait comme une désespérée. Alors j'ai ouvert, je l'ai réconfortée et vu qu'elle parlait 'talien, je l'ai interrogée. Elle m'a raconté que l'autre femme avait essayé de voler un bout de pain à son fils de 3 ans. La première fois sur la barque, la deuxième fois sur la vedette et la troisième pendant qu'ils descendaient sur le quai. Alors, elle a perdu la boule et elle lui a donné un coup de couteau.

Montalbano garda un instant le silence. Puis il demanda :

— Tu as des nouvelles de celle qui a été hospitalisée ?

— Oh que oui, *dottore*. Elle est hors de danger.

— Alors, faisons comme ça, dans une demi-heure maximum, tiléphone au proc', expose-lui la situation et remets tout entre ses mains. Moi, j'ai autre chose à pinser. Quand Lillo Scotto arrive, reviens ici, il faut que tu prennes le procès-verbal de l'audition.

— Entendu, *dottore*, dit Fazio avant de sortir.

Au bout d'un moment, Montalbano se leva, remonta le couloir et alla mater la femme par l'œilleton, comme avait fait Fazio.

C'était une malheureuse petite trentenaire, vêtue d'une robe longue, un foulard sur la tête, avec une espèce de pull-over informe et tout troué qui avait été autrefois de couleur verte.

Il referma l'œilleton, retourna au bureau et appela le Dr Pasquano.

— Bonjour, docteur.

Pasquano reconnut sa voix :

— Bonjour, mon cul. Putain, mais qu'est-ce qui vous passe par la tête pour m'appeler à c'te heure ?

— Qu'est-ce qui vous arriva ? Vous avez perdu au poker ?

— C'est mes oignons, merde ! Qu'est-ce que vous voulez savoir ?

— Je voudrais savoir si 'ne femme armée de ciseaux peut tuer 'ne autre femme.

— Si c'te femme est aussi habile à casser les burnes que vous, pourquoi pas ? La colère, la haine centuplent les forces de n'importe qui, ça vous le saviez bien dans votre jeunesse mais, maintenant, les maux de la vieillesse vous ont effacé la mémoire. Et sur ce, je vous salue.

Et voilà qui changeait complètement le tableau de la situation. Peut-être devrait-on modifier le genre du meurtrier et en faire une meurtrière.

Alors il se replongea dans la lecture des coupures de presse. Deux articles étaient du *Gazzetino*, publiés à cinq jours l'un de l'autre.

Dans le premier, on donnait la nouvelle de la mort mystérieuse de Franco Guida, jeune espoir de la mode 'talienne, dont le corps avait été aretrouvé dans les eaux du fleuve près de Bellosguardo, mains liées par 'ne écharpe. Cette circonstance avait fait pinser tout de suite à un crime mais ensuite la police était arrivée à la conclusion que le garçon s'était attaché lui-même les mains pour s'empêcher de nager, comme lui avait déjà raconté sa sœur Teresa.

Le deuxième article rapportait pour l'essentiel le résultat de l'autopsie : avant de se jeter à l'eau, Franco avait voulu s'étourdir avec des médicaments qui presque sûrement auraient suffi pour l'entraîner dans la mort. Donc, selon la police, ce résultat confortait l'idée qu'il s'était attaché les mains, ce qui voulait dire que Franco avait tout fait pour être sûr de mourir.

Le troisième journal se ralliait pratiquement à la thèse du *Gazzettino* et ajoutait un détail notable : un journaliste avait réussi d'une manière ou d'une autre à parler avec la veuve qui avait admis que le soir de sa disparition Franco était parti de chez eux après une dispute plutôt grave. Mais l'épouse s'était absolument refusée à donner la raison de leur querelle.

On frappa et Fazio entra :

— Tout est réglé. Le fourgon arrive pour transférer la femme à la prison de Montelusa.

— À la taule ? Maintenant, nos cachots sont pleins de c'tes malheureux.

— *Dottore*, mais il s'agit d'une tentative de meurtre !

— Bien sûr, Fazio, mais une tentative de meurtre dictée par la faim et le désespoir. Tu t'ademandes jamais où sont les responsables de c'tes massacres de misérables ? À la communauté européenne, ils sont tous là à proposer des directives sur l'immigration tout en se tapant des spaghettis bien de chez nous.

Fazio se tut.

Le tiléphone sonna.

— Il y aurait qu'il y a sur les lieux ces messieurs dames Scrotum, mère et fils.

— Accompagne-les ici.

Une étrange procession fit son entrée. Le premier à apparaître sur le seuil fut Lillo Scotto qui tenait à peine debout, ensuite, le soutenant par les épaules et le poussant, venait sa mère, et Catarella fermait la marche en tenant par les hanches la dame qui vacillait spectaculairement.

Fazio se leva d'un bond et, pour éviter le déraillement du petit train, il agrippa Lillo et le fit asseoir sur la chaise devant le bureau.

La mère fut accompagnée par Catarella jusqu'à l'autre chaise.

Puis ce dernier sortit en refermant derrière lui.

Montalbano fut impressionné par la vue de Lillo, dont le visage n'avait plus grand-chose de celui du jeunot qu'il s'arappelait.

Ses poignets étaient bandés et il avait l'air d'un fantôme.

Ce fut lui qui parla le premier :

— C'est pas moi qui ai tué Mme Elena.

— *Non fu iddro, non fu iddro !* C'est pas lui, c'est pas lui ! s'écria à voix très haute la mère. Je peux vous le jurer sur ma vie. Pendant cette soirée maudite, il est toujours resté dans sa chambre !

— Du calme, du calme. Jusqu'à présent, pirsonne n'a porté d'accusation contre votre fils. Ce soir-là, il a reçu un coup de fil ou la visite d'une pirsonne étrangère à la famille ?

— Mais oui ! rétorqua la dame. Ça faisait plus ou moins 'ne semaine que, après la besogne, Lillo s'enfermait dans sa chambre et y voulait pas manger, ni dormir, ni regarder la tilévision avec nous autres. Et c'est justement vers les 11 heures du soir de cette nuit maudite où la pauvre Mme Elena a été tuée, il était si agité, nerveux, tellement bizarre, comme s'il avait senti ce qui se passait à l'atelier, que j'ai appelé le Dr Camilleri pour qu'il lui donne quelque chose qui le fasse se sentir mieux.

— Et le docteur est venu ?

— Bien sûr qu'il est venu. Un homme bien, c'est ! Et il est resté avec mon fils au minimum trois quarts d'heure à lui parler pour le convaincre de se prendre 'ne pilule pour se reposer.

Et voilà qui effaçait tout doute sur l'innocence de Lillo.

Comme il n'avait pas ouvert la bouche tout le temps que sa mère avait parlé, le commissaire s'adressa directement au garçon :

— Depuis combien de temps travaillez-vous à l'atelier ?

— Dans 'ne semaine, ça aurait fait deux ans, arépondit la mère.

Montalbano déplaça un peu son fauteuil pour être mieux tourné vers le jeune.

— Et dites-moi, Lillo, vous vous êtes senti tout de suite à l'aise avec les autres employés ?

— Il est revenu 'nthousiaste dès le premier jour, *dottori*. Vous voyez, tout le monde aime bien mon fils.

À c'te point, Montalbano leva les yeux et rencontra ceux de Fazio.

Ils se comprirent au vol.

— Madame, dit Fazio, il faudrait que vous attendiez dehors. Je vous accompagne.

— Et pourquoi ? Pourquoi ? se rebella-t-elle. Moi, je suis sa petite maman. Et je veux entendre tout ce que vous allez demander à mon petit Lilluzo.

— Je vous en prie, madame, Lillo est majeur, insista sèchement Montalbano. Allez vous asseoir dehors.

La femme se leva, alla embrasser Lillo une fois sur le front, deux fois sur les joues, encore sur le front et puis sur la bouche jusqu'à ce que Fazio l'attrape par un bras et l'emmène dehors.

— J'ai demandé à votre mère de sortir parce que je dois vous poser quelques questions strictement personnelles. Vous êtes tombé tout de suite amoureux de Mme Elena ?

Lillo rougit. Il se cacha le visage dans les mains et resta quelques instants ainsi avant d'arépondre :

— Pas tout de suite.

— Et quand, alors ?

— Un jour que Mme Elena se trouvait dans son appartement, elle m'a appelé à l'aide parce qu'elle s'était profondément coupée à un doigt avec du fer rouillé et comme le sang coulait abondamment, instinctivement, je lui ai pris la main et j'ai sucé le sang. J'allais le recracher dans le lavabo mais j'ai pensé que c'était dégoûtant, alors je l'ai avalé. Puis j'ai ouvert l'armoire à pharmacie, je l'ai désinfectée et j'ai mis la gaze et le sparadrap. Mais durant toutes c'tes opérations, j'ai senti qu'Elena me regardait, me regardait, me regardait. Et moi, j'ai fait tout cet estrambord au ralenti passque ça commençait à me plaire beaucoup de sentir ses yeux posés sur moi. Puis, quand j'ai fini, Elena m'a serré dans ses bras et m'a dit : « Merci, merci, Lillo. » Elle me l'a dit à l'oreille, d'une voix que je lui avais jamais entendue avant et qui m'a tout remué. Je sais pas ce qui m'est arrivé, peut-être c'est son sang dont je sentais encore le goût dans ma bouche. À partir de ce moment, j'ai perdu la tête. Je ne pouvais plus rester éloigné d'elle, je m'occupais plus que d'elle dans ma tête et dans mes pinsées. Et de ce jour, je n'ai plus été moi-même. J'étais comme une marionnette de l'*opera dei pupi*, qui s'est bu la potion d'amour. Ensorcelé, j'étais…

Et là, il s'interrompit et fondit en larmes.

Le bon Samaritain Fazio se précipita pour lui tendre un verre d'eau.

— Je vous pose une dernière question, dit Montalbano, et ensuite, vous pourrez partir : j'ai appris que quelques jours avant sa mort, Mme Elena vous avait sévèrement réprimandé et qu'elle avait décidé que vous ne travailleriez plus à l'atelier. Vous me dites exactement ce qui s'est passé ?

— *Dottore*, comme je vous ai dit, moi, j'avais complètement perdu la tête, et donc il m'était venu 'ne espèce de jalousie épouvantable et donc je m'arrangeais pour répondre, moi, aux coups de fil pour voir si elle avait un amant ou quelqu'un qui était 'moureux d'elle. Ce jour-là, j'étais seul au salon passque Nicola était allé porter un vêtement à un client, Meriam était dans la cabine d'essayage et Madame était en haut dans son appartement. Tout à coup, j'ai entendu sonner un portable et je m'aperçus que Madame avait oublié le sien sur la table.

Il s'interrompit nouvellement.

— Je peux avoir encore un peu d'eau ?

Fazio se leva et lui apporta un autre verre.

— Vous imaginez, reprit le jeune, si je pouvais me perdre 'ne occasion comme celle-là. Je chopai le portable, il y avait sur l'écran un nom, j'ai pas compris si c'était un nom ou un prénom…

— Stop ! dit Montalbano. Réfléchissez-y bien, essayez de vous rappeler ce nom…

— Je regrette, *dottore*, noir absolu. Mais je peux vous dire que c'était 'ne voix féminine qui…

— Est-ce qu'elle avait un accent de par chez nous ou d'ailleurs ?

— Certainement d'ailleurs. Elle avait un drôle d'accent.

— Lillo, ce nom pouvait être quelque chose comme « Nevia » ?

— Je sais pas, *dottore*. Mais je m'arappelle qu'elle m'ademanda pourquoi c'était pas Elena qui répondait, moi j'étais en train de le lui dire quand Elena est entrée comme une furie, elle s'est jetée sur moi, elle a agrippé le portable et me l'a arraché des mains. Jamais je l'avais vue aussi en colère. Elle a maté le tiléphone et elle a dit : « Je te rappelle. » Puis elle m'a agrippé par la veste et en me secouant comme si elle voulait faire sortir quelque chose de mon corps, elle m'a demandé d'une voix complètement changée : « Qu'est-ce qu'elle t'a dit ? Qu'est-ce qu'elle t'a dit ? Elle t'a dit qu'elle vient ? Elle t'a dit quand ? Parle, parle, imbécile ! » Moi j'ai essayé de lui répondre qu'elle m'avait rin dit. Mais Mme Elena ne m'écoutait plus. Elle m'a tourné le dos et elle est remontée à l'étage avec le portable et je suis resté là, tout tourneboulé.

— Et ensuite ?

— Commissaire, quand elle est descendue dix minutes plus tard, elle m'a dit devant Nicola et Meriam qu'à la fin du mois, je ne devrais plus me présenter à l'atelier.

— C'est bon, dit Montalbano. Vous m'avez été très utile, je vous remercie.

Dix-sept

Du couloir leur parvint le cri de la mère de Lillo.

— Mon petit à moi, qu'est-ce qu'ils t'ont ademandé ? Tu dois tout dire à ta petite maman !

Montalbano pinsa que, parfois, être orphelin d'une mère du Sud, ça pouvait bien ne pas être une malédiction.

Fazio revint tout de suite, ferma la porte, s'assit, mata fixement le commissaire :

— Tu m'areconnais pas ? Tu veux que je me présente ? Le commissaire Montalbano, je suis.

— Vosseigneurie a envie de galéjer, pas moi.

— Qu'est-ce qui te prend ?

— Il me prend que vous m'avez pas raconté tout ce que vous avez en tête. Pourquoi vous avez parlé d'une certaine Nevia à Lillo ?

— Fazio, on a été un peu bousculés, il me semble. En tout cas, voilà. Je te donne les conclusions auxquelles je suis arrivé et comment j'y suis arrivé.

Il employa 'ne demi-heure pour tout lui raconter et à la fin, lui demanda :

— Ça te convainc ?

— *Dottore*, ça me convainc assez. Mais y a quelques trucs qui sont tirés par les cheveux. Par exemple, il est pas dit que c'te Nevia soit la meurtrière juste passque son nom est le seul nom étranger sur un carnet d'adresses d'il y a trois ans.

— Tu as raison, acquiesça Montalbano. Mais y a bien quelque chose qui cloche : sa belle-sœur a déclaré qu'Elena avait coupé tout contact avec son passé d'épouse. Mais, à l'évidence, Elena lui avait raconté un bobard passque jusqu'à il y a trois ans, au moins, elle avait encore un rapport avec une pirsonne.

— Y a autre chose, reprit Fazio. Si la meurtrière, comme dit vosseigneurie, s'est salie au point qu'elle a dû prendre une douche, comment a-t-elle pu sortir de cette maison avec tous ses vêtements trempés de sang ? Comme elle est pas d'ici, elle devait se servir forcément d'un moyen de transport public. Et donc, elle aurait été repérée.

— À moins qu'elle soit venue en voiture.

— Une voiture dont elle aurait dû ne pas sortir jusque chez elle dans le Frioul. Toute trempée de sang, elle pouvait pas aller dans un relais d'autoroute faire pipi ou dans une station-service prendre de l'essence…

L'observation de Fazio était plus que sensée et en même temps Montalbano pinsait à quelque chose. Il chercha sur le bureau, trouva un bout de papier et composa un numéro sur son portable.

— Meriam, excusez-moi, j'ai encore besoin de vous.

— Je vous écoute, commissaire.

— Pouvez-vous d'ici une demi-heure être devant la porte de l'immeuble de la via Garibaldi ?

— Certainement.

— Qu'est-ce que vous allez chercher ? demanda Fazio.

— Je te le dirai à mon retour, répliqua Montalbano.

Il arriva devant l'immeuble d'Elena, se gara, descendit de la voiture, regarda tout autour de lui. Meriam n'était pas encore là. Il s'alluma une cigarette. À peine le temps de tirer trois bouffées, et l'auto de la jeune femme s'arrêtait devant lui.

— Je cherche une place.

— Je vous attends en haut, répondit le commissaire.

Il laissa la grande porte entrouverte, monta les marches et s'adirigea vers la chambre à coucher d'Elena.

Il s'arrêta au milieu de la pièce, devant l'*armùar* blanche.

— Vous êtes où ? appela Meriam.

— Je suis là. Dans la chambre d'Elena.

— Bonjour, commissaire. Vous avez découvert quelque chose ?

— Peut-être, mais vous seule pouvez m'aider : vous pourriez me dire s'il manque une robe dans l'armoire d'Elena ?

Meriam le mata d'un air interrogatif.

— Commissaire, vous vivez seul ?

— Oui, pourquoi ?

— Parce que sinon vous sauriez qu'aucune femme n'est en mesure de connaître exactement le contenu de son armoire. Vous imaginez si moi, je peux vous dire s'il manque quelque chose dans la garde-robe d'Elena, qui possédait des quantités infinies de vêtements.

— Alors, prenons-le comme ça, rétorqua le commissaire. Le jour de la mort d'Elena, quand je suis venu dans l'après-midi, elle portait une robe verte, d'un vert… d'un vert…

— Outremer, compléta Meriam.

— Mais quand on l'a retrouvée morte, et ça, vous ne le savez pas, elle portait une robe différente. Vous pouvez me retrouver la verte ?

— Certes. Elena était très ordonnée.

Elle ouvrit l'*armùar* et Montalbano remarqua que la défunte rangeait ses robes par couleur. Il y en avait beaucoup de vertes, de verts très différents.

Meriam acommença à les regarder une à une. Au bout d'un moment, elle dit :

— Je ne la vois pas. Elle n'est pas là. Peut-être au sale.

Ce disant, elle allait dans la salle de bains, regardait dans la corbeille à linge.

— Non, je ne la trouve pas.

— Peut-être qu'elle l'a portée au pressing.

— Je vérifie tout de suite, dit la jeune femme en tirant le portable de sa poche.

Une minute après, ils avaient une réponse négative du pressing.

— Et où est-ce qu'elle est passée, cette robe ? se demanda Meriam.

Montalbano préféra ne pas répondre.

— Je dois vous demander un autre service. Venez avec moi, reprit-il tandis qu'ils commençaient à descendre l'escalier menant à l'atelier. Vous vous souvenez que l'autre fois je vous ai montré un bout d'étoffe qui était sur la table ?

— Oui, le vieux tissu.

— Je vous ai demandé d'aller regarder de près et vous l'avez fait. Vous pouvez refaire ce mouvement ?

Meriam, un peu étonnée, obéit.

— Puis je vous ai rejointe, reprit le commissaire tout en s'approchant d'elle, et tout à coup, vous avez fait un geste pour prendre un nouveau rouleau de tissu. Vous pouvez me le répéter maintenant ?

— Bien sûr, dit la jeune femme.

Elle passa devant lui, lui tourna le dos et tendit la main vers les étagères.

— Merci. Ce sera tout, conclut Montalbano.

Ils remontèrent l'escalier ensemble, le commissaire l'accompagna jusqu'à la grande porte et lui dit :

— Je vous remercie, vous m'avez apporté une aide très précieuse, comme d'habitude. À propos, vous avez des nouvelles du Dr Osman ?

— Il s'est pris un congé. Il a dit qu'il allait en Tunisie, sur une zone de recherche archéologique où il a un vieil ami.

Cette fois, Montalbano ferma la porte de l'immeuble, refit le trajet inverse, redescendant au salon et s'assit dans le fauteuil habituel.

Il acommença à pinser aux déplacements et aux gestes exécutés avec Meriam et tandis qu'il y pinsait, il se les représentait.

Il se vit lui-même entrer dans le salon, suivi par Meriam, puis Meriam allait se placer devant et tendait le bras vers l'étagère.

Stop.

Les deux images disparurent.

Elles reparurent du début, ils refirent les mêmes mouvements exactement.

Stop.

Du début.

Et cette fois, la première à entrer au salon fut Elena qui parlait mais le son ne lui arrivait pas.

Elle parlait à une femme grande à peu près comme elle, qui se tenait derrière elle.

Puis Elena s'arrêta, 'ndiqua la table, la deuxième femme alla se placer au même endroit exactement où se tenait Meriam peu avant. Elena s'approcha d'elle, parla encore 'ne fois, la femme lui arépondit, Elena rétorqua, la femme parla encore avec un sourire moqueur, Elena haussa la voix, mais cette fois, elle ne fit pas exactement la même chose que Meriam, elle ne passa pas devant la femme mais lui tourna le dos et tendit le bras vers l'étagère.

Stop.

Il ferma les yeux, se concentra profondément. Il sentait qu'il transpirait beaucoup, c'était l'effort auquel il se soumettait. Puis il se sentit prêt et, gardant les yeux fermés pour que rien ne le distraie, il se repassa la scène depuis le début.

Elena entra.

Elle parla à la femme qui la suivait :

— … pour te faire voir…

Montalbano aréussit à comprendre juste c'tes mots.

L'autre femme s'approcha de la table, se pencha pour regarder l'étoffe.

Dit quelque chose qui pouvait être « je m'arappelle ».

Elena parla longtemps. Mais cette fois, aucun son de voix n'arriva. Et pas davantage n'arrivaient les paroles de l'autre femme qui avait repris son air moqueur.

Alors, Elena, parlant toujours, tourna le dos et tendit le bras vers les étagères.

Noir.

Montalbano vit seulement les ciseaux dans l'air qu'on abaissait violemment.

Noir de nouveau.

Maintenant, le corps ensanglanté d'Elena adhérait parfaitement aux contours tracés à la craie.

Les images disparurent.

Il ouvrit les yeux.

Oui, c'est ainsi que ça avait dû se passer.

Il se leva, éteignit la lumière du salon, monta l'escalier, suivit le couloir, éteignit, sortit, ferma la grande porte à clé.

— Vous avez découvert ce que vous étiez allé chercher ?

— Oui, répondit Montalbano. Je te résous le tracassin : la meurtrière, parce qu'à présent il n'y a aucun doute qu'il s'agit d'une femme, après avoir pris la douche, s'est mis une robe qu'Elena avait portée ce jour-là et qu'elle avait probablement laissée sur le lit.

— Et alors, maintenant, que pensez-vous faire ?

— Si mon hypothèse est la bonne, rétorqua le commissaire, c'te femme est arrivée du Nord. Peut-être qu'elle est venue en voiture, peut-être en train ou bien en avion. Ça, c'est toi qui dois me le dire.

— Commissaire, si elle est venue en voiture ou en train, on est foutus. Le seul espoir qui nous reste est qu'elle ait pris un avion et peut-être qu'elle ait loué une voiture.

— Partons de l'avion, décida Montalbano. Je te donne dix minutes pour t'informer.

Fazio partit brides sur le cou.

Il revint sept minutes plus tard avec sur le visage un sourire à avoir vu passer les anges :

— Commissaire, vous avez mis dans le mille. Nevia Sirch a pris un vol de Trieste à Trapani le jour de la mort d'Elena. Elle est arrivée dans l'après-midi et elle avait déjà réservé à l'agence de l'aéroport 'ne voiture qu'elle a rendue le lendemain matin, deux heures avant d'embarquer nouvellement pour Trieste.

C'était fait.

— Maintenant, je t'ademande un autre service.

— À vos ordres.

— Informe-toi sur les horaires des vols, départ et arrivée.

— Vous voudriez aller sur les lieux ?

— Ça me casse les burnes, mais la réponse à tout, je peux la trouver seulement là.

Fazio se leva et sortit.

Montalbano mata sa montre.

Sainte Mère ! Il s'était fait les deux heures et demie. Il agrippa le tiléphone.

— Enzo ! Garde-moi une bouchée de pain.

— Nous autres, juste maintenant, on est en train de se mettre à table. On vous attend.

Montalbano fila comme l'éclair.

Tandis qu'il se mangeait une somptueuse salade de la mer, le commissaire songea que ce plat ne figurait pas au menu. Puis il lui arriva de se manger un deuxième plat qui était comme un composé de restes de tous les poissons qui avaient frit dans la poêle, 'n truc à se lécher les doigts jusqu'aux os du squelette. En somme, en conclusion, la famille d'Enzo se traitait encore mieux que ses clients. C'était une chose à garder en mémoire. Peut-être vaudrait-il mieux, à partir de maintenant, arriver plus souvent en retard à la trattoria.

Il sortit nettement appesanti, au point que pour atteindre le rocher plat sous le phare, il mit le double du temps habituel.

Il s'alluma l'habituelle cigarette.

— Comment ça va ? demanda-t-il au crabe qui le matait depuis sa roche.

Le crabe n'apprécia pas la question et, non content de ne pas répondre, disparut carrément sous la surface de la mer.

Montalbano se sentait comme s'il avait bu un coup de trop.

Se savoir à deux pas de la solution de l'affaire faisait courir plus vite le sang dans ses veines. Il songea que si la meurtrière n'avait pas commis la plus grosse erreur de sa vie, à savoir oublier sur la table l'écharpe avec laquelle elle avait nettoyé les ciseaux, peut-être que l'enquête serait encore en haute mer.

Cette écharpe était la clé de tout.

Mais si elle avait été aussi le mobile du meurtre, cela signifiait que l'inconnue, qui s'appelait en fait Nevia Sirch, avait eu à voir avec la mort de Franco Guida.

Mais cette seconde hypothèse était entièrement à vérifier.

Et donc, il n'avait pas d'autre route à suivre que celle qu'il avait annoncée à Fazio : aller sur les lieux et parler avec Nevia.

Ça ne lui procurait aucun plaisir, mais c'était son devoir de le faire.

Il adécida de se fumer une deuxième cigarette, la journée était belle, et il se remplit les poumons d'air marin en pinsant, déjà plein de mélancolie, que là où il devait aller, de mer, on n'en voyait qu'en rêve.

Il songea que s'il atrouvait de la brume, il allait sûrement se perdre ; les deux ou trois fois où il avait été plongé dans un banc de brouillard, il avait carrément eu la frousse, en éprouvant la sensation d'être le dernier homme sur la surface de la terre.

Après un moment, il poussa un profond soupir, se leva et retourna au commissariat.

— *Dottore*, j'ai les horaires, annonça Fazio. Comme je vous ai dit, il y a un vol le matin à 10 heures qui part de Trapani Birgi pour Trieste et le même appareil redescend sur Trapani dans l'après-midi.

— Fazio, combien de temps ça prend pour aller de Trieste à Bellosguardo ?

— *Dottori*, s'il n'y a pas de brume, environ deux heures.

Au mot « brume », Montalbano soupira de nouveau profondément.

— Donc, je dois me louer une voiture à l'aéroport de Trieste ? demanda-t-il, résigné.

— Certainement, dit Fazio.

Ce fut alors que Montalbano se représenta la scène : il se trouvait dans une voiture puant le déodorant d'automobile, perdu, sans possibilité de se repérer, sur un col de montagne, peut-être justement celui où on avait retrouvé Otzi, l'homme sorti d'un glacier.

— Avec pilote, dit le commissaire.

— Quoi ?

— La voiture. Je la veux avec un pilote. S'il faut, je le paie de ma poche.

— Je m'occupe de tout, assura Fazio. Je me mets en contact avec les collègues de Trapani. Vous voulez partir quand ?

— Demain. Maintenant, je vais voir le Questeur et je lui explique tout, on se retrouve ici dans deux heures.

— J'ai peu de temps, faites vite, lança Bonetti-Alderighi sur un ton pressé.

— Je vais être télégraphique, répliqua Montalbano. Probable meurtrière d'Elena Biasini identifiée. Stop. Demande autorisa…

Le Questeur parut mordu par une vipère :

— Arrêtez, Montalbano, c'est pas le moment de plaisanter.

— Mais je ne plaisantais pas, Monsieur le Questeur, je voulais justement ne pas vous faire perdre de temps…

— Faites pas le malin et racontez-moi tout par le menu.

Alors le commissaire entama son récit.

Le Questeur l'écouta sans jamais l'interrompre. À la fin, il intima :

— Maintenant, allez raconter tout cela au procureur.

— Non, dit Montalbano, ça ne me semble pas encore le moment.

— Et donc, qu'est-ce que vous avez l'intention de faire ?

— Je voudrais avoir l'autorisation d'aller parler personnellement avec le suspect à Udine. Dans la brume.

— Hein ? fit le Questeur, interloqué. Qu'est-ce que ça vient faire, la brume ?

— Rien, je parlais d'une brume métaphorique.

Le Questeur réfléchit un moment, jusqu'au point où Montalbano sentit la nécessité de lui donner un *ammuttuneddru*, une petite poussée.

— Il y a des obstacles ?

— Très cher, la chose se présente comme une intervention hors juridiction. Si je n'ai pas de demande écrite appuyée sur un minimum de preuves, je ne peux pas demander le remboursement de vos frais de voyage, séjour, location…

— Faisons comme ça, proposa le commissaire, je paie tout de ma poche et bonjour chez vous.

— Je ne peux pas le permettre, dit fermement le Questeur.

— Alors, je demande deux jours de congé, arépondit tout aussi fermement Montalbano.

— Les deux jours de congé, je vous les accorde. Mais attention à comment vous agirez. S'il s'agit d'opérer une arrestation, vous devez faire agir l'autorité locale à votre place.

— D'accord.

— Je me suis occupé de tout, dit Fazio. Les gens de Trapani ont déjà réservé. Si vous me passez l'autorisation du procureur, je vous transmets tout.

— Non, Fazio. Aucune autorisation. Je vais me promener, il m'est venu l'envie d'aller prendre un café sur la place de Bellosguardo.

— Donc, je dois vous acheter le billet ?

— Bravo. Aller simple. Si ça se trouve, je déniche une bonne trattoria et je m'installe à Bellosguardo.

— Entendu. Gallo viendra vous prendre demain à 7 h 30.

Fazio allait sortir quand Montalbano l'arrêta :

— C'est réglé pour le pilote ?

— Oh que oui. On m'a même demandé si je voulais un homme ou une femme.

— Et toi, t'as répondu quoi ?

— Une femme, *dottore.*

— T'as bien fait.

Après tout, les femmes de Trieste avaient la réputation d'être fort belles et donc se perdre dans la brume avec l'une d'elles serait peut-être agréable.

Fazio ne le laissa pas sortir du commissariat sans avoir signé quelques papiers urgents.

Quand il arriva à Marinella, il était 8 heures du soir.

Il adécida de tiléphoner à Livia pour l'informer qu'il devait s'absenter deux jours de Vigàta pour aller à Palerme à une réunion de fonctionnaires de police.

— Donc, tu exclus de pouvoir venir chez moi ?

— Livia, ça me fait mal mais je ne peux pas faire autre…

— D'accord, alors bon voyage et bonne nuit, coupa brusquement Livia avant de raccrocher.

Son solide et tardif déjeuner ne l'empêcha pas d'aller mater ce qu'avait bien pu lui préparer Adelina.

Par chance, il atrouva un plat assez léger. Pour cette fois, sa bonne avait tourné le dos à la mer et s'était adressée à la campagne : potage de fèves, petits pois et artichauts.

À en juger par l'odeur, Adelina s'était surpassée !

Et plus tard, quand il porta la première cuillerée à ses lèvres, il attribua mentalement à Adelina une médaille d'or grosse comme l'assiette devant lui.

Quand il eut fini de manger, il sortit sur la plage et acommença à se promener au bord de l'eau.

Pendant une heure, il essaya d'organiser dans sa tête la première rencontre avec la meurtrière. Valait-il mieux l'accuser sur-le-champ ou la laisser longuement mijoter avant de passer aux questions directes ?

À la fin, il conclut qu'il agirait en fonction des réactions qu'aurait la femme quand il se présenterait comme le commissaire Montalbano de Vigàta.

À c'te point, il pila, frappé par une pinsée précise : et si en arrivant à Bellosguardo, en admettant qu'il y arrive, la femme n'était pas là ? Si ça se trouvait, elle avait pris quelques jours de vacances et va savoir où elle était partie, ou alors elle besognait ailleurs…

Le mieux était de prendre des renseignements. Avant tout, savoir s'il y avait un poste de police ou bien de carabiniers.

Il rentra chez lui, s'assit devant le tiléphone et tout de suite, ce qu'il eut sous la main, ce fut le carnet d'Elena.

Sans s'en rendre compte, il composa le numéro de Nevia Sirch.

— Allô, qui est à l'appareil ?

Il areconnut 'mmédiatement la voix de l'autre fois.

— Vous êtes Mme Nevia Sirch ?

— Oui, mais qui est à l'appareil ?

— Le commissaire Montalbano, je suis. J'appelle de Vigàta.

Et là, il se tut, attendant sa réaction.

— Vigàta ? J'ai une très bonne amie, à Vigàta, répondit la femme sans montrer la moindre surprise.

— Justement. Je voulais vous parler d'elle.

— Pourquoi ? Qu'est-ce qui se passe ?

— Malheureusement, je dois vous donner une mauvaise nouvelle.

— Oh, mon Dieu ! s'exclama Nevia Sirch.

— Mme Elena Biasini a été assassinée.

Ce fut comme si, à l'autre bout du fil, la pirsonne avait disparu dans le néant. Montalbano avait beau tendre l'oreille, il n'arrivait pas à percevoir sa respiration. Il crut la communication coupée.

— Allô ! lança-t-il. Vous êtes encore là ?

— Oui, arépondit la femme, chuchotant presque, et juste après, elle articula : Excusez-moi une seconde.

Montalbano se mit à compter. Il était arrivé à 25 quand elle revint et posa une seule question :

— Qui a fait ça ?

— Nous ne le savons pas encore. C'est justement pour ça que je vous appelle. L'assassin a agi sans mobile plausible.

— Comment… comment l'a-t-on tuée ?

— À coups de ciseaux.

Cette fois, les pleurs de la femme se firent distinctement entendre.

— Soyez courageuse, dit-il.

— Pardonnez-moi, commissaire, mais c'est un coup terrible. Je ne tiens pas debout. Attendez un instant, que je prenne une chaise.

La voix revint après quelques instants.

— Qu'est-ce que vous voulez de moi ?

— Je suis en train d'entendre le témoignage des proches d'Elena et donc…

— Excusez-moi, mais qui vous a donné mon numéro ?

— Je l'ai trouvé sur un vieux répertoire d'Elena.

— Ah, fit la femme, et elle n'ajouta rien d'autre.

— Je voulais savoir si nous pouvons nous rencontrer demain à Bellosguardo, en début d'après-midi. À 3 heures. Ça vous irait ?

— Je vous attends au 3, via Orta. Maintenant, excusez-moi, je n'arrive plus à parler, dit la femme avant de couper la communication.

Elle avait eu un comportement plus que normal, au point que Montalbano fut pris d'un doute : et s'il se trompait sur toute la ligne ?

Dix-huit

Avant d'aller se coucher, il se pripara 'ne mallette en y rangeant 'ne chemise, un caleçon, une paire de chaussettes, de toute manière, il ne prévoyait d'être absent qu'une journée. Il mit le réveil sur 6 h 30.

Il se fit une nuit d'un sommeil serein et profond, de sorte qu'en se réveillant il se sentit dans une forme parfaite. En ouvrant la fenêtre, il s'aperçut qu'il y avait quelque chose d'étrange, l'air était plutôt laiteux et comme humide. Il alla se préparer son habituel bol de café, l'avala, prit sa douche, se rasa et enfila le premier pantalon qui lui tomba sous la main et, plutôt qu''ne veste, endossa un blouson. Puis il glissa brosse à dents, peigne et tout ce dont il avait besoin dans un sachet en plastique qu'il rangea dans la mallette à côté d'un roman d'espionnage qui lui garantissait le sommeil vu que, comme il lui arrivait quand il voyait 'ne histoire de ce genre à la télévision, il n'y comprenait rien.

Gallo arriva, très ponctuel, et à peine le commissaire se fut-il assis dans la voiture, qu'il démarrait suivant son habitude, comme s'il s'était atrouvé sur le circuit d'Indianapolis. Montalbano n'eut pas le temps de protester qu'il passait soudain de l'État de l'Indiana aux limbes dantesques. Pris par surprise, le commissaire ne comprit pas pourquoi, au-delà du parebrise, on ne voyait plus rin.

— Zut ! s'exclama Gallo.

— Qu'est-ce qui se passe ?

— Il y a un banc de brume, arépondit l'agent en ralentissant. C'est la première fois que j'en trouve dans ce coin.

Il se l'était cherché !

Montalbano s'arappela un vers qui disait : *Principio sì giolivo ben conduce*[1], et il eut une brusque envie d'intimer à Gallo de retourner en arrière. Si la brume était venue le trouver jusqu'au seuil de chez lui, qu'est-ce qui allait l'accueillir, au nord !

Ils commencèrent à rouler au pas. Avec une carriole tirée par un cheval, ils auraient fait plus vite.

À un moment, Gallo s'arrêta presque.

— Il faut me rendre un service, *dottore*.

— Dis-moi.

— Il faudrait que vous descendiez et que vous marchiez devant passque j'arrive pas à voir les panneaux et on risque de s'aretrouver à Palerme à la place de Trapani.

En jurant mentalement comme un fou furieux, il descendit. Il se mit devant le capot de la voiture et une lente procession se mit en branle.

---

1. Vers de Boiardo, qu'on peut traduire par « Que voilà un début prometteur ».

Puis, tout soudain, comme par magie, la brume disparut, le soleil triomphant refit son apparition et Gallo put finalement aretrouver la piste d'Indianapolis.

Quand il arriva à Birgi, le haut-parleur appelait les passagers.

À peine en vol, on leur demanda de ne pas détacher leurs ceintures à cause des perturbations. L'habituelle hôtesse se lança dans une étrange gesticulation, montrant tantôt à droite, tantôt à gauche, tandis qu'une voix métallique donnait des instructions sur ce qu'il fallait faire en cas d'urgence, manière aimable de dire : en cas de mort assurée. Comme rituel de conjuration, Montalbano apprit par cœur le feuillet avec les petits dessins indiquant comment enfiler le gilet de sauvetage quand l'avion est tombé dans la mer et qu'on vous fait croire qu'on pourra vous récupérer en un clin d'œil, comment se mettre l'oxygène devant la bouche au moment où l'air vous manque et que la dernière chose qui vous viendrait à l'esprit serait de vous coller un masque, comment retirer ses talons hauts et se jeter sur un toboggan au milieu de la mer, là où, à tous les coups, les requins vous attendent, gueule ouverte.

Et il s'impressionna tellement que quand il entendit qu'ils avaient commencé la descente sur Trieste, il s'agrippa très fort aux accoudoirs et ferma les yeux, dans l'attente du pire. Mais l'atterrissage s'opéra en douceur.

Il s'apprésenta à l'agence de location et après qu'il eut signé une vingtaine de feuilles, on lui donna les clés de la voiture.

— Il y a une erreur. J'avais demandé une voiture avec un pilote.

— Ah, oui, excusez-moi, dit l'employée. (Glissant la main sous le comptoir, elle en tira un objet métallique.) Voilà le navigateur.

— Le navigateur ? On m'avait assuré qu'il y avait une femme pilote !

— Pas de problème, je règle sur une voix féminine. Où devez-vous aller ?

— À Bellosguardo. Dans la province d'Udine, répondit le commissaire, accablé.

L'employée tripota la chose.

— Voilà, maintenant, il vous suffit de suivre la voix d'Esther qui vous mènera à destination.

Pas franchement convaincu, Montalbano alla au parking, chercha le numéro J44 et s'installa dans la voiture qui puait le déodorant.

Il prit le navigateur et le posa sur le tableau de bord.

— Continuer tout droit jusqu'au rond-point, dit la machine.

Effectivement, la voix féminine était agréable. Et pas seulement. Elle était aussi extrêmement précise dans les informations qu'elle fournissait, au point que le commissaire, à plusieurs reprises, se surprit à lui répondre :

— Merci, Esther.

De brume, il n'aperçut pas le moindre filament, en compensation, tout était d'un vert luxuriant avec au loin des montagnes resplendissantes de neige.

Puis, tout à coup, Esther lui dit de tourner à main droite et, comme par magie, sur le panneau était écrit Bellosguardo.

Vraiment douée, cette Esther !

Quand il se gara sur la place principale et peut-être bien unique du village, il lui sembla avoir fait son entrée dans la poésie de Palazzeschi :

Trois maisonnettes aux toits pointus,
Une verte prairie,
Un mince ruisselet...

Montalbano regarda sa montre. C'était l'heure de manger. Même si Palazzeschi ne le mentionnait pas, il devait bien y avoir une trattoria dans le coin. Et de fait, il lui suffit de donner un coup d'œil pour lire : *Al Leon d'Oro*. Un nom qui rassurait. Il entra. C'était un restaurant de cuisine maison, avec quelques tables, toutes vides. Dès qu'il s'assit, un garçon s'avança :

— Aujourd'hui, on a la *jota* et le *frico*[1], annonça-t-il.

— Hé ? fit Montalbano, qui se sentit pris par les Turcs.

— *Jota* et *frico*, arépéta l'autre.

Comme il n'avait pas le choix, il demanda qu'on lui apporte les deux.

Il s'empiffra avec beaucoup de satisfaction d'oignon, de beurre, de pommes de terre, de choucroute, dans le silence du restaurant où il resta le seul client.

Il paya une addition légère et demanda au serveur si la via Orta était proche.

1. Plats de la gastronomie populaire frioulane : la *jota* est une soupe de choucroute et haricots, avec de la côte et de la couenne de porc ; le *frico* est une galette frite de pomme de terre, oignon et montasio, fromage de vache de la région.

— À dix minutes à pied. En sortant à droite, toujours tout droit, et la deuxième à gauche, arépondit le jeune homme.

Montalbano sortit et avant de partir là où il devait aller, il s'arrêta au bar, se fit faire un triple espresso pour mettre un peu d'ordre dans le capharnaüm qu'il avait dans le ventre.

Il trouva facilement la via Orta. Au numéro 3, il y avait un petit immeuble de trois étages.

La porte de la rue était fermée. Il s'approcha de l'interphone et trouva la sonnette de chez Sirch. Pirsonne n'arépondit. Il essaya de nouveau. Rin.

Il adécida d'attendre en se fumant 'ne cigarette. Puis il entendit un bruit de talons et vit apparaître 'ne quadragénaire qui approchait d'un pas rapide. Il espéra qu'elle s'arrêterait au 3 mais elle poursuivit son chemin. Il s'avança nouvellement vers l'entrée et il levait la main pour appuyer de nouveau sur le bouton de l'interphone quand la porte de l'immeuble s'ouvrit.

Il se retrouva face à un quinquagénaire bien mis qui lui demanda :

— Vous cherchez quelqu'un ?

— Oui, Mme Sirch. J'avais un rendez-vous.

L'homme le dévisagea d'un air étonné :

— Je crois qu'aujourd'hui, vous ne la trouverez pas chez elle. Je l'ai vue partir ce matin avec beaucoup de bagages. Mme de Amicis, au troisième, pourra peut-être vous en dire plus.

Montalbano se sentit plonger dans un noir profond, mais il voulut garder un espoir suspendu à ce fil. Il grimpa en courant les trois volées de marches. Arrivé au dernier étage, il sonna à la porte de gauche.

— Qui est-ce ?

Il voulut répondre mais sa bouche était si sèche qu'il n'en sortit qu'un son bizarre.

— Qui est-ce ? arépéta la voix derrière la porte.

— Le commissaire Montalbano, je suis.

— Ah, oui ! fit une femme qui ouvrit, une sexagénaire à chignon.

— J'avais un rendez-vous à 3 heures avec Mme…

— Je sais tout, l'interrompit la femme.

— Alors, vous savez où elle est allée ?

— Non. Elle ne me l'a pas dit.

— Un monsieur que j'ai rencontré en bas m'a affirmé que vous saviez comment la contacter.

— Non, non, je suis désolée, elle ne m'a rien dit.

Le fil auquel son espoir était suspendu se rompit d'un coup et Montalbano recommença à s'enfoncer.

— Mais, continua la femme, elle m'a laissé une lettre pour vous.

La chute du commissaire s'interrompit à mi-parcours. Soudain, il comprenait que son appel de la veille avait été une énorme connerie.

— Voilà la lettre, dit la dame en lui tendant une enveloppe fermée.

Montalbano la prit, elle était lourde. Il l'empocha.

— Merci, murmura-t-il. Bonne journée.

Et il entama la descente, sur des jambes qui le soutenaient à peine, l'obligeant à s'accrocher à la rampe.

Dans sa tête, tourbillonnait un seul mot.

« Con. Con. Con. »

Il revint au bar de la place. Se laissa tomber lourdement sur 'ne chaise et commanda un double whisky sans glace.

« Con. Con. Con. »

Il sortit la lettre de sa poche, la posa sur la table et la fixa.

Non, il n'arriverait pas à l'ouvrir sans un autre bon coup de fouet.

— Apportez-m'en un autre, dit-il au serveur.

Il se le but lentement. Sans jamais détacher le regard de l'enveloppe.

Puis, quand il l'eut terminé, il tendit la main, prit la lettre, déchira l'enveloppe, en sortit le contenu. C'étaient cinq pages écrites serrées, sans date ni salutation initiale. Il acommença à lire :

Si vous avez réussi, à cause d'une erreur que j'ai commise, à remonter jusqu'à moi, cela signifie que vous avez déjà découvert d'une certaine manière ce qui s'est passé.

Je croyais avoir éliminé toute trace de mes relations avec Elena mais à l'évidence, non. Je sais que vous vouliez me rencontrer, non pas pour avoir des éclaircissements, mais pour me coincer. Dans un premier moment, j'ai même pensé attendre votre arrivée mais ensuite, je me suis dit que, en vous rencontrant, j'allais perdre la liberté qui me revient de droit. Votre coup de fil a eu sur moi un effet extraordinaire, à savoir me permettre de reconquérir en un instant cette lucidité perdue durant des années passées sous une chape de haine et de désir de vengeance. Cette lucidité me permet aussi de vous avouer mon histoire, que je vais raconter pour la première et dernière fois.

J'ai connu Franco à Udine un après-midi de juillet, il était 17 h 22. Il entra dans l'agence immobilière où je travaillais et j'eus aussitôt la certitude qu'il serait l'homme de ma vie.

Franco m'a exposé tout de suite les données de sa recherche, qui étaient plutôt complexes. D'abord, il voulait repérer un village de la province où, par la suite, il trouverait un logement et un vaste espace pour l'atelier de couture. Si possible contigus. Son idée était de s'installer, non pas dans une localité touristique, mais dans un village proche de celle-ci, et de faire en sorte que le nom de l'atelier se répande à travers une publicité bien ciblée et un bouche à oreille bien orienté. Nous avons commencé nos recherches. Et j'ai décidé de toujours l'accompagner. On a tourné pendant des journées entières en voiture dans les petits villages aux environs de Udine. Nous avons mis deux mois avant de nous arrêter à Bellosguardo. Et durant ces deux mois, nous sommes tombés amoureux, même si Franco a soutenu jusqu'au bout que lui ne m'aimait pas et que c'était moi qui l'avais séduit. Mais je remarquais ses regards sur mes jambes, ses sourires tendres à mon adresse. Et qu'il était timide et devait donc être aidé.

Je savais qu'il avait une femme qui travaillait loin et qu'un jour, elle le rejoindrait, mais à ce moment, cela m'importait peu.

Quand il a déménagé à Bellosguardo et démarré les travaux d'installation de l'atelier, j'allais le voir presque tous les jours. Quelquefois, il me disait qu'il ne voulait pas me voir, il faisait semblant de ne pas me désirer. Mais il était timide et je savais qu'au fond il m'aimait comme je l'aimais.

Mes absences répétées à mon travail entraînèrent mon licenciement. Je décidai de déménager à

Bellosguardo pour être près de Franco et quand je le lui dis, il ne fit pas d'objections. Moi, j'étais enceinte, Franco m'avait supplié d'avorter et je m'y étais refusée. Quand Elena arriva, nos rencontres se raréfièrent et prirent une dimension de secret qu'il m'était impossible de supporter. Nos relations se sont alors envenimées encore davantage. J'exigeais qu'il dise tout à sa femme et vienne vivre avec moi, mais je me rendis tout de suite compte que Franco était incapable de prendre une décision aussi extrême. J'étais allée à l'hôpital d'Udine pour faire des examens de grossesse et quand j'entrai dans la salle d'attente, j'entendis appeler Elena Guida. C'était une belle femme, élégante et souriante. J'appris ensuite qu'elle suivait un traitement pour augmenter sa fertilité. Je l'attendis à la sortie, me présentai comme l'employée de l'agence immobilière qui avait aidé Franco et l'invitai à prendre un café. Nous étions assises à une table de bar et tandis qu'Elena tournait la cuillère dans son café, je lui dis que j'étais enceinte. Que j'attendais un enfant de Franco. Elle me regarda comme si elle ne croyait pas ce que je disais puis se leva d'un bond et s'en alla. J'éprouvai une certaine satisfaction à l'idée qu'à partir de ce moment, leur vie à tous deux allait devenir impossible. Quand le bébé est né, j'ai appelé Franco et il n'est même pas venu me voir. Je lui ai écrit une lettre, dont j'ai envoyé le double à Elena, où je lui demandais de reconnaître au moins l'enfant. Pour toute réponse, il fit irruption chez moi dans un état de grande fureur. Il n'était plus lui-même. Il m'injuria, me dit que je l'avais piégé et qu'il fallait que je m'ôte de la tête l'idée qu'il reconnaisse l'enfant. Il doutait carrément d'être le père. Je ne l'ai plus vu pendant un long moment. Pendant ce temps, Franchino ne grandissait pas, il pleurait tout le temps, il ne dormait jamais : visiblement, il allait mal. Je l'ai emmené chez le médecin, qui m'a annoncé qu'il avait une mauvaise maladie génétique et qu'il lui fallait des traitements coûteux et moi, comme j'étais dans une situation de grande précarité, je ne savais comment faire. J'ai fini par me décider à demander, toujours par écrit, de l'aide à Franco. Au bout de quelques jours, Elena s'est présentée chez moi. Elle ne m'a même pas regardée, elle s'est précipitée vers le berceau. Elle a pris l'enfant dans ses bras sans même me demander la permission. Elle s'est aperçue qu'il était petit, trop petit, et instinctivement, elle l'a approché de son sein. Elle a écarté le tissu et découvert la pointe. Le petit Franco, au bras d'Elena, appuyé sur ses seins, s'endormit immédiatement. Et il a dormi pendant des heures, durant tout le temps qui nous fut nécessaire pour nous mettre d'accord sur son entretien. Elena me dit qu'elle s'occuperait, elle, du petit Franco mais que moi, je ne devrais sous aucun prétexte en parler à son mari.

Le 17 février, je conduisis mon fils à l'hôpital et on l'y garda. Vers minuit le lendemain, je m'étais couchée quand j'entendis frapper à la porte. C'était Franco, dans tous ses états, je crois même qu'il avait bu. Il avait eu sans doute une très violente discussion avec Elena et voulait que je lui rende l'argent qu'elle m'avait donné à son insu. Je sentis monter en moi une colère irrésistible envers lui. Mais j'essayai de le calmer, je lui proposai un autre verre de vin dans lequel je mis tous les somnifères que j'avais à la maison. Mais cela ne suffit pas, car Franco continuait à me hurler que j'avais détruit sa vie en révélant notre relation à Elena. Et il ajouta que c'était ma faute s'il n'arrivait pas à la mettre enceinte. Comme son état psychologique s'aggravait, je me suis habillée et je lui ai proposé de faire un tour. À peine sortis, nous avons commencé à marcher vers le fleuve. Il faisait nuit noire et par chance, nous n'avons rencontré personne. Franco tanguait et me hurlait que dès que nous serions près du fleuve il m'y jetterait. Quand nous sommes arrivés sur la rive, il s'est effondré. Comme il pleuvait depuis des jours, le fleuve était en crue. Ce fut à ce moment, que tous les somnifères que j'avais mis dans le vin firent leur effet. Franco s'endormit. J'ôtai l'écharpe qu'il portait au cou et lui liai les mains pour éviter que le contact de l'eau froide le réveille et qu'il essaie instinctivement de nager. Franco était un excellent nageur. La rive était toute boueuse et glissante et je l'aidai : il me suffit de pousser du pied. Je tournai le dos et m'en retournai chez moi. Dans l'après-midi du lendemain, je fus interrogée par les carabiniers, je leur dis seulement que Franco était parti en claquant la porte et en menaçant de se suicider. Évidemment, ma situation de femme abandonnée avec un enfant malade non reconnu par le père m'aida. Les carabiniers furent convaincus et conclurent au suicide. Elena déménagea à Vigàta, en se débarrassant de la maison et de l'atelier quelques mois après la mort de Franco, en me promettant qu'elle continuerait à m'aider. Mon enfant ne réussit pas à aller au-delà de sa première année de vie.

Mais cela, Elena ne le sut jamais. Cet argent me revenait.

Je continuai à lui envoyer des photos du petit Franco qui, en fait, étaient celles d'un de mes neveux de son âge. Elena tenta souvent de me demander de le voir, mais je lui ai toujours répondu que l'enfant n'était pas prêt à connaître la vérité. Ça a duré comme ça pendant des années, puis il y a un mois, j'ai reçu une très longue lettre d'Elena, elle me proposait une sorte de cession de Franco en échange d'un dédommagement important et d'une rente en ma faveur. Ça aurait été bien d'accepter mais comment faire ? Franchino n'était plus. Et alors, pour prendre du temps, je lui dis que ce serait peut-être mieux de traiter la question en personne et que je viendrais à Vigàta. Évidemment, aux frais d'Elena qui accepta ma proposition et encore maintenant, je ne sais pas pourquoi je lui ai dit ça. Le jour convenu, je suis arrivée à Trapani, j'ai loué une voiture et j'ai retrouvé Elena un peu avant l'heure du dîner. Je l'ai trouvée différente des autres fois. Elle était préoccupée, pas bavarde, notre dîner s'est passé presque en silence. Elle ne m'a même pas demandé des nouvelles de Franchino. À la fin du repas, elle m'a demandé de l'accompagner en bas, dans l'atelier. Je l'ai suivie. On s'est approchées de la table sur laquelle il n'y avait qu'un morceau d'étoffe et des ciseaux. Elle m'a dit de bien regarder l'écharpe, et je l'ai reconnue tout de suite : c'était celle de Franco.

Quand j'ai répondu ça, Elena a commencé à crier contre moi, elle m'a dit que Franco n'aurait jamais pu s'attacher les mains avec ce tissu, il était trop délicat et fragile, il n'aurait pas résisté à un effort pour le déchirer et en disant ça, elle a tiré dessus et l'étoffe s'est déchirée tout de suite.

Alors j'ai essayé de lui objecter que peut-être l'écharpe était devenue fragile avec le temps et le fait qu'elle avait été sous l'eau.

« Non, m'a dit Elena qui était de plus en plus hors d'elle, la même étoffe m'est arrivée ce matin. Je vais te montrer. Tu es une meurtrière. » Elle s'est tournée vers les étagères pour la prendre. Mais ce mot « meurtrière » m'avait projetée en arrière dans le temps. Je me suis retrouvée un moment sur la berge du fleuve pendant que j'attachais les mains de Franco, et en reprenant un peu conscience, j'ai agrippé les ciseaux qui étaient sur la table et je l'ai frappée avec rage. J'ai épargné son sein parce que c'était là que Franchino avait trouvé un moment de paix. Je m'étais toute tachée de sang, je me suis déshabillée, j'ai pris une douche, j'ai mis une robe que j'ai trouvée sur le lit, j'ai mis dans un sac mes affaires sales et j'ai entrepris le voyage de retour.

Je ne recevrai plus d'argent d'Elena mais je me sens enfin libre.

Je n'ai rien à ajouter.

Et ensuite, il y avait la signature, bien lisible :

Nevia Sirch.

Quoique la femme l'ait roulé dans la farine, Montalbano ne put se retenir d'éprouver une certaine satisfaction.

Les mécanismes dans sa coucourde avaient bien fonctionné, c'était la rapidité qui faisait défaut.

Cette lettre lui avait servi à connaître quelques détails, mais l'orientation principale de l'enquête avait été la bonne.

Il remit la missive dans l'enveloppe et appela le serveur. Il paya le whisky et lui demanda si, au pays, il y avait un poste de police ou de carabiniers.

Il y avait les carabiniers.

Il se fit indiquer le chemin de la caserne et y alla. Il se présenta et fut reçu par un adjudant qui le dévisageait, étonné par ce phénomène jamais arrivé jusque-là : un commissaire de police venu ademander quelque chose à son corps.

Montalbano lui raconta tout et à la fin lui remit la lettre.

Il attendit que l'adjudant la lise jusqu'au bout puis lui demanda :

— Que comptez-vous faire ?

— Trop tard, répondit le gradé. Trop tard pour dresser des barrages. Mais je me mets tout de suite au travail pour la retrouver. Vous me laissez votre numéro de portable ?

— Pour quoi faire ? demanda Montalbano.

— Vous n'êtes pas intéressé pour connaître les suites ?

Pouvait-il dire à l'adjudant qu'à présent, les suites ne lui importaient plus en rin ? Non, il ne pouvait pas. Il lui donna son numéro.

Et maintenant, que faire ?

Prendre tout de suite 'ne chambre d'hôtel ou monter en voiture et s'en retourner à Trieste en compagnie d'Esther ? Mais il aimait bien Bellosguardo et donc il adécida d'y passer la nuit.

On lui donna 'ne belle chambre à l'hôtel qui s'appelait lui aussi Leon d'Oro.

Il commençait à se ressentir des fatigues de la journée.

Il s'installa dans un beau fauteuil de velours et alluma la tilévision pour passer le temps.

Une heure n'était pas écoulée qu'il recevait un coup de tiléphone de l'adjudant l'informant que Nevia Sirch avait été arrêtée lors d'un contrôle et bien qu'elle n'ait pas l'assurance de la voiture, on l'avait laissée repartir. Et elle était repartie.

Montalbano pinsa qu'au moins il n'était pas le seul à faire des conneries.

— À ce point, ajouta l'adjudant, elle a dû aller en Slovénie.

— Pourquoi ?

— Parce qu'il semble qu'elle ait des parents là-bas. Vous verrez qu'on la retrouvera.

Montalbano remercia et, deux minutes plus tard, le tiléphone sonna nouvellement.

C'était Livia.

— Salvo ! Je veux que tu sois là et tu me l'as promis. J'ai pensé à une solution qui te fera gagner du temps.

— Du temps pour quoi, Livia ?

— Tu vois, tu es toujours le même. Tu l'as oublié. Après-demain, il y a confirmation du mariage.

« Oh, Bonne Mère ! » s'exclama Montalbano sans le dire.

— Giovanna et Stefano, continua Livia comme un fleuve en crue, t'attendent et toi, tu seras là. J'ai déjà regardé les horaires, demain matin, tu prends un avion de Trapani à Trieste. Puis à l'aéroport, tu te loues une voiture et on se rencontre directement à Udine.

— À Udine ? l'interrompit Montalbano. Pourquoi à Udine ?

— Ah, tu vois, bien sûr. Tu avais oublié ça, aussi. La confirmation est à Udine où moi, j'arriverai demain à 15 heures par le train de Gênes.

Udine ?

— Udine ! répéta Montalbano, ahuri.

— Oui, Salvo, on se retrouve à la gare d'Udine à 3 heures.

Le commissaire put enfin prendre sa revanche.

— J'y suis déjà.

— Ne fais pas le crétin, hein, intima Livia.

— Je me corrige, dit le commissaire, considère que j'y suis déjà.

Livia lui envoya un baiser si fort que son oreille en fut tout assourdie et il mit fin à la communication.

Montalbano se carra dans le fauteuil. Il se sentait en paix avec lui-même et avec le monde. Maintenant, le seul problème qu'il avait devant lui, c'était d'aller se choisir un beau costume.

Note de l'auteur

Comme d'habitude, les personnages et les situations de ce roman n'ont aucun rapport avec des faits réels et des personnes réellement existantes.

Je souhaite remercier Valentina Alferj qui m'a aidé à écrire ce livre, non seulement matériellement mais en intervenant aussi de manière créative dans son élaboration. En d'autres termes, sans elle, du fait de la cécité qui m'affecte désormais, ce livre (et j'espère les autres qui suivront) n'aurait pas pu être écrit.

A. C.

Composition et mise en pages
FACOMPO, Lisieux

Imprimé en France par CPI
en octobre 2022
N° d'impression : 3050034

Pocket – 92 avenue de France, 75013 PARIS

S32484/01